MÉMOIRES

DE

BILBOQUET

PARIS. — TYPOGRAPHIE SIMON RAÇON ET COMP., RUE D'ERFURTH. 1.

MÉMOIRES

DE

BILBOQUET

RECUEILLIS PAR

UN BOURGEOIS DE PARIS.

TOME DEUXIÈME.

PARIS

LIBRAIRIE NOUVELLE

BOULEVARD DES ITALIENS, 15, EN FACE DE LA MAISON DORÉE.

1854

MÉMOIRES

DE

BILBOQUET

CHAPITRE PREMIER.

Guerre aux critiques. — Le congrès de Vienne et les conférences d'Olmütz. — Bilboquet et M. Capefigue. — La hauteur de ma cravate. —
Les empereurs de M. Panckoucke. — La pâte pectorale au Musée des
Antiques. — Cent esclaves ornaient !... — Une odalisque parlementaire. — Huret et Fichet. — Shakspeare et M. Clairville. — A bas les
saint-simoniens ! — Les habits de Chevreuil. — La Parlotte. — Les
mariages nègres. — Les gens d'esprit de la Maison d'or. — L'orchestre
du Théâtre-Français. — La grande école des corrompus. — Le Français né Cosaque. — La conscience est une blague. — Fichons-nous de
ça ! — Les vrais pochards français. — Hoffmann, Talma, lord Byron.
— L'aristocratie de l'alcool. — Je m'embête cruellement ! — Aux
grands maux les grandes ficelles.

La première partie de mes Mémoires a essuyé
quelques critiques amères, je dois l'avouer.

Qu'est-ce qu'on ne critique pas dans les choses de
ce monde ? On attaque bien les chefs-d'œuvre de
M. Dennery, ce carcassier millionnaire.

1.

On a trouvé que je manquais parfois de profondeur dans mes hautes appréciations politiques.

On s'attendait à me voir révéler plus de particularités, plus de détails intimes sur messieurs les hommes d'État, messieurs les ministres, chefs d'ambassade et autres personnages éminents que l'on est habitué à voir figurer dans les grandes polkas diplomatiques depuis les congrès de Vienne jusqu'aux conférences d'Olmütz.

Je répondrai d'abord à cela que je m'appelle Bilboquet, et non pas M. Capefigue.

On fait ce qu'on peut en raison du rang qu'on occupe ici-bas. J'ai dit et je compte dire encore tout ce que j'ai vu, mais dans ma simple sphère, bien entendu.

Je ne puis pas me poser comme ayant dans ma manche toutes les ficelles de l'Europe, comme les écrivains graves, les publicistes de naissance, les historiens de congrès, chancelleries et raouts politiques.

Des critiques d'estaminet, des buveurs de chopes, les libres penseurs de l'absinthe, ont prétendu que mon style n'avait pas assez de *brio*.

— Franchement, m'ont-ils dit, nous espérions trouver plus de couleur et de montant dans votre livre ; votre phrase manque de hatchich.

Ces critiques oublient une chose : c'est que je ne me pique pas du tout d'être un fantaisiste de profession.

Je suis Bilboquet, c'est-à-dire l'homme heureux de

ce temps-ci, l'arrivé des arrivés, le type du bourgeois puissant, rond, joyeux, qui a gagné beaucoup d'argent et consacre la plus grande partie de sa fortune à faire ses farces et à les raconter.

Imitez-moi, si vous pouvez, ô vous qui vous amusez à éreinter mon livre et à débiner ma rédaction, et qui n'avez peut-être pas un dollar sur votre cheminée.

Allez, allez, critiques lumineux ou sombres, petits ou grands, gras ou maigres, vous n'arriverez jamais à la hauteur de ma cravate !

J'ai des loisirs et j'écris mes Mémoires.

J'ai cru qu'il était de mon devoir de raconter à mes contemporains mes revenus, mes truffes, mes bassinoires d'argent, mes femmes nues, mes dîners, les nombreuses actions de chemins de fer, banques, institutions de crédit que j'ai obtenues en ma qualité d'agent de la littérature et des arts ; enfin, tout ce qui m'a fait ce que vous me voyez aujourd'hui, un mortel fièrement heureux qui couche avec une corne d'abondance sur la tête.

Vous avez eu aussi à Rome un certain empereur que l'on appelait comme moi l'*heureux*.

J'ai oublié son nom, mais vous le retrouverez dans le Suétone de M. Panckouke, à la cent deuxième faute d'impression, en ouvrant le volume.

Son buste est au Musée, dans la salle des Antiques, deuxième travée à gauche, près de la fenêtre.

C'est dommage qu'il n'ait plus de nez ! c'est égal, d'après ce qui reste du profil, on voit que ce Bilbo-

quet romain a dû avoir une fière chance de son
temps !

Il y a de la pâte pectorale dans ce marbre-là.

J'écris sur un bureau en vermeil, assis dans une
chaise curule rembourrée avec des mèches de cheveux
de femmes, au bruit des cithares, des théorbes et des
psaltérions de cent délicieuses esclaves qui attendent
dans ma salle à manger que j'aie terminé le chapitre
que vous êtes en train de lire, pour se plonger avec
moi dans des bisques d'écrevisses...

Quand on écrit dans ces conditions-là, je soutiens
qu'il est impossible d'écrire absolument mal.

Qui ? moi, avec la position que j'occupe dans la
société moderne, m'inquiéter en rien du qu'en dira-
t-on littéraire !

Allons donc, je suis bien bon de m'arrêter à de
telles misères !... — Je reprends vivement le fil de
mes souvenirs.

Vous devez vous rappeler que nous avons laissé
notre belle France, odalisque constitutionnelle et
parlementaire, mollement assoupie dans les bras de
la monarchie de Juillet.

Nous sommes comme qui dirait dans les environs
de 1837, 38, 40, voir même 45 ou 47 !

Sous le rapport des idées, des mœurs, des intérêts
et des principes, c'est absolument la même chose
qu'aujourd'hui. Les dates n'ont vraiment pas d'importance.

La grande ère de ce qu'on est convenu d'appeler les intérêts matériels vient d'être définitivement ouverte. Toutes les puissances européennes s'envoient des baisers Lamourette.

C'est le système de la paix quand même et à tout prix : la paix à l'état de *cliché*. Le temple de Janus est clos à perpétuité. Huret et Fichet lui ont rédigé une serrure.

Quant à la politique intérieure, les ministères se suivent et se ressemblent parfaitement.

La tribune décide de tout. C'est le règne des éloquents et des tartiniers.

On voit des chefs de parti, des chefs de cabinet qui tombent à cause d'un *chat* qui leur arrive dans le larynx de leur discours-ministre, les jours de grande séance.

Le pouvoir, c'est souvent une question de rhume de cerveau.

On essaye de faire du luxe et de l'aristocratie. Les grands seigneurs à paillettes, les marquis de l'Œil-de-Bœuf, sont remplacés par des députés et des pairs de France qui manquent totalement de gaieté.

La haute société reste dans ses châteaux jusqu'au 15 janvier pour éluder les étrennes.

La France est décidément vouée à la carotte et au rabais en tous genres.

On vient d'inventer le journal à bon marché : on essaye de faire des feuilletons avec des écrivains qui ne dînent pas, et du bouillon avec les semelles des bottes que ces écrivains pourraient avoir.

La gaieté française a bien de la peine à se réveiller. M. Clairville est toujours au théâtre Bobino, jouant les princes espagnols. L'ombre de Shakspeare ne lui a pas encore souri.

On respire partout un parfum de cotonnade, de mélasse et de charbon de terre. Le caoutchouc prend une extension effrayante.

Les chemins de fer, ces casse-cous du progrès, commencent à ouvrir leurs grandes ailes.

C'est la fureur des actions. Au milieu d'une forêt d'annonces, on voit se déployer les houilles, les résines, les alphaltes, les huiles, les gaz, les usines, les mines de toutes les couleurs !

C'est alors qu'on voit apparaître dans tout le lustre de ses ficelles cette fameuse coterie composée d'apôtres, d'utopistes, d'élèves de l'école Polytechnique, d'ingénieurs des mines, de faiseurs d'annonces, de mathématiciens et de spéculateurs en tous genres ; le saint-simonisme, enfin, puisqu'il faut l'appeler par son nom.

Je ferai dans la suite son histoire authentique et vraie, non pas au point de vue du dogme, de la lanterne magique de Ménilmontant et de la vieille mise en scène : ce serait trop commode et trop simple ; mais dans ses effets et au point de vue du savoir-faire et de la pratique.

Le saint-simonisme, cette immense queue rouge sérieuse, est en définitive fourré partout à l'heure qu'il est.

C'est phénoménal ce qu'il est parvenu à absorber et accaparer !

Examinez un peu : dans les finances, l'industrie, le journalisme, la publicité, les exploitations de toute espèce, que voyez-vous dans toutes les cases, à l'angle de toutes les positions ? des saint-simoniens.

Bilboquet n'est qu'un moutard à côté d'eux.

Le saint-simonisme, c'est la coterie modèle, la longue et courte échelle, l'échasse des échasses, le type de l'habileté, de la ficelle anodine et de l'accaparement onctueux.

Mettez un saint-simonien dans une affaire quelconque, soyez sûr qu'au bout de fort peu de temps il en aura sucé toute la moelle et absorbé toute la partie agréable et nutritive.

En un tour de main, il en devient le factotum, l'enfant gâté. Quelle douceur, il est vrai, quelle souplesse dans les rapports !

L'administrateur, toujours ombrageux, adore cette pâte d'hommes si malléable et si facile. Avec eux, jamais de luttes ni de heurtements à redouter.

Il faudra bien aussi qu'on nous trace un de ces matins le profil de quelques-uns de ces bons ermites littéraires qui ont le mérite de se faire des émargements de deux mille francs par mois avec des publications, des recueils pittoresques auxquels on s'abonne, mais qu'on ne lit jamais et qui s'adressent surtout à la fibre bête du public.

N'est-ce pas agaçant, galvanisant, de songer que lorsqu'il éclôt quelque part une affaire quelconque,

canal, chemin de fer, défrichement, banque, fondation d'escompte et de crédit, vous êtes sûr de voir
arriver en masse tous les oiseaux du saint-simonisme
pour fondre dessus?

C'est la bande noire sortie d'un étui de mathématiques.

Lorsqu'on fondera quelque chose de nouveau, n'importe dans quel genre, métallurgique, industriel, financier, commercial, agricole, je demande qu'on
écrive en tête du prospectus, en caractères encore
bien plus visibles que ceux-ci :

Il n'y aura pas de saint-simoniens!!!

Je m'inscris d'avance pour être membre du conseil
de surveillance !

Quant aux jeunes gens qui dirigent la mode et l'é-
légance, ils sont ce que vous les voyez aujourd'hui :
ils ont beaucoup plus de cravaches que de chevaux.

Tout le monde veut pouvoir dire qu'il a une maîtresse à l'Opéra. On entretient des rats en collaboration. On a son jour de loge pour la volupté, comme
les abonnés des Italiens leur stalle pour la musique.

Des membres des premiers clubs ont des habits de
Chevreuil et achètent leurs paletots rue du Bac.

On bâille, on lésine partout. Les loges infernales
sont de faux enfers. On leur donnerait le bon Dieu
sans confession.

Les viveurs de profession consomment le vin de

Champagne en demi-bouteilles et dans des carafes frappées.

Savez-vous ce qui a remplacé l'ancien caveau, ces bons vieux déjeuners si joyeux, où vous voyiez les hommes les plus graves, des magistrats à poudre, des membres du parquet, venir se couronner de pampres et de roses et chanter leurs propres couplets sur l'air de *Francs buveurs, que Bacchus attire!...* — Eh bien! j'ai honte de le dire, c'est la Parlotte...

Qu'est-ce donc que la Parlotte?

C'est tout simplement une arène politique, comme qui dirait une salle d'armes ou une salle de danse parlementaire, où les jeunes penseurs qui veulent arriver vite apprennent à devenir hommes de tribune et de gouvernement dans le système anglais.

On loue un local quelconque, on dispose une tribune pour les orateurs, des places réservées pour les dames, et on éventre toutes sortes de grandes questions.

C'est le genre des revues, si ce n'est qu'on récite son article à haute voix ; c'est la tartine qui gesticule.

On traite la question des sucres, des colonies, de la décentralisation, du libre échange, des céréales, de l'enseignement, de la presse, etc., etc.

C'est le rabâchage de l'avenir. Gringalet à l'état de Mirabeau.

Il y a l'opposition, le ministère, la gauche, la droite, le tiers parti ; — le ministère, c'est la carafe ; l'opposition, c'est l'encrier.

On se fait des interpellations, des interruptions,

II.   2

on se prépare aux grands duels, aux grands défis de la parole.

Personne n'improvise, tout le monde récite par cœur; c'est égal, je vous assure qu'il s'est fait souvent et dit de grandes et nobles choses dans cette salle Chantereine de la politique.

La Parlotte a fait faire plus d'un mariage avantageux.

Vous avez là sur les banquettes de ces blondes figures de keepsakes, jeunes filles à l'œil profond, aux veines d'azur, au front sérieux et parlementaire, qui rêvent déjà ambassades, chancelleries, ministères, et se passionnent en secret pour ces jeunes surnuméraire de la tribune et du pouvoir.

— Que j'aime la canne à sucre! dit tout bas l'une d'elles, quel charme d'élocution elle vient de déployer! Quel talent suave et doux!

— Quant à moi, c'est la betterave qui me plaît, dit une autre, quel parfum! quel arome!

— Moi, j'adore les machines!...

— Et moi, le libre échange!...

— Et les nègres donc?

Vous ne sauriez croire ce que la question des nègres a fait éclore de passions!

Je me souviens d'avoir entendu un jeune publiciste sans le moindre physique traiter un soir cette question-là à la Parlotte, derrière une lampe qui fumait.

Il y mettait tant de conviction, s'identifiait si bien avec son sujet, qu'il en noircissait à vue d'œil, son épiderme changeait; il devenait nègre à mesure que son discours avançait.

Quand il a eu fini, un très-riche marchand de charbon de terre s'est précipité dans ses bras en lui criant : « *Bon gendre à moi !* »

Qu'on dise encore que nous ne sommes pas dans des temps très-joyeux et où l'on s'amuse largement !

Nos jeunes gens ne sont plus ni rieurs, ni causeurs, ni danseurs, ni polkeurs, ni valseurs; — ils sont orateurs.

Dans les bals, ils arrivent avec des bonnets de soie noire et du coton dans les oreilles pour avoir l'air d'avoir fouillé les questions graves et fasciner les pères de famille.

Cependant j'entre un soir au foyer de l'Opéra, où il n'y avait absolument que des hommes d'esprit, comme à la Maison d'or, passé minuit.

(Tout le monde est plein d'esprit, à la Maison d'or, à partir d'une heure du matin.)

On vit s'avancer un homme d'imagination, un inventeur célèbre, qui portait à sa boutonnière une immense brochette qui réunissait les décorations de toutes les puissances du monde.

Une foule de gobe-mouches riaient, s'extasiaient à l'entour, trouvaient l'invention ravissante.

Je vois encore un vieux bonhomme entre cinquante et soixante ans, voûté, ramassé, une tête de puritain de l'orchestre du Théâtre-Français.

Il se fit jour au milieu du cercle qui entourait l'illustre romancier.

Il lui adressa quelques paroles que j'ai transcrites et que je retrouve dans mes notes sous ce titre :

Un SPEAK à une Brochette célèbre.

« Permettez-moi de vous dire, monsieur, que je ne suis pas du tout de l'avis de ceux qui admirent cet étrange attribut dont vous avez cru devoir vous affubler pour paraître ici ce soir.

« Nous nous connaissons ; je n'ai pas besoin de vous rappeler quelle estime profonde j'ai pour votre talent et votre esprit !

« Mais c'est précisément parce que j'ai beaucoup de charme à vous lire qu'il m'est plus pénible de vous voir vous donner ainsi en spectacle, dans un foyer où se trouvent nécessairement une foule d'étrangers toujours disposés à considérer les Français comme un peuple de saltimbanques et de hannetons.

« Ne dites pas que nous sommes dans un temps d'excentricités et que vous avez aussi le droit d'étaler la vôtre.

« S'il est vrai que nous ayons malheureusement autour de nous une foule de coiffures et d'habits ridicules, c'est une raison pour que vous soyez dans votre mise plus simple et plus naturel que qui que ce soit.

« N'êtes-vous pas moraliste, écrivain, peintre de

mœurs, c'est-à-dire le gardien des bienséances et du bon sens public?

« Comment maintiendrez-vous votre rôle et quelle autorité morale aurez-vous sur vos lecteurs, s'il est vrai que vous étaliez de sang-froid et de propos délibéré des travers et des extravagances que vous aurez demain à châtier chez autrui?

« Parlons franchement, monsieur ; ces insignes étranges et burlesques que vous promenez ici tous les soirs sont tout simplement un moyen d'attirer l'attention sur vous ; une réclame, comme on dit aujourd'hui.

« Vous ne voulez pas seulement qu'on vous lise ; vous voulez aussi que les badauds vous recherchent et vous examinent comme une pièce curieuse...

« Eh ! quoi ! monsieur, vous ne rougissez pas de recourir à de tels expédients ? La grande porte de la renommée est ouverte devant vous ; il faut que vous frappiez à la porte bâtarde du ridicule et du scandale !

« Savez-vous bien ce qu'est un écrivain qui a entièrement perdu la pudeur et le sens moral vis-à-vis du public ?

« Songez-vous à quels débordements d'amour-propre, de folie, de cynisme et de personnalité monstrueuse il est capable de se laisser entraîner ?

« Bientôt il n'a plus rien d'inviolable ni de sacré : père, mère, sœur, frère, épouse, maîtresse, il arrive à tout mettre en scène, à voir partout un sujet de réclame.

« Il trahit à chaque instant les saints asiles du cœur ; sa propre alcôve, il en profane les mystères.

« Quelle figure ferez-vous devant vos confrères en cherchant sans cesse à monter sur leurs épaules et à vous créer cette célébrité d'extermination ?

« Que devient l'écrivain proprement dit, l'inventeur modeste et solitaire qui ne compte que sur ses ouvrages pour conquérir sa part de renommée en vous voyant, vous déjà si célèbre, emprunter tous les ressorts de l'effronterie et du charlatanisme pour tout envahir, tout éblouir, tout accaparer, faire de votre *moi* quelque chose de si insensé, de si ambitieux, de si bruyant, qu'on finira par le prendre pour un fléau public ?

« Voilà, monsieur, ce que je crois devoir vous dire au nom de tous les gens qu'on appelait autrefois des cœurs loyaux et des esprits honnêtes... »

Je ne me souviens pas trop de l'effet que produisit ce singulier speak. Les avis furent partagés.

Les uns trouvèrent que l'orateur était un vieux fou qui n'entendait rien aux mœurs et au mouvement de son siècle.

D'autres, au contraire, pensèrent que ce qu'il venait d'improviser n'était peut-être pas absolument dénué de raison, attendu qu'il est bien déplorable de voir un écrivain de mérite et de célébrité s'obstiner à montrer au public cette partie de lui-même que ce brave la Merluche craignait de faire voir aux convives d'Harpagon.

Cependant, au milieu de ce brouhaha de députés, d'hommes influents, de femmes politiques, de rédacteurs de journaux panachés de comédiennes, qui composait la haute société d'alors, nous voyions se dessiner une grande école qui a bien tenu tout ce qu'elle promettait et nous a doté de cette génération de grands courages, de grands cœurs, de grandes consciences, que vous connaissez aussi bien que moi.

Je veux parler de la grande école des corrompus, dont j'ai fait nécessairement partie.

Cette école a eu trop d'influence sur le monde actuel pour que je ne lui accorde pas dans mes Mémoires une mention spéciale.

J'ai donc l'honneur de vous présenter :

L'École des Corrompus.

— Est-ce que vous avez des opinions politiques, vous ?...

— Certainement...

— Imbécile !...

— Et vous?...

— Moi, pas le moins du monde.

— A la bonne heure ; touchez là...

— Moi, je suis d'avance pour tous les gouvernements, quelles que soient leur devise et leur nuance... Je suis pour tous les ministères, pourvu que j'émarge grassement... A mes yeux, la conscience est un mythe.

— Une vieille guenille...

— L'opinion publique, quelle vieille blague !...

— Et la France donc ! Le nom français, l'honneur français, le pavillon français, Dieu ! comme il est temps d'en finir avec toutes ces rangaines-là !...

— Français, allons donc ! qui est-ce qui est Français aujourd'hui ?... Moi, je suis Cosaque, je suis Russe, Autrichien, Chinois, Valaque, Turc, Algonquain, Patagon, n'importe quoi, tout ce qu'on voudra, pourvu que j'aie tous les jours mon Romanée-Conti et Miranda à souper ; — je me moque pas mal de tout ce qui peut arriver en dehors de notre délicieux petit monde...

— Figurez-vous que les épiciers, les marchands de flanelle, nous appellent les *corrompus*... Les imbéciles ! Certainement nous sommes les corrompus, nous ne nous en cachons pas... chacun vit comme il peut ici-bas... Qu'est-ce que la vertu dans la société moderne ?... Une question d'estomac, pas autre chose...

— Un homme qui a des principes et des croyances, c'est tout bonnement un homme qui ne digère pas...

— Ces crétins qui essayent de nous stigmatiser ne font pas attention à une chose, c'est que nous avons immensément d'intelligence, de style et de gaieté... Nous vivons sur le bourgeois, c'est notre droit, c'est notre mission sur cette terre... Ils nous appellent des hommes de fange, de profondes canailles... Les cuistres !... S'ils savaient comme nous avons des mots spirituels !... Avec des mots, on a le droit de tout faire, de tout écrire, de tout mépriser, de tout trahir... On jette une écume intelligente et

des paillettes de verve à la figure de ses contemporains. On n'existe pas, on mousse... Vive la joie !
vive la corruption !... Donnez-nous la forme de ministère que vous voudrez, nous sommes parfaitement
sûrs d'y trouver notre émargement, notre trou... Si
le rajah de Lahore veut payer convenablement,
demain je lui rédige son journal officiel...

Je transcris, au hasard, quelques-unes des formules
qui formaient le fond de doctrine de la grande école
des corrompus, dont l'influence a duré si longtemps.

Il est si flatteur de pouvoir se dire que l'on est
supérieur à tout le monde ; que l'on se trouve
placé, par son intelligence et son entrain, au-dessus
des mépris de l'opinion et des embarras de la conscience !

On voit que, pour être admis dans cette coterie,
étincelante de paradoxe et de laisser-aller, il n'y avait
pas du tout besoin de présentations, de cérémonies,
ni de signes plus ou moins franc-maçonniques ; il
suffisait d'avoir soupé ensemble chez Gobillard ou
ailleurs.

Une fois qu'on s'était vautré une nuit dans la joie,
les femmes et la bonne chère, on se connaissait, on
était de la même confession...

Dans ces soupers frénétiques, on jetait tout par les
fenêtres, les engagements, les principes, avec les verres
et les bouteilles. C'était la tour de Nesle de la publicité.

En ai-je vu fonder, dans ces petits cabinets de
restaurateurs nocturnes, de ces journaux bien cyni-

ques, gangrenés d'avance d'impudeur et de chantage
jusqu'à la moelle des os ! journaux politiques, pour
ou contre le gouvernement, pour ou contre le ministère ; journaux industriels, financiers, pour les
colonies, contre les colonies, pour la protection, pour
la non-protection, tout ce qui pouvait devenir un
moyen quelconque d'exploitation et d'escompte !

On parlait sans réticence, tout le monde ôtait son
masque.

— Abîmes-tu tel ministre ?...

— Paye-t-il ?...

— Oui, mais c'est un cancre, un pingre qui ne sait
pas reconnaître suffisamment les services rendus...
J'ai sur lui, sur sa famille, ses neveux, tous ses cousins, des renseignements à lui faire pousser sur la
tête une forêt de cheveux blancs... Je lui mitonne
une polémique à raccourcir ses jours de plusieurs
écheveaux...

— Tu l'abîmes, toi ?... Eh bien ! moi, je le soutiens... c'est un homme pour lequel je n'ai pas la plus
petite sympathie ni la moindre estime, mais c'est
égal... je le soutiens... Il nous promet, pour le premier du mois, une subvention honnête, copieuse ; au
prochain semestre, nous aurons un bombardement de
fonds secrets...

Que de fois aussi j'ai vu des fondateurs de journaux, des traîneurs de phrase et de tartine qui, le matin, s'étaient apostrophés dans leurs feuilles d'une
manière abominable, s'étaient injuriés, vilipendés,
conspués, et qui, le soir, étaient les meilleurs amis du

monde, groupés autour des mêmes vins chauds, s'embrassant sur le front des mêmes actrices !

Nous n'organisions pas seulement le chantage politique et ministériel, nous combinions aussi le chantage industriel et privé.

J'ai entendu souvent développer la théorie du chantage aux fers, aux cuivres, aux fontes, aux aciers, au zinc, aux filatures, aux usines à gaz, etc., etc...

Ces idées se déployaient au milieu d'un concert de calembours, de coq-à-l'âne, de saillies de toutes les couleurs.

C'était un vrai Pandémonium de plumes à vendre, de publicistes tarés, de banqueroutiers tombés dans un certain journalisme ; les représentants de toutes les turpitudes politiques et sociales couvertes d'un certain vernis d'audace et de bonne humeur.

Tous gens dont le cœur, l'esprit, l'existence, se résument en définitive en ceci :

« Rions, buvons, chantons, ayons des femmes de théâtre, des soupers effrénés, des gens qui nous subventionnent, un siècle qui nous tolère, et moquons-nous du reste !... »

Les litanies de cette école roulent en grande partie sur ce thème-là, on peut même les resserrer encore et les résumer tout à fait dans ces trois termes fondamentaux :

Truffes, — Champagne, — Actrices.

Actrices, — Champagne, — Truffes.

Truffes, — Actrices, — Champagne, etc.

Changez les mots de place, essayez de varier la physionomie de la phrase, vous en revenez infailliblement à cela.

En France, ce qu'on est convenu d'appeler le style et le talent ne se galvaude et ne se prostitue que pour deux mobiles : — la table et les femmes.

On veut avoir, sans un sou de patrimoine, le droit de dîner tous les jours comme Cambacérès, ce qui veut dire qu'on est disposé à accepter toutes les saletés de la publicité.

Ou bien on veut avoir, par sentiment ou par jactance, une femme à la mode que l'on puisse traîner dans les restaurants et les lieux publics.

Une femme coûte cher à Paris ! — Ayez donc une conviction au fond de l'âme quand votre maîtresse a de l'hermine sur les épaules !

Vous nous demandez ce que sont devenus les corrompus ; pourquoi nous le demander, puisque vous les connaissez ?

Ne savez-vous pas que les corrompus sont aujourd'hui des hommes parfaitement vertueux, parfaitement graves, les apôtres de la morale publique, les défenseurs de la famille, les protecteurs de l'ordre et des croyances ?

Ce sont eux qui vous écrivent tous les jours dans d'immenses colonnes que la société est ébranlée jusque dans ses dernières bases, qu'il faut absolument rétablir les vieux principes, restaurer le code de la conscience et de la rigidité politique.

« Malheureuse France, malheureuse société ! s'écrient-ils à chaque instant : ne vois-tu pas ces bandes de jeunes corrompus, de jeunes débauchés, de hanteurs d'orgies et de lieux suspects, qui te menacent sans cesse et tiennent suspendu sur ta tête le glaive de l'immoralité ?

« Sauvons cette pauvre société, nous qui en sommes les représentants les plus purs, nous qui n'avons jamais cessé, depuis que nous existons, de souffrir pour sa cause, en buvant à son salut et en portant des toasts à sa conservation.

« Écoutez nos conseils, nous vous tirerons des dangers les plus imminents, sachez que ce qui fait le mal de la situation politique, si périlleuse, si impossible où nous nous trouvons, c'est, on ne saurait trop le répéter, la corruption, la dépravation des idées, l'abus des liqueurs fortes et des lorettes, toutes choses auxquelles il convient d'apporter un remède énergique, prompt, immédiat, etc.... »

Mais en voici assez sur l'école des corrompus; ceux qui voudraient en savoir plus long n'ont qu'à feuilleter les archives d'une certaine presse et d'un certain monde bien connus.

Passons sans transition aucune à une autre école non moins célèbre, celle des *pochards*, que je vous demande la permission de vous présenter, comme la précédente, sans la moindre formalité.

L'École des Pochards.

Pochard ! d'où vient ce mot-là ? J'ai feuilleté tous

II.   5

les dictionnaires, j'ai consulté toute l'école des chartes, personne n'a pu m'en donner l'étymologie.

N'importe, tout le monde sait ce que cela veut dire; Bacchus était un pochard indien.

Je l'ai vue éclore et briller de toute son auréole naissante, cette autre école non moins célèbre, et qui a tenu dans son giron un grand nombre d'hommes politiques et littéraires de notre temps.

Autrefois vous aviez des gens qui buvaient pour boire, fidèles représentants de la tradition rabelaisienne et gauloise, des apôtres de la bouteille, de vrais amants de la futaille, qui se grisaient bon jeu bon argent et sans se maniérer.

Aujourd'hui le type de l'ivrogne naïf et de bonne foi est presque entièrement perdu.

On ne se grise que bien rarement par élan et passion, mais presque toujours dans un but d'affiliation et de réclame.

On espère se créer une situation sociale par les chopes et les petits verres; nous avons les pochards de la pensée.

Hélas! que j'en ai vu souvent rouler le long des bornes, de ces hommes d'avenir, de ces capacités, comme nous les appelions du temps où nous n'étions pas encore dépouillés de toutes nos illusions politiques!

Cela ne les a pas empêchés de devenir quelque chose autrefois et de faire leur chemin. Au contraire, c'est en trébuchant qu'ils sont arrivés.

Souvent aussi il y avait les dupes, les victimes.

ceux qui se figuraient qu'à force de se vautrer dans cette fange voluptueuse trempée de rhum et d'absinthe, ils sortiraient de là revêtus nécessairement de quelque haute position administrative.

Vous avez eu beau trinquer et échanger des verres d'eau-de-vie avec des personnages haut placés, ce n'est pas toujours une raison pour qu'ils se souviennent de vous après boire.

La camaraderie du petit verre est loin d'être infaillible.

Vous vous souvenez bien de cette anecdote si connue de deux pochards célèbres, dont l'un était devenu quelque chose et avait su tirer son épingle des alcools, tandis que l'autre était resté en proie à l'ivrognerie de bas étage, celle qui n'a plus ni bottes ni chaussettes.

Ce dernier voit un beau jour son camarade parvenu au faîte des grandeurs, ce camarade qu'il a si souvent soutenu et même ramené dans les nuits d'orage et de tourbillon.

Il va droit à son cabinet pour lui demander un emploi, le poste le plus infime, un refuge quelconque contre le dernier des dénûments :

— Impossible, mon cher, il m'est revenu que vous vous livriez à la boisson !

Grande leçon pour ceux qui croient à l'absinthe politique et à la mémoire de l'orgie !

Aujourd'hui, tout pochard est nécessairement orgueilleux et prétentieux : c'est le siècle qui veut cela.

Citez-moi donc un Montauciel pur qui ne soit pas trempé de littérature, de style et de critique.

Dans une époque poseuse comme la nôtre, où tout le monde cherche à se dessiner et à se mettre sur un piédestal quelconque, il est tout naturel qu'il y ait eu des gens qui se soient jetés dans l'ivrognerie par la route fatale de la gloriole, de la vanité et du désenchantement.

J'ai vu passer sous mes yeux le pochard publiciste, l'homme qui s'empare des affaires, qui vous explique les situations de toutes les puissances de l'Europe, et marche sur le Rhin, à la onzième canette de bière qu'il avale.

Nous avons le pochard harmonieux, l'élève d'Hoffmann, qui écrit dans sa tête des fantaisies et des symphonies inédites avec du grog et du bichof.

Nous avons aussi le pochard gentilhomme, celui qui, du haut de son genièvre, regarde toute l'espèce humaine en mépris, vous parle de son blason, de son écusson, de son oriflamme et de ses aïeux, avec un nez rouge comme les talons de l'ancien répertoire.

Nous avons le pochard tragique, celui qui a vu Talma et qui développe tous ses moyens au moment où l'absinthe lui darde dans le cerveau ses pointes d'opale et d'azur.

C'est l'Agamemnon diffusible, le récit de Théramène à l'état de bain de pied.

Nous avons le pochard jugeur, celui qui trouve qu'il n'y a au monde de spirituels que les gens qui avalent des myriades de petits verres.

Et le pochard anacréontique ! voilà un type fatigant et contre lequel je vous engage à bien vous prémunir.

Y a-t-il quelque part une compagnie d'assurance contre les couplets ?

Une fois que la bière est sur la table, c'est fini, le voilà parti. Il faut qu'il écoule tout son répertoire sans débrider et sans autre halte que le temps nécessaire pour s'ingurgiter une chope.

Vous avez la nature tout entière, les hannetons, les moucherons, les fourmis, les bêtes à bon Dieu, les punaises des bois, les charançons, etc.

Vous avez la ferme et tous ses ustensiles, la pelle, la fourche, le trou aux lapins, la poêle à frire, la marmite, le beurre, le fromage, etc., etc...

Vous avez des savanes, des steppes, des hémisphères de couplets et de refrains. C'est le comble de l'égoïsme lyrique.

Celui-là, je demande qu'on lui fasse subir tous les supplices inventés par Denys de Syracuse ; qu'on le condamne à lire les romans vertueux couronnés par l'Académie.

Défiez-vous de la bière poétique et chantante, je ne vous dis que cela. Je préfère le déluge universel. Du moins, le déluge a fini par s'arrêter.

Au résumé, il est évident que d'après tout cela l'ivrognerie française s'en va de jour en jour.

Les gens d'esprit, les corrompus l'ont tuée comme ils tueront tant d'autres choses.

L'ivrognerie est un peu comme la femme galante :

depuis qu'on l'a mise dans la littérature et la poésie, on a détruit son plus grand prestige.

Elle est coupée de littérature anglaise. Byron a fait bien du tort aux distillateurs !

C'est lui qui a fait éclore cette génération de faux ivrognes, de faux piliers d'orgie aux flacons de Syracuse et aux coupes de Venise.

L'ivrognerie actuelle est taillée à facettes, elle sent la convention et le métier. Tous les estaminets ont leurs flacons à l'esthétique à côté du curaçao.

C'est ce qui explique l'état mélancolique et nerveux où se trouvent aujourd'hui les voltigeurs du petit verre. Ils sentent que leur règne est passé et qu'on ne les comprend plus.

Où boit-on en définitive aujourd'hui? Chez des boulangers, des pâtissiers nocturnes, dans de misérables réduits.

Les restaurants qui restent ouverts toute la nuit ont l'air de coupables.

Tant que vous n'aurez pas refait en France l'aristocratie de l'alcool, vous n'aurez jamais de société, c'est moi qui vous le dis.

Les derniers pochards célèbres que notre époque ait vu se produire ont été attaqués dans leur vie privée.

L'épigramme les a poursuivis dans tous leurs zigzags ; on ne les a pas même laissés dormir en paix à côté du ruisseau, ce champ d'honneur de l'ivrogne. Pitié !

Je ne veux pas pousser plus avant ce simple résu-

mé des mœurs, des idées et des choses qui se rap-
portent à la date du second volume de mes Mémoires.

J'ai voulu seulement rafraîchir quelques physiono-
mies et quelques portraits pour bien poser le théâtre
sur lequel nous allons voir figurer des personnages
et des événements nouveaux.

CHAPITRE II.

Les nobles jeunes gens. — Le principe d'autorité. — La jeune presse. — Le rez-de-chaussée et le premier étage — Le ban et l'arrière-ban. — Le sultan de ce temps-ci. — Schéhérazade. — Un mot de l'homme d'État Bébé. — La secte des endormeurs. — Cinq cents volumes. — Neuf combinaisons. — Bernardin de Saint-Pierre. — Châteaubriand. — Lamartine. — Les perruques. — La chimie appliquée à la littérature. — Les Trucs. — Alexandre Arpin le grand trucqueur. — L'x du cœur. — L'inconnue du sentiment. — La racine carrée d'une passion. — Arthur de Chaudrognac enseigne les mathématiques du roman. — Gil-Blas — Un cours public. — Le bec dans l'eau. — Les ficelles du métier. — V'lan.

On n'a pas oublié, si l'on a lu le premier volume de ces Mémoires, que c'est moi qui avais trouvé en prenant la direction de l'Ambigu-Lyrique la grande formule gouvernementale du dix-neuvième siècle : *Ordre public et volupté.*

Cette politique dont j'étais le chef anonyme avait porté ses fruits. Grâce à elle, l'opposition, si vaillante au début de l'établissement de Juillet, s'arrêtait épuisée, le rationalisme ne battait plus que d'une aile ; échappée de la loge maternelle, la lorette, astre nouveau, brillait au firmament de l'époque ; les nobles jeunes gens qui sont l'avenir de la France ne commettaient plus la légèreté de se ruiner pour de grandes dames, ils préféraient ruiner des danseuses. En un mot, le principe d'autorité se relevait de toutes parts.

A l'aspect de ces magnifiques résultats, Cabochard me disait souvent en me serrant la main :

— Je suis content de toi.

Cependant je sentais que mon œuvre n'était pas complète. Le journalisme avait encore de l'influence sur le public. Je compris qu'il fallait tuer le journalisme.

A cette époque, on s'en souvient peut-être encore, le journal était véritablement le représentant d'une opinion. Fondé par des journalistes, dirigé par des journalistes, il s'adressait plus à l'intelligence qu'à la bourse des abonnés ; sa mission était d'instruire et de diriger l'opinion publique, et non de raccoler la plus grande somme possible d'annonces pour la quatrième page. La presse était le véritable bélier qui sapait les abus et renversait les préjugés. Le gouvernement, pour résister à cette redoutable machine de guerre, avait recours à de vieux moyens, tels que l'amende, la condamnation, la prison, et il me faisait l'effet d'un chevalier du moyen âge qui entrerait en lice, la lance au poing, contre un soldat de notre temps armé d'une carabine. J'eus pitié de ce pouvoir peu inventif et je fondai la presse à quarante francs.

La presse à quarante francs, c'était l'actionnaire substitué à l'homme politique, l'intérêt à la passion, l'argent à la conviction.

L'écrivain ne dirigeait plus, il était l'instrument d'un capital.

J'entrepris donc immédiatement cette œuvre de dissolution que j'appelai la *jeune presse.*

Je calculai combien la page d'annonces devait rapporter au bout de l'année quand le journal aurait atteint un certain chiffre d'abonnés. Pour conquérir cette bienheureuse clientèle, je bouleversai le journal de fond en comble.

Ce qui avait été jusque là l'essentiel ne devenait plus que l'accessoire. L'écrivain politique ne jouait plus, dans cette étrange comédie, que le rôle d'une utilité; les premiers rôles étaient les fabricants de feuilletons. Le rez-de-chaussée détrônait le premier étage; la politique portait la queue de la littérature. On donnait au lecteur des romans de celui-ci ou de celui-là pour quarante francs par an, et des articles de politique par-dessus le marché.

Je convoquai le ban et l'arrière-ban littéraire. Je lui fis comprendre qu'il fallait à tout prix amuser le grand seigneur de notre temps, le public, et que pour lui plaire il ne s'agissait que d'exécuter des sauts de carpe et de merveilleux tours de force.

Il importe, dis-je aux littérateurs qui m'entouraient, que la France, cette spirituelle nation, ne soit plus préoccupée chaque matin que de savoir lequel de Pierrot ou d'Arlequin épousera Colombine. La tâche est grande, messieurs, mais je compte sur vous. Préparez vos serinettes, car nous allons jouer un air qui n'est pas près de se terminer. Nous afficherons des prétentions encyclopédiques, nous prendrons le titre de *Journal universel*, mais en réalité

nous débiterons toujours la même histoire à l'a-
bonné. Vous connaissez les *Mille et une Nuits;*
n'oubliez pas que le public est cet imbécile de sultan
qu'il s'agit d'endormir chaque soir à l'aide d'une littérature opiacée. Vous êtes, vous, la Schéhérazade
de ce magnifique écouteur de balivernes. Allez écrire
votre copie, car, en vérité, je vous le dis, le temps
du roman-feuilleton est arrivé.

Quelques jours après cette grande installation de
la prétendue jeune presse, je rencontrai par hasard
l'homme d'État Bébé.

— Bilboquet, me dit-il, vous êtes réellement plus
fort que je ne le croyais : vous venez de fonder la
grande secte des endormeurs.

Bébé, qui voyait quelquefois de loin, m'avait rendu
justice. Tout le monde peut se convaincre facilement
aujourd'hui que l'éloge qu'il venait de m'adresser
était parfaitement mérité.

Qu'avons-nous vu, en effet, depuis la fondation de
la jeune presse, c'est-à-dire depuis une quinzaine
d'années? Depuis quinze ans le public a lu tous les
matins, à la même heure, dans tous les journaux, la
même histoire retournée, rarrangée, modifiée et ra-
fistolée à l'aide des mêmes procédés de composition,
d'invention, d'émotions et de combinaisons. Il n'y a
que le titre et le nom des personnages qui varient un
peu. Hier le héros s'appelait Arthur ; aujourd'hui il se
nomme Octave. Hier il mourait à la Morgue ; aujour-
d'hui il se marie : deux fins tragiques, dirait un vaudevilliste.

- Aujourd'hui que, retiré au coin de mon feu, les pieds dans les pantoufles, j'ai descendu l'échelle de l'ambition et l'escalier des aventures, je ne puis m'empêcher de sourire quand j'entends les grands hommes que j'ai dressés s'écrier qu'ils ont écrit cinq cents volumes.

O public français! ces cinq cents volumes tiendraient dans deux volumes in-8°, et tu n'auras plus cette figure étonnée quand je t'aurai appris qu'il n'existe que neuf combinaisons dramatiques, neuf, entends-tu bien? comme il n'y a que sept notes dans la musique et vingt-quatre lettres de l'alphabet.

Or les producteurs de notre temps ont usé et abusé de ces neuf combinaisons, et ils en useront et abuseront jusqu'à l'extermination du dernier journal et du dernier lecteur. Si, parmi les inventeurs de la *suite au prochain numéro*, il s'en rencontrait un qui pût trouver une dixième combinaison, il serait plus grand que Napoléon et plus riche que Rothschild.

De quoi s'agit-il en effet aujourd'hui en littérature, sinon de combinaisons, autrement dit de mécanisme? J'avais compris un des premiers que le temps était venu de retrancher des productions de l'esprit la peinture des sentiments, l'étude des caractères, le travail du style. Bernardin de Saint-Pierre, perruque; Châteaubriand, perruque; Lamartine, archiperruque. Dieu merci, et un peu grâce à moi, on a délaissé ce monde infini et toujours mystérieux où s'agitent les passions humaines; aujourd'hui la littérature est un grand chemin où tout le monde peut marcher. Il ne reste plus au metteur en œuvre que des combinaisons, rien que des combinaisons. On est littérateur comme on est ouvrier. On sait qu'il y a neuf combinaisons, pas une de plus, pas une de moins ; et on combine. Elles sont étiquetées dans le cerveau de tout producteur et classées par compartiments. Quel progrès sur les écrivains qui nous ont précédés !

Ainsi, par exemple, vous savez qu'il y a la combinaison de l'adultère greffée sur la bâtardise. Vous développez cette combinaison et vous devez obtenir pour résultat un très-présentable Antony.

La combinaison du crime enté sur la vertu.

C'est de cette combinaison très-en honneur sur les théâtres de boulevards et dans les feuilletons des grands journaux que sont issus tous les honnêtes criminels, tous les vertueux assassins, tous les respectables gredins que nous voyons passer depuis bientôt un quart de siècle, escortés de gendarmes, de sentences larmoyantes et d'applaudissements.

Voulez-vous la combinaison de la haine combattue par l'amour, une vieille combinaison qui date des guelfes et des gibelins ? la combinaison du libertinage illuminé par la passion ? etc., etc., demandez, faites-vous servir. Tout fabricant littéraire un peu au courant de son métier tient boutique de combinaisons comme le pharmacien du coin tient assortiment de drogues. Chez ces deux industriels, c'est toujours une question d'amalgame, et ils débitent leurs pilules respectives à un prix modéré aux clients qui veulent bien les honorer de leur confiance.

II.   4

— Vous dites donc, monsieur, que vous désireriez un enchevêtrement dramatique assez compliqué, quelque chose d'émouvant, de corsé et d'entripaillé. J'ai justement votre affaire. Combinaison n° 4, agencée avec la combinaison n° 6, et compliquée de la combinaison n° 9. Ces trois combinaisons, habilement mélangées, ont toujours obtenu le plus brillant succès, surtout auprès des femmes lymphatiques. Je vous enverrai demain mon premier feuilleton.

On le voit, c'est la chimie appliquée à la littérature. Je n'étais pas resté six mois pour rien chez l'inventeur de la sangsue mécanique.

Admirez les desseins de la Providence : il avait fallu un pharmacien pour révolutionner le monde littéraire !

En dehors de ces neuf combinaisons, il existe les sous-combinaisons, plus généralement connues sous le nom de *trucs*. Les combinaisons sont l'art de l'ensemble, le truc est la science des détails. On dit d'un écrivain qui *file la scène avec difficulté* : Il manque de truc. Celui-ci a du truc, celui-là n'en a pas.

Le plus grand trucqueur de ce temps-ci est Alexandre Arpin, celui qui a fait huit cents volumes, cinquante drames, un enfant, deux révolutions, soixante comédies et quatre-vingt-six vaudevilles.

Ramenée, grâce à moi, à ces proportions, la littérature devint une science exacte. On fait aujourd'hui un roman comme une règle de trois. On cherche l'x du cœur, on dégage l'inconnue d'un sentiment, et l'on extrait la racine carrée d'une passion.

Le célèbre Arthur de Chaudrognac, ce critique de tant de toupet, à qui j'exposais un jour ce procédé de fabrication, fut tellement frappé de la simplicité de la chose, qu'il ouvrit immédiatement un cours public, dans lequel il enseigna aux jeunes fruits secs de l'intelligence les mathématiques du roman.

J'assistai à son cours, et j'ai retenu le passage suivant d'une de ses leçons :

— Messieurs, disait le professeur, pour vous démontrer en quelques mots combien nous l'emportons, nous les inventeurs, les producteurs, les rêveurs, les trucqueurs du dix-neuvième siècle, sur les écrivains des siècles précédents, permettez-moi de prendre un des ouvrages les plus vantés de l'ancienne littérature, *Gil Blas*, par exemple, et de le soumettre à mon analyse corrosive.

Vous savez, messieurs, quelle est la situation de cet aventurier au début du livre : il est chez son oncle le chanoine Gil Perez, lequel lui donne quelques ducats et l'envoie chercher fortune à Salamanque. Nous allons, si vous voulez bien le permettre, citer le commencement du second chapitre, et nous démontrerons ensuite comment auraient procédé les illustres producteurs de notre temps.

« Me voilà donc, dit Gil Blas, hors d'Oviédo, sur le chemin de Pennaflor, au milieu de la campagne, maître de mes actions, d'une mauvaise mule et de quarante bons ducats, sans compter quelques réaux que j'avais volés à mon très-honoré oncle. La première chose que je fis fut de laisser aller ma mule à discré-

tion, c'est-à-dire au petit pas. Je lui mis la bride sur
le cou, et, tirant mes ducats de ma poche, je commençai à les compter et à les recompter dans mon
chapeau. Je n'étais pas maître de ma joie ; je n'avais
jamais vu tant d'argent ; je ne pouvais me lasser de le
regarder et de le manier. Je le comptais peut-être
pour la vingtième fois quand tout à coup ma mule,
levant la tête et les oreilles, s'arrêta au milieu du
grand chemin. Je jugeai que quelque chose l'ef-
frayait ; je regardai ce que ce pouvait être. J'aperçus
sur la terre un chapeau renversé, sur lequel il y avait
un rosaire à gros grains, et en même temps j'entendis une voix lamentable qui prononça ces paroles :
« Seigneur passant, ayez pitié, de grâce, d'un pauvre
« soldat estropié, » etc., etc., etc...

Je suis bien fâché de le dire, messieurs, continuait
le célèbre critique Arthur de Chaudrognac, mais ce
début manque totalement de truc. Un romancier moderne eût animé la scène à l'aide de nombreux trucs ;
il eût par exemple commencé ainsi :

« C'était par une belle soirée d'automne ; les feuilles, frappées par la gelée et colorées un moment de
teintes roses, pleuvaient des cerisiers et des châtai-
gniers » (truc de l'entrée en matière). C'était par une
belle soirée d'automne, cela fait toujours bien. On
pourrait dire si l'on voulait : « C'était par une belle
soirée de printemps. » Mais continuons :

« Les brouillards tombant des hauteurs des montagnes d'Oviédo... (j'ignore s'il y a des montagnes

à Oviédo, mais il doit y en avoir). Je reprends :
« Donc......

« Les brouillards tombant des hauteurs des montagnes d'Oviédo s'étendaient comme de larges inondations nocturnes dans tous les lits de la vallée. Les Pyrénées (truc de la couleur locale) se noyaient dans un firmament sans fond ; les ombres bleues et fraîches du soir glissaient dépliées en linceul sur une ligne haute, uniforme, rempart immense qu'on dirait nivelé par le cordeau (truc descriptif simple) ; la nature semblait mourir comme meurent la jeunesse, la beauté et l'amour, etc., etc., etc. (truc de la description dramatisée). Tout à coup un jeune homme parut sur une mule, cheminant lente et triste sur le chemin de Pennaflor. D'où venait-il ? où allait-il (truc de la préparation)? Nul ne le sait (truc du mystère). Il était vêtu... (trois colonnes sur son costume, sa figure, ses cheveux, sa cravache et son porte-manteau). Le jeune drôle comptait et recomptait ses ducats, qu'il éparpillait au fond de son sombrero, cette coiffure si originale et qui indique bien le caractère sombre et rêveur des Espagnols (truc du tirage à la ligne). Il les comptait peut-être pour la vingtième fois quand tout à coup sa mule, levant la tête et les oreilles, s'arrêta au milieu du grand chemin.

« Quelque chose d'étrange allait se passer... *La suite au prochain numéro.* » (Truc de l'intérêt suspendu.)

Voilà, messieurs, poursuivait Arthur de Chaudrognac, comment on procède quand on a la prétention

d'intéresser le lecteur, quand on est un grand romancier, un grand producteur, un grand fabricateur d'é-
motions et de style. Avec les cinq ou six trucs que
je viens de placer dans cette narration, il est impossible de ne pas faire quelque chose de présentable et
d'empoignant. Le truc général du second feuilleton
consistera à parler de tout autre chose que du jeune
homme que nous avons laissé planté sur sa mule au
beau milieu du chemin de Pennaflor. Le lecteur res-
tera pendant quinze, vingt, trente, quarante chapitres
à se demander quel était ce jeune homme qui comptait des ducats dans son chapeau. Qu'on laisse le lecteur le bec dans l'eau, c'est sa position naturelle ;
puis à la fin du quatrième ou du cinquième volume,
quand l'auteur aura parlé du soleil, de la lune, des
étoiles, de l'Opéra-Comique, du duc d'Olivarez, de
Philippe II et de mademoiselle Déjazet, il dira à ce
lecteur, resté depuis le premier chapitre dans la position d'un canard qui cherche sa vie au fond d'une
mare, qu'à propos ce jeune homme du commencement était un fermier des environs ou un montreur
de marmottes qui venait de commettre un crime.
V'lan !...

Si l'auteur ne trouve pas encore dix autres volumes
dans le récit du crime commis par le jeune homme à
la mule, c'est qu'il ignore complétement les trucs, les
combinaisons et toutes les ficelles du métier.

C'est ainsi que notre grand critique Arthur de
Chaudrognac, inspiré par moi, analysait, trois fois
par semaine, tous les ingrédients qui entrent dans la

fabrication d'un roman estimable, et mettent la confection de cette chose à la portée des plus rebelles intelligences.

Il n'est pas besoin d'avoir fait sa rhétorique ni même de savoir l'orthographe pour réussir peu ou prou dans ce genre de ressemelage littéraire.

J'espère que le public me saura gré des révélations que je viens de lui faire; que la postérité n'oublie pas que c'est Bilboquet qui a inventé la jeune presse, la presse des actionnaires marchands de bonnets de coton, et la littérature à la toise, la littérature numérotée comme les pièces d'une mécanique, la littérature chemin de fer.

Quant à moi, je suis, pour le quart d'heure, exactement comme mon siècle et j'éprouve le besoin de déclarer au public que je m'ennuie terriblement.

J'avoue même que si je ne craignais pas de scandaliser l'Académie française et la haute société à laquelle j'appartiens, grâce à ma fortune, j'emprunterais un terme énergique à mon ancienne condition et je dirais que je m'embête cruellement.

Je sais par cœur toutes les jolies femmes de Paris ;

Mon estomac fonctionne moins bien ;

Les tableaux vivants à domicile n'ont plus même le pouvoir de m'électriser ;

On ne parle plus de moi, on m'oublie ; je n'ai plus, pour le moment, ni tremplin, ni journal, ni trompette;
— que voulez-vous que je devienne ?

Pour réveiller un peu mes organes fatigués et dis-

siper les brouillards du spleen qui se croisent autour
des régions de mon cerveau, je ne vois plus ici-bas
qu'une émotion, un souvenir à invoquer en l'absence
de ce divin Frascati, qu'on ne veut pas absolument
nous rendre...

Vous devinez déjà que je veux parler de mes impressions culinaires.

CHAPITRE III.

Gastronomie. — Le fromage de M. de Talleyrand. — Ce scélérat de Sardanapale ! — Les dîners de M. de Rothschild. — Une féerie de cinquante couverts. — MM. Dennery et Dumanoir. — Je cherche un cuisinier. — Potel et Chabot. — Le rédacteur en chef des fricandeaux. — Le Guide du voyageur dans tous les restaurants de Paris. — Le Café de Paris. — Rouget. — Véry. — Véfour aîné. — Véfour jeune. — Les Frères Provençaux. — La Mère Morel. — La Perdrix amoureuse. — Le café Anglais. — La Maison d'or. — Le restaurant Cremer. — Tortoni. — Bonnefoy, successeur de Roblot. — Vachette. Philippe. Brébant. — Les Tavernes de la Madeleine, de la rue Saint-Marc, de la rue du Mont-Blanc, de la rue Richelieu. — Paul Broggi. — Graziano. — Le Bœuf-à-la-Mode. — Le Dîner de Paris. — Riche. — Deffieux. — Magny. — Réflexions finales. — La cuisine, c'est le salut de la société. — J'invite à dîner tous mes lecteurs.

On dira ce que l'on voudra, la gastronomie est une force dans les temps modernes.

Un homme qui sait dîner et sait faire dîner les autres est toujours sûr de représenter quelque chose en France et dans tous les pays civilisés.

Voyez un peu l'influence exercée par la cuisine au congrès de Vienne ! Il est certain que sans le fameux fromage de Brie de M. de Talleyrand, on continuait les guerres de l'Empire.

C'est pourquoi les gens qui, me voyant dîner tous les jours à trois services, comme ce scélérat de Sar-

danapale se figurent que je suis tout simplement
un fanatique de bonne chère, un gourmet phénoménal, me font bouillonner d'indignation.

Les aveugles ! Ils ne voient pas tout ce qui se cache d'idées et de choses derrière mes sauces !

Il est convenu depuis longtemps que la France est
le seul pays du monde où l'on sache réellement dîner.
La cuisine, voilà peut-être notre plus véritable originalité.

Notre peinture est italienne, notre sculpture est
italienne, notre musique est allemande et italienne,
notre cuisine seule est exclusivement française.

Seulement, convenons-en, quelle décadence dans ce
siècle-ci ! Comme tout est devenu monotone, étriqué,
bourgeois, dans les offices et sur les tables !

Faites-moi le plaisir de déployer le premier menu
que vous voudrez sous le règne de Louis XIV,
Louis XV ou Louis XVI, et comparez avec le scenario
du diner le plus splendide de notre temps, fût-ce
même un gala de M. de Rothschild ; — dites franchement s'il y a l'ombre de parallèle à établir.

J'ai donc tenu essentiellement à avoir toujours à
ma disposition un chef de cuisine de premier ordre.

Mais hélas ! le cuisinier s'en va tous les jours, il
disparaît avec les grands hôtels, les jardins, tout le
vieux luxe.

Parmi les hommes qui manient la casserole aujourd'hui, les ouvriers de la sauce et du coulis, combien m'en citerez-vous qui soient dignes seulement

de délier les cordons du tablier de ce pauvre Vatel, ce Chatterton de la morue ?

Ainsi, pour trouver un vrai cuisinier, ou une vraie cuisinière (le sexe n'y fait rien), ne vous adressez pas aux riches particuliers. Les gens les plus huppés commandent leurs grands dîners tout faits chez Potel et Chabot, comme M. Marc-Fournier commande une féerie de cinquante couverts à MM. Dennery et Dumanoir.

Ne comptez que sur vous-même, sur le hasard ou plutôt sur les restaurants, — Les restaurants, le bas-empire de la cuisine !

Ayez pourtant le courage d'interroger ces établissements publics, de sonder toutes les cuisines qui fonctionnent dans Paris, les traiteurs les plus infimes, ne vous arrêtez devant rien !

Qui sait ? Dans les bas-fonds de la gargote la plus enfumée, la plus incomprise, vous le trouverez peut-être ce cuisinier de génie, ce grand ciseleur du fricandeau et de la béchamelle que vous avez à introduire chez vous pour lui confier la rédaction en chef de vos fourneaux.

Moi qui vous parle, j'ai eu ce courage-là : oui, j'ai dîné partout, oui, j'ai goûté de tout, je n'ai reculé devant aucune espèce de civet ni d'arlequin.

De là une série d'études consciencieuses et pratiques sur les principaux restaurants, que je vous demande la permission de vous soumettre et qui seront utiles, surtout aux provinciaux et aux étrangers, pour esquels on n'a jamais songé pourtant à publier ce livre qui serait si précieux : — *Le guide pratique du voyageur dans les restaurants de Paris.*

Ce ne sont, bien entendu, que de faibles ébauches que je me propose de compléter plus tard, mais je pense que, telles qu'elles sont, elles pourront intéresser et servir.

On y trouvera de la sincérité, de la bonne foi avec ce cachet de fantaisie et d'imagination qui se retrouve dans tout ce qui sort de ma plume.

LE CAFÉ DE PARIS.

Je pose le café de Paris en tête. Non pas que je veuille lui assigner le premier rang dans la hiérarchie culinaire ; mais c'est qu'on a dit et même écrit, je crois, que c'était mon restaurant de prédilection.

C'est vrai que j'y dîne quelquefois, quand je veux donner à mes cuisines et à mon chef le temps de reposer leurs fibres.

C'est la petite maison de mon estomac, *mon cabaret*, comme nous disions sous la Régence.

Vous vous souvenez de ce pauvre docteur Koref disant à un de ses clients atteint d'une gastrite :

— Les autres médecins vous ont mis à la diète ; moi je veux, mon cher, que vous vous nourrissiez, au contraire, abondamment, complétement... Je vous autorise à aller voir Bilboquet dîner au café de Paris... Songez donc quelle quantité de principes substantiels et de sucs nutritifs vous absorberez par les yeux seuls devant une pareille consommation !...

Il est certain que j'ai eu souvent devant moi de beaux déploiements de plats et de bouteilles.

Mes habitudes ne portent, du reste, atteinte en rien à la sincérité de mes appréciations critiques.

Je déclare donc que la cuisine du café de Paris, bien qu'honorable et respectable dans son principe, est loin d'être irréprochable dans ses détails.

Le chef ne fait pas toujours tout ce qu'il peut faire; — pour ne citer qu'un seul exemple, les *filets de sole à la Joinville* sont au-dessous de la critique, comme on dit dans les grandes revues.

La cave seule est vraiment très-distinguée et mérite dans plusieurs parties d'être louée sans restriction.

Le local du café de Paris est vaste, trop vaste peut-être : il en résulte un peu de tristesse et de monotonie. Il y a souvent plus de garçons que de consommateurs.

Une salle à manger doit être un peu pâle, simple et discrète extérieurement comme une femme honnête; elle n'a besoin d'étaler ni dorures ni pierreries.

Oh! les Vandales de restaurateurs d'à-présent qui nous forcent à avaler en mangeant une foule d'arabesques, de ciselures et de décorations Renaissance !

La truffe, cette divine perle noire, ne demande qu'à être montée sur une nappe d'une blancheur nacrée. Quand on est à table, arrière Philastre et Cambon !

Où es-tu, mon pauvre Borel, grand artiste si délicat et si modeste, qu'une époque ingrate a laissé mourir dans ton Minturne de la rue Montorgueil ?

Jamais, au grand jamais je ne déploie ma serviette sans accorder une larme à la mémoire du Rocher de Cancale. Ce sont les cristaux et les peintures du Palais-Royal qui l'ont tué. — Ainsi la Montespan a éclipsé la Vallière.

Le public du café de Paris est un mélange d'étrangers, de richards, de vieux banquiers, de jeunes poseurs, d'élégants frelatés, qui mangent là pour se faire voir et pouvoir dire en sortant : « Je viens de dîner au café de Paris, cher... »

J'ai vu de jeunes fanatiques qui dînaient avec de l'eau pure et des haricots en salade, plus heureux et plus fiers que s'ils avaient consommé ailleurs des coquilles d'ortolans.

Je vous recommande à ce sujet les trois fameuses marches qui descendent sur le boulevard et sur lesquelles se perchent assez volontiers, le cure-dent à la bouche, les jeunes Turcarets, les jeunes mousquetaires, qui mettent tout ce qu'ils possèdent dans leurs gants jaunes et leurs chaînes de montres.

Les uns viennent de dîner tout simplement à trente-deux sous dans les environs. Les autres n'ont pas dîné du tout.

Ce sont mes larbins, mes élèves, mes Bilboquet présomptifs.

Dans mes jours d'élan, je leur envoie par le garçon une coupe du vin de Champagne frappé dont je ne sais plus que faire.

ROUGET.

Ce qui prouve bien que je ne prétends établir aucune espèce de catégorie ni de classification dans cette revue sommaire et critique des restaurants, c'est que je vais, sans transition aucune, des premiers aux derniers degrés de l'échelle, de l'alpha à l'oméga, du café de Paris à Rouget.

Vous ne connaissez pas Rouget, heureux bourgeois que vous êtes, qui n'avez jamais eu de vicissitudes financières, et qui n'êtes jamais sorti de votre pot-au-feu !

Ce traiteur, qui ne manque pas d'une certaine originalité bohème, est situé dans les catacombes de la rue de Valois.

Vous vous penchez, vous regardez à cent pieds au-dessous du sol comme au fond d'un puits artésien ; ce quelque chose qui s'agite en bas, qui frétille, grille, petille, grésille, c'est Rouget.

C'est le triomphe du rabais; on vous sert des plats complets à six et huit sous ; — pour dix sous, vous avez une dinde aux truffes.

Il n'y a de vraiment faible que les fruits. Vous n'avez en fait de primeurs et d'ananas que des pruneaux, des quatre mendiants, des pommes cuites et du fromage de Gruyère.

Mais quelle activité prodigieuse, quel chaos, quel mélange inouï de cris, de réclamations, de gens qui entrent, qui sortent, se heurtent, s'enchevêtrent !

Quand le garçon sort de la cuisine, on peut l'appeler un véritable if culinaire.

Il est à la lettre hérissé des pieds à la tête de plats dont chacun s'empare au passage.

Il a les têtes de veau sur le front, les pieds de mouton sur les épaules, des assiettes de dessert sur le pouce, l'index, le petit doigt, les avant-bras, les coudes.

Et quel organe ! Le fameux *Bon !* de la Rotonde n'est rien à côté des cris que l'on envoie dans les cuisines de Rouget avec les abréviations de rigueur :

« *Un pot. à la Jul. — Un bif. beur. d'anch. — Un pig. à la crap. — Un fric. à la chic. — Un maq. maît. d'hôt.*, etc.

Ce qui avait donné à ce brave Rouget dans un temps une sorte de réputation et de couleur, ce sont quelques artistes célèbres qui avaient imaginé de se donner rendez-vous là pour faire de la théorie et de l'esthétique les jours où ils n'avaient pas pu trouver à carotter de dîner en ville.

Vous n'ignorez pas que le peintre de notre temps est essentiellement pingre et calculateur par tempérament. Il est homme d'affaire avant tout. Aujourd'hui, Barème est coloriste.

Vous avez des paysagistes, des faiseurs de chiens, de chevaux et de portraits de gens du monde, qui vous ont des deux ou trois cent mille francs enfouis dans des tirelires et des bas de laine, et qui ne rougissent pas de dîner dans d'infâmes gargotes où les cochers eux-mêmes n'entrent qu'avec mélancolie.

Ils appellent cela faire du laisser-aller et du pittoresque.

Le cabaret des artistes et des peintres cache bien des rubriques et des ficelles, allez! La génération de 1830 en a beaucoup trop abusé.

Je quitte l'aimable et sensible Rouget, mais je dois déclarer que j'y ai mangé du chevreuil authentique et véritable.

Et vous ne rougissez pas, restaurateurs de la haute, de l'indigne caoutchouc au vinaigre que vous vous obstinez depuis si longtemps à nous servir avec tant d'aplomb dans la saison des chasses!

VÉRY.

Si on veut dîner carrément, honnêtement, consciencieusement, dîner comme dînaient nos pères, c'est encore chez ce vieux Véry qu'il faut aller.

C'est un peu suranné, si vous voulez, un peu Théâtre-Français, mais, enfin, c'est solide, c'est loyal. Les mets pourraient avoir peut-être plus d'entrain, d'audace, mais, sous le rapport de l'exécution, ils sont d'une pureté, d'un fini presque irréprochable.

C'est de l'art comme le conçoit M. Delaroche.

Certes, ce n'est jamais Véry qui s'avisera de chanter, avec l'auteur de *Charles VI* :

Jamais, jamais en France,
Jamais l'Anglais ne dînera...

5.

Ce sont les Anglais qui représentent, chez Véry, la consommation la plus digne et la plus forte.

Eux seuls ont conservé les bonnes traditions de ces cartes à plusieurs louis par tête, qu'il faut absolument nous permettre de temps en temps, si nous ne voulons pas voir tous les vrais restaurants tomber les uns après les autres sous la faux du rabais.

O mon beau pays de France! sois donc moins serré dans les détails, et apprends à subventionner dignement l'art culinaire !

Moët, le czar du vin de Champagne, qui abuse si souvent de la prépondérance de son nom, continue à envoyer chez Véry la fine fleur de ses vins, sa crème, son nectar extra-fin.

Ailleurs, il est fort sujet à se négliger ; il écoule sa piquette, son petit texte, ses ours.

Sur quoi voulez-vous juger un restaurant ? — sur son argenterie, sur la qualité de ses viandes, sur ses poissons, ses entrées ou ses fruits ?

Du tout : demandez son vin de Champagne ; c'est la pierre de touche du restaurant et même des particuliers.

Quel dommage, hélas ! que, depuis quelque temps, Véry ait renoncé à ce doux éclairage à l'huile, pour adopter l'abominable gaz qui est la mort de toute consommation !

C'est le gaz qui a fait de l'intérieur de tous les restaurants de véritables fournaises où l'on cuit, où l'on rissole, où l'on flamboie, où tous les dineurs passent à l'état de homards et de machabées.

Avez-vous jamais observé l'effet du gaz dans les cabinets particuliers, ces huit ou dix serpents de flamme qui vous lancent au front l'incendie, le délire, la fièvre, et vous mettent une calotte de plomb brûlant sur la tête!

On se grise avec le gaz au moins autant qu'avec les liqueurs et les vins.

C'est le gaz qui vocifère, qui hurle, qui jette tout par la fenêtre des entre-sols de restaurants, dans ces nuits de carnaval où tout le deuxième arrondissement n'est plus qu'une vaste bacchanale.

Véry est le restaurant des grands propriétaires, des présidents de conseils généraux, des magistrats, des grands agriculteurs, des gens posés et casés. Tout s'y passe avec ordre et calme. On y consomme à voix basse.

C'est peut-être le seul de tous les établissements de Paris qui échappe aux hurlements et aux férocités du mardi-gras.

Vous ne verrez jamais Véry truculent.

VÉFOUR AÎNÉ.

Véfour est infiniment plus épicier, épicier en grand, c'est vrai, qui a du foin dans ses bottes et qui fait bien les choses, mais enfin épicier.

C'est là que vous voyez des familles entières de provinciaux en goguette demander à dix ou douze un bifteck ou une matelote pour un.

Véfour a toujours été le triomphe du genre co-
pieux.

Le commis marchand, le clerc d'avoué qui dîne
dans la rue de l'Arbre-Sec, rêve, du fond de son fricandeau un dîner chez Véfour avec la dame aux camellias, comme on rêve Orient ou Espagne du fond
d'un cabinet garni de la rue Laferrière.

Chez Véfour, la cuisine est très-loyale, les vins gé-
néreux. Les garçons y vocifèrent beaucoup trop; —
surtout, n'y demandez jamais d'entremets sucrés !

C'est là que se font les noces d'un certain monde,
les dîners de notaires, de savants, de pharmaciens,
de vieux collégiens de soixante ans, qui veulent faire
fraterniser leurs rhumatismes.

Depuis longtemps, Véfour n'est plus un nom
d'homme, c'est un fief, comme Véry et tant d'autres.
Les gouvernements s'y succèdent avec rapidité.

Il n'y a que peu d'années qu'une abdication a eu
lieu et que le sceptre de l'entrecôte est passé des
mains d'Hamel à celles d'un artiste du voisinage, qui
travaillait tout simplement sur le terrain équivoque et
mélancolique de la cuisine à trente-deux sous.

Loin de blâmer les gens qui cherchent à s'élever
en gastronomie, je les encourage, au contraire, je les
soutiens de tous mes efforts.

Dieu! si tous les Borgias à quarante sous pouvaient
disparaître!

Sois le bienvenu, jeune homme, dans les nouvelles régions culinaires où tu viens d'entrer ! Va,

ne crains pas que je te reproche l'humilité de ton origine.

N'est-ce pas qu'une fois entré dans cette maison de Molière du comestible, tu as su parfaitement dépouiller tes carafons, tes anciennes gibelotes et les pruneaux de tes débuts?

N'est-ce pas que tu ne te permettras jamais ici la moindre sophistication ni la moindre frelaterie? — Hier, simple cabotin culinaire, te voilà comme qui dirait sociétaire, chef d'emploi, M. Samson ou M. Beauvallet, à la marengo.

En changeant de maître, Véfour s'est considérable- ment agrandi.

Il a construit, au premier étage, une galerie digne des Médicis, avec des ruisseaux d'or, de peinture, de statues, de bustes, etc.

Vous êtes instruits de mon opinion sur l'application du luxe à la cuisine, je ne puis que la maintenir ici hautement.

Vous connaissiez Hamel, l'avant-dernier proprié- taire de Véfour.

Vous l'avez tous vu se promenant dans les salles du bas ou dans la galerie du Palais-Royal, cet homme au profil aristocratique, à la figure *numismatique*, comme feu Merle, et qui maniait la serviette avec tant de grâce et de majesté!

On dit que depuis qu'Hamel a vendu il est en proie aux regrets et au spleen. Il est devenu blafard comme une sauce blanche.

Il a beau avoir une belle fortune, il revient toujours

malgré lui à l'établissement dont il n'a pu détacher son cœur.

Il soupire en regardant l'étalage du dehors, ces poissons qui lui sourient, ces bottes d'asperges qui lui lancent des œillades, ces pluviers, ces pâtés qu'il a si souvent arrangés de ses mains caressantes.

L'appel lointain des huîtres, des biftecks et des vol-au-vent le fait tressaillir d'émotion et de tristesse. C'est la voix de l'exil qui soupire en lui.

On ne renonce jamais entièrement au pouvoir.

On ne se résigne pas aisément à n'être plus rien : voyez Dioclétien, voyez Charles-Quint, voyez Hamel.

Du reste, les révolutions peuvent se succéder, la cuisine changer entièrement de face, quoi qu'il arrive, Véfour sera toujours un restaurant de bon sens.

VÉFOUR JEUNE.

Véfour jeune est l'Eugène Veuillot de la cuisine.

Est-ce désagréable, est-ce injuste, d'avoir un frère célèbre qui travaille dans la même partie que vous !

C'est à qui vous rapetissera, vous rabaissera, vous jettera sans cesse à la tête les lauriers et les sauces de votre aîné.

Ainsi, beaucoup de gens s'imaginent que chez Véfour jeune tout est plus mesquin que chez le grand.

Ils s'obstinent à l'appeler le petit Véfour ; ils se figurent que chez lui les canards n'ont qu'une aile, les homards qu'une seule patte, que les cornichons y sont étiolés et que les bouteilles n'ont pas la taille.

La vérité, pourtant, est que Véfour jeune possède, comme tout le monde, une carte qui commence à la salade d'anchois et finit à la compote de poires.

Le local est bas et étouffé, la cuisine est suffisante.

Véfour aîné représente une économie sur Véry; Véfour jeune en représente une sur Véfour aîné.

Il n'y a que les Parisiens au monde assez naïfs, assez confiants, pour se persuader que la même entre-côte ou le même poulet doit leur coûter moins cher à telle arcade plutôt qu'à telle autre.

Véfour jeune obtient donc, près de quelques personnes, un certain succès de bon marché.

On se figure qu'on est moins Balthazar, moins ir-régulier dans son budget, parce qu'on voit le mot *jeune* ajouté sur la carte à ce nom de Véfour.

Un directeur de théâtre, un entrepreneur de rou-lage, dînera chez Véfour jeune et n'osera jamais dîner chez Véfour aîné.

Demandez-lui pourquoi? La carte est exactement la même; mais le second a le prestige de l'économie et du rabais qui manque au premier.

Pourquoi n'a-t-on pas inventé Véry jeune?

C'est une lacune à remplir dans les régions de la lésinerie moderne.

LES FRÈRES PROVENÇAUX.

Abordons les Provençaux tandis que nous sommes au Palais-Royal.

Je regrette le temps déjà si éloigné de nous, où ces

trois artistes nés sous le ciel brûlant de la bouillabaisse fonctionnaient au premier étage, dans ces pièces si modestes, si simples, éclairées seulement par ce demi-jour calme et timide qui convient admirablement aux harmonies de la digestion !

C'était moins fastueux, moins flamboyant qu'aujourd'hui, mais comme c'était bien plus culinaire !

Aujourd'hui, dans des cabinets ornés comme les intérieurs de lorettes du quartier de la Madeleine, vous voyez se réunir, tous les soirs, les actrices des Variétés et du Vaudeville, qui viennent là pour enguirlander des Anglais et des Russes.

Aujourd'hui, on vient aux *Provençaux* souvent pour se montrer ; autrefois, on venait seulement pour y dîner. — Aujourd'hui, c'est un salon ; autrefois, c'était un temple.

A quoi bon ces trumeaux magiques, ces lustres étincelants comme des soleils, ces fresques, ces médaillons dans le goût de MM. Muller et Couture ? Tout cela ne fait rien à la question des truffes.

Collot, le directeur actuel des *Provençaux*, est issu, comme son voisin Tavernier, de la cuisine au rabais.

Lui aussi a voulu rentrer dans la bonne voie et quitter le métier pour faire de l'art.

La réputation de la cave des *Provençaux* a toujours été européenne ; je dois déclarer qu'elle n'a pas faibli.

On serait bien coupable, en vérité, lorsqu'on a un

si riche patrimoine entre les mains, de le laisser dépérir !

Maintenons en France les vieilles caves ; j'aime encore mieux cela que les vieux monuments.

J'avoue que je n'aime pas beaucoup ces ruisseaux de chasselas magnifiques, ces poires insensées, ces fraises colossales que l'on voit figurer en toutes saisons à l'étalage des *Provençaux*.

C'est un peu comme les exhibitions de sébiles de louis, de monceaux de billets de banque et d'épaulettes d'or qui rayonnent aux vitres des changeurs.

Le vrai luxe de la table française doit toujours tendre à se cacher un peu : qu'il soit simple, réservé, mystérieux.

Un repas qui vous étale son dessert à l'avance, c'est une femme sans pudeur qui ôte sa collerette avant que vous lui fassiez la cour.

Du reste, les *Provençaux* se maintiennent toujours, malgré leurs dorures, à un rang éminent parmi les restaurants actuels.

La grande lutte entre la cuisine des boulevards et celle du Palais-Royal est encore loin d'être terminée.

Les boulevards sont bien audacieux, bien sémillants, j'en conviens ; mais le Palais-Royal tient bon avec ses trois établissements classiques, si fiers à juste titre de leur vieille artillerie mousseuse et capiteuse, enfermée dans leurs caves, qui représentent les fortifications de la cuisine nationale.

II.   6

LA MÈRE MOREL.

Je déclare n'entendre absolument rien à ce mot,
que j'entends répéter partout depuis si longtemps :
cuisine de ménage.

Qu'entendez-vous, une fois pour toutes, par la
cuisine de ménage ?

Est-ce le miroton ? sont-ce les pruneaux ? est-ce le
bouilli, cette filasse domestique, que Brillat-Savarin
a si justement stigmatisée ? est-ce le veau aux écha-
lotes ? sont-ce les pommes de terre que l'on fait
cuire dans le poêle de la salle à manger ?

Il paraît que le restaurant de la mère Morel est le
véritable sanctuaire de ce qu'on est convenu d'appeler la cuisine de ménage, la pure et sincère cuisine
de cabaret.

L'idylle de la casserole n'existe plus que là.

J'ai eu le courage de pénétrer dans cette sainte
chapelle du pot-au-feu.

On y trouve une foule d'artistes très-distingués,
des troubadours, des peintres, des musiciens, des
journalistes, des inventeurs et des utopistes de toute
espèce. qui jouent, tout en mangeant, chacun de leur
instrument.

C'est, comme toujours, dans les mœurs artistiques
actuelles, un mélange de calcul et de pittoresque : —
de vieux Allemands qui ont vu Kant s'y croisent avec
des dineurs parcimonieux déguisés en fantaisistes.

On est surpris d'abord que les hommes les plus

spirituels des quatre parties du monde aient choisi
pour l'Eldorado de leur estomac un entre-sol d'un
aussi petit format.

Figurez-vous une chaufferette, une tabatière, une
boîte à cigares, voilà les salons de la mère Morel !

Certes, je ne prétends attaquer ni l'excellent ra-
gout de mouton ni le bœuf aux tomates si plantureux
de l'établissement ; — mais je soutiens qu'on y
étouffe.

Je ne demande ni luxe ni clinquant ; mais, pour
Dieu, donnez-moi mon cube d'air digestif ; ne me
mettez pas au gratin comme une tomate.

A partir de six heures, on ne mange plus chez la
mère Morel, on demande.

Vous avez devant vous une carte magnifique qui
vous annonce des escalopes de saumons, des coulis
d'ananas, des émincés de faisans aux truffes. —
Vous demandez, on vous répond qu'il n'y a plus rien
de tout cela.

La vérité est qu'il n'y en a jamais eu : toutes ces
magnificences ont été de simples apparitions.

En revanche, vous avez le droit de demander de
vrais œufs à la coque, du vrai bœuf, de vrais oignons,
de vrais épinards : on appelle cela la tradition.

La tradition consiste à être rarement servi, à crier
à tue-tête, à s'asseoir sur les genoux les uns des
autres, à chanter, à improviser, à faire des mots et
des tirades sans boire ni manger.

Ce qui fait le prestige, la poésie de ce restaurant
à part, c'est qu'on y est servi par des femmes, de

grandes servantes de cinq pieds et demi, au verbe
haut, au nez retroussé comme on n'en trouve plus
que dans les romans de Pigault-Lebrun.

Le Français né commis voyageur a l'agrément
de pouvoir appeler à tuc-tête : — Toinette, Fanchette,
Fanchonnette ou Margoton.

Margoton, qui est du reste un dragon de vertus, à
qui personne ne pince la taille, quoique beaucoup de
gros fats veuillent s'en donner l'air, ne répond jamais
un mot à tout ce qu'on lui demande. — Toujours la
tradition.

On n'en obtient un peu de nourriture que par la
prière ou par l'art.

Il faut lui faire des ballades ou des statuettes.

On cite un musicien qui s'est vu forcé d'improviser
une symphonie orientale pour obtenir l'omelette du
désespoir.

Si la mère Morel, tout en conservant l'incontestable loyauté de son bouillon et la supériorité de ses
plats de résistance, avait des plafonds un peu moins
bas et des filles moins revêches, je demande si elle
aurait le même succès auprès des ouvriers de la
pensée ?

O peuple français ! peuple inconstant, poseur, ex-
travagant, impossible, quand donc cesseras-tu de
placer l'utopie dans la négligence, de mêler la fantaisie et la nourriture ?

Vous avez beau dire, il faut une forte cloison entre la salle à manger et la cuisine.

On restaure, on blanchit Paris de pied en cap ; dé-

cidément je risque ma tête, et, quitte à me faire la-
pider par tous les ciseleurs, sculpteurs, peintres et
artistes modernes, je crie tout haut :

— A bas la gargote !

Je demande qu'on modifie ce vieux paradoxe qu'on
appelle la cuisine de ménage.

LA PERDRIX AMOUREUSE.

Autre fantaisie située dans le voisinage du théâtre
de l'Opéra-Comique, dans ce bloc de maisons que, par
une ironie malheureuse, on a surnommé le *pâté de
foie gras* des Italiens.

Quand je vous dis que j'ai eu le courage de manger
partout, me croirez-vous maintenant ?

J'ai bu du falerne sur le comptoir de la *Perdrix amoureuse* ; j'y ai mangé des biftecks d'hippo-
potame.

Mais ici ne plaisantons pas. On peut être riche,
avoir des faux-cols et des chaînes de montre et dîner
chez la mère Morel ; à la *Perdrix amoureuse*, c'est
impossible.

Il n'y a plus d'illusion à conserver ; on y sert le
vin à la chopine, le comptoir d'étain rayonne à l'entrée.

Quand vous entrez là, cela veut dire hautement que
vous avez dix-huit sous dans votre poche ; vous êtes
dans l'élégie jusqu'au cou ; vous êtes *à la côte*, comme
dit M. de Châteaubriand.

J'y ai vu de véritables littérateurs, des poëtes qui

6.

attendaient patiemment le succès de leurs pièces ; des
musiciens qui avaient le n° 650 pour leur partition à
l'Opéra-Comique ; des peintres qui aimaient mieux
dîner là que d'aller demander l'aumône et quêter des
commandes à la porte des ministères.

J'aime, du reste, ces efforts du petit restaurateur
qui vous offre tout ce qu'il peut, suivant ses moyens
et les vicissitudes des saisons et des denrées, qui vous
fait manger des faisans un certain jour, quitte à vous
replonger le lendemain dans les hasards de la gibe-
lote et du *rata*.

Tout cela, ce sont les nuances, les caprices, les bi-
zarreries, les zigzags de l'existence parisienne, qui est
un mélange constant de clos-vougeot et de *bleu*.

J'aime aussi ce nom gracieux et consolant de *Perdrix amoureuse* que l'on a imaginé de donner à ce restaurateur de l'adversité, et qui est emprunté, dit-on,
aux doux yeux et au plumage coquet de la maîtresse
du lieu.

Non, mon gentil cabaret, non, je ne t'affligerai pas
par une critique amère et rigide, que j'aime mieux ré-
server pour les établissements supérieurs, qui sont
souvent si loin de faire tout ce qu'ils devraient !

Je veux être ton père Delécluze. Je ne serai jamais
ton Gustave Planche.

Qui sait si nos arrière-neveux ne trouveront pas
la *Perdrix amoureuse* métamorphosée comme tant
d'autres restaurants en quelque établissement somptueux, transcendant, où le vin de Constance trônera

fièrement à cette même place où folâtre aujourd'hui le champêtre cassis?

LE CAFÉ ANGLAIS.

Pourquoi le café Anglais ne s'appelle-t-il pas le café Français tout bonnement ? Sa cave, sa carte, sont très-françaises, Dieu merci ! Ne faisons pas à l'Angleterre de ces lâches concessions, qu'elle ne nous rendra pas, soyez-en sûr.

Si l'Angleterre avait jamais des cafés (ce dont je doute fort), vous ne verriez pas à Londres beaucoup de cafés Français ; je vous le jure par la colonne de Waterloo.

On monte trois marches pour monter au café de Paris; on en descend trois pour entrer au café Anglais.

On a souvent expliqué par cette simple disposition extérieure la diversité des nuances et du caractère de ces deux établissements.

Il est certain que généralement on monte plus volontiers qu'on ne descend. Impossible de poser et de se pavaner en entrant au café Anglais : il n'en est pas de même du café de Paris.

Du reste, les deux maisons se valent sous le rapport de la distinction et du cachet.

Le café de Paris est un grand et magnifique salon d'une apparence vraiment princière.

Le café Anglais se compose au contraire d'une suite de petites pièces coquettement enchevêtrées qui présentent plusieurs tableaux successifs de consommateurs. C'est un restaurant en cinq ou six feuilletons.

C'est dommage que dans le carnaval il y ait une si grande affluence de débardeurs et de dominos.

Le café de Paris n'a pas un tel inconvénient à craindre. C'est le seul établissement de Paris qui n'ait pas de cabinets particuliers.

Le café Anglais a toujours été l'asile des dîneurs excentriques, des vieux blasés, des vieux gentilshommes qui terminent leur existence par toutes sortes de *toquades* et de débauches d'imagination.

C'est là que le fameux Saint-C... prenait ses ébats.

C'est au café Anglais qu'on l'a vu demander un jour au garçon deux glaces pour mettre dans ses bottes : la vanille pour la botte gauche et la groseille pour la droite.

Cette célèbre salade dont il se coiffait tous les jours gravement après son dîner lui était servie à une certaine table que la tradition désigne encore.

C'est aussi au café Anglais que s'était établi dernièrement le comte de S..... celui qui dialoguait avec ses bouteilles tout en mangeant, leur faisait des agaceries, des madrigaux.

C'est lui qui disait au garçon : « Apporte-moi mon maraud de Champagne et mon fripon de Chambertin »

Le comte de S..... est le dernier homme de France qui ait tutoyé les cochers de fiacre et les garçons de restaurant.

A l'époque des jeux et sous le règne de Frascati, le

café Anglais était le rendez-vous des hommes passion-
nés, des joueurs aristocrates et fiévreux, qui se sont
depuis brûlé la cervelle pour la plupart.

Ce joueur renommé dont l'auteur de *Gusman le
Brave* raconte l'histoire, qui, après avoir perdu sept
ou huit millions sur le tapis vert de Frascati, jouait
cinq sous à l'écarté avec le concierge, les jours de
fermeture dînait régulièrement au café Anglais, tous
les jours avec la même suite de plats.

Dès qu'il paraissait, le garçon criait à la cuisine :

— Servez la martingale de monsieur.

LA MAISON D'OR.

La Maison d'or est le restaurant ponsif.

On en a tant parlé dans les feuilletons, les pièces
de théâtre, les chansons, toute la littérature, qu'on en
a fait une cabalette, une équipée espagnole, une
espèce de cachucha perpétuelle.

Quand on dîne à la Maison d'or, cela veut dire
qu'on a brûlé ses vaisseaux, qu'on est un homme
échevelé, un flambard, un immense scélérat.

— Il dîne à la Maison d'or !

Cette simple révélation faite en province, à une
distance de quarante lieues de Paris, est capable de
vous faire mettre en tutelle.

C'est absolument comme si on écrivait à vos ascen-
dants : « C'est un homme qui vit toute l'année avec
un faux nez !... »

Après tout, si on veut bien oublier un peu ce ca-

chet de pétulance et de folie que certains hommes de
lettres se sont plu à imprimer à la Maison d'or, on
reconnaîtra que c'est au fond un restaurant comme
tous les autres, ni plus Régence, ni plus Œil-de-
Bœuf que tous ses voisins.

On voit pourtant à la Maison d'or un certain nombre de femmes errantes et sans position fixe, qui
mangent entre elles en attendant leur dîneur de cœur.

C'est Pélagie, Amanda, Blanche, Alexandrine,
Anita.

Les noms, les figures peuvent varier, mais c'est
toujours la même femme au fond.

Les sourires, les chapeaux, les traits d'esprit, le
dialogue, tout cela vient de chez la même marchande
à la toilette.

Une lorette de la Maison d'or! quelle chose vieille
et ressassée à l'heure qu'il est!

La Maison d'or est ouverte toute la nuit.

Il existe à l'entre-sol un certain petit salon oblong
où se réunissent après l'heure des spectacles de
jeunes excentriques, des fumeurs littéraires, de ces
gens dont l'existence est un mythe, qui ont soixante
mille livre de rentes de minuit à six heures du matin,
sans que personne puisse dire l'origine de leur
fortune.

La volupté a évidemment la prépondérance sur la
cuisine à la Maison d'or.

La consommation n'y est peut-être pas plus mauvaise qu'ailleurs, mais elle paraît plus échevelée.

On se figure que les cuisiniers doivent lire Crébillon fils et effeuiller des roses.

Les garçons qui vous servent ont tous l'air plus ou moins de valser ou de danser des tarentelles. Ils demandent les plats avec un cornet à piston.

A propos de cette Maison d'or, sur laquelle on a fait tant de couleur locale, vous vous attendiez peut-être à me voir prodiguer le poivre de Cayenne du style, vous faire entendre la grande voix hurlante de l'orgie avec ses cris, ses mugissements sans fin.

J'ai préféré demeurer dans cette étude calme et froid comme l'histoire.

Au surplus, vous n'avez qu'à relire le fameux repas de la *Peau de chagrin* de M. de Balzac, vous verrez comme c'est vieux aujourd'hui, faux de mouvement et de ton !

Est-il possible que nous ayons adoré ces choses-là !

LE RESTAURANT CREMER.

Encore la cuisine de ménage, le restaurant intime et familier qui accueille ses abonnés avec bonhomie et simplicité.

La cuisine de ménage, c'est en définitive le restaurant puritain qui dédaigne la toilette, qui reste, au milieu de la civilisation, enfumé, rembranesque, afin de conserver son cachet.

On mange dans ce restaurant-là des choses très-hardies, des fromages hyperboréens, des crabes comme on n'en voit qu'au Jardin des Plantes, des grenouilles, des escargots, des mets savants qui tiennent le milieu entre l'antédiluvien et le marseillais.

Cremer est le bibliophile Jacob de la cuisine.

On y voit habituellement de jeunes boursiers, quelques artistes mélancoliques, des Orientaux, des fantaisistes, qui viennent là pour fumer après dîner leur pipe aux flocons d'azur.

Quelquefois, on voit s'y introduire des bandes de provinciaux qui se promènent sur le boulevard et se souviennent qu'il existe à l'entrée de la rue Grammont un établissement à l'air bon enfant, costumé simplement, sans étalage, sans prestige, et où l'on doit réaliser nécessairement de larges économies.

En somme, il faut être un peu blasé pour bien comprendre la cuisine de Cremer.

Quand on a épuisé dans ce monde-ci toutes les émotions, tous les assaisonnements, qu'on a du désenchantement dans l'âme et qu'on doute de son avenir, on éprouve un certain charme à se promener dans les hasards de cette cuisine polyglotte qui a du reste des côtés solides et recommandables, mais qui est en même temps un peu allemande, gasconne, milanaise, anglaise et mahométane.

Chez Cremer, les garçons eux-mêmes sont étranges et fantasques. Ils font de l'esprit en apportant les plats. Ils ont l'air de vaudevillistes aux ailes légères.

La maison Cremer est destinée, dit-on, à disparaître dans les démolitions prochaines.

On la regrettera vivement quand elle ne sera plus.

Encore faut-il que l'on ait dans Paris un endroit intime et calme, où l'on puisse rêver, faire des châteaux en Espagne, se lire entre amis ses tragédies et chanter des mélodies de Schubert, au moment où les cannettes de bière vous enlacent le cerveau des réseaux de leur blonde écume.

TORTONI.

Dire que vous rencontrez encore, à l'angle des rues Laffite et Lepelletier, des gens assez naïfs, des lions assez Carpentras pour dire avec une désinvolture merveilleuse :

— Je vais à Tortoni, cher, je vous attends à Tortoni.

Pourquoi ne dites-vous pas tout uniment le *café Tortoni*. Est-ce que vous dites, par hasard : Je vais à Véry ou à Vachette?

Finissons-en donc une fois pour toutes avec ces vieilles formules contournées et poseuses !

Le temps est loin où les garçons du café Tortoni portaient la poudre, la culotte courte et l'épée ; où les généraux de l'Empire venaient prendre leur absinthe et leur café costumés en incroyables.

Aujourd'hui, Tortoni est un café à peu près comme tous les autres.

Il n'a vraiment de caractère que dans la saison des glaces. C'est alors une fureur, une cohue de consommateurs.

II.   7

On prend des glaces jusque sur le trottoir, dans des cabs, des citadines et des cabriolets-milord.

Dire qu'il y a des gens riches qui ont l'aplomb de se faire apporter des granits et des sorbets en plein boulevard, dans leur voiture découverte ! Quelle pose !

Pourquoi n'offre-t-on pas du punch glacé à ces pauvres chevaux ?

On vantait à une certaine époque le buffet de Tortoni pour la distinction exquise de ses aspics de volaille et de ses galantines de perdreaux.

La petite Bourse a fait beaucoup de tort au café Tortoni.

Livrez-vous donc aux joies silencieuses de la dégustation quand vous entendez retentir autour de vous les mots de *prime*, *report*, *fin courant*, *crédit foncier*, *mouzaïa*, etc.

On sait que le boursier est chez lui dans tous les établissements publics ; il gesticule, interpelle, vocifère partout. Il mêle la Bourse à tout, à la promenade, à la table, au théâtre, à l'amour.

Un jour le boursier est venu prendre Tortoni d'assaut.

On ne voit plus que fort peu d'élégants, proprement dits, au café Tortoni.

Il n'y a que les très-jeunes gens de province qui viennent là essayer, en prenant du café et en fumant un *régalia*, d'étaler des poses ottomanes et des airs de tête talon-rouge.

La Maison d'or a remplacé Tortoni dans la littérature.

Le café fashionable est bien difficile à maintenir en France, à moins d'adopter le système anglais, d'exiger un droit d'entrée que l'on percevrait à la porte, en dehors de toute consommation, pour éviter le mélange du passant et du premier venu.

Un tel usage répugnerait bien certainement à nos mœurs françaises. Soyez convaincu que ce sont les gens qui ont le plus de terres, de revenus et de chevaux, qui se montreraient les plus récalcitrants.

Je finis en demandant de la façon la plus formelle que Tortoni fasse repeindre son estaminet du fond.

BONNEFOY, SUCCESSEUR DE ROBLOT.

Ici, nous ne sommes plus à Paris, nous sommes en province, dans la patrie du petit-four et des commis voyageurs. Vous rencontrez là des consommateurs des quatre parties de la France, tous les Lovelace, tous les comte d'Orsay de la Bretagne, de l'Anjou et du Midi.

Chez Bonnefoy, successeur de Roblot, tout ce qu'on vous apporte est bariolé, historié, endimanché, vise plus ou moins à l'arabesque et au décor.

C'est là qu'on vous sert le Panthéon en feuilles de salade et le Palais-de-Justice en pattes d'écrevisses.

Tous les cuisiniers sont architectes. Ils seront un jour membres de la quatrième classe de l'Institut.

Bonnefoy, successeur de Roblot, est un des derniers représentants du romantisme en France.

Il a fait très-peu de concessions à la cuisine anglaise,

qui a jeté tant de sécheresse et de puritanisme dans nos mœurs et nos casseroles.

On peut mener chez Roblot une femme qui n'est pas encore au théâtre, qui vend des gants dans un passage quelconque et fait ses chapeaux elle-même.

On regarde cette maison comme le restaurant des folies à bon marché, des verres cassés dans les prix doux.

Un cabinet particulier chez Roblot, c'est le premier trébuchement du jeune homme qui débute dans le vice.

VACHETTE, PHILIPPE, BRÉBANT.

Ce n'est pas sans dessein que je réunis, sous un titre commun Vachette, Philippe et Brébant, afin de bien préciser leur caractère.

C'est exactement la même école : trois bonnes maisons assurément, loyales, plantureuses, munies de vins très-authentiques, mais un peu pâteuses, un peu lourdes, n'ayant pas ce *brio*, *ce je ne sais quoi*, qui s'exhale d'autres établissements, non pas plus convaincus peut-être, mais plus sémillants, plus sympathiques.

Vachette a cependant le courage de rayonner en plein boulevard.

Mais remarquez que ce n'est déjà plus le cœur du vrai boulevard, la région des tigresses et des couleuvres en talmas de velours qui se glissent amoureu-

sement, vers cinq heures du soir, le long des boutiques de bijoutiers.

On peut encore conduire une femme aimée chez
Vachette. mais c'est déjà une liaison qui faiblit.

On n'a plus besoin d'autant de mystère ni de raf-
finements. On s'aime encore, mais d'une façon beaucoup plus pratique et bourgeoise.

Les fièvres et les pluviers dorés des premiers jours
ont disparu. On mange des filets aux champignons ;
en un mot, on dîne chez Vachette.

C'est là que s'attablent avec bonheur les bons gros
négociants qui réussissent, les éditeurs de musique
qui impriment Meyerbeer, toute la rue des Jeûneurs,
toute celle du Sentier.

On voit encore chez Vachette des femmes d'un certain âge qui mettent des écrevisses dans leur sac. On
y mange bien, mais sans poésie.

Philippe est le Vachette de la rue Montorgueil.

Philippe a dévoré son voisin Borel, l'*homme du rocher*, que tout me rappelle malgré moi.

Je n'en veux pas à Philippe, c'est peut-être le progrès qui voulait cette absorption.

N'importe, je ne puis m'empêcher de tomber dans
la mélancolie, chaque fois que je vois la quantité,
l'abondance, le métier qui domine la délicatesse et le
goût.

Philippe a écrasé Borel ; ainsi Horace Vernet a absorbé Géricault.

Philippe a toujours la spécialité de ces immenses
machines, de ces amphigouris de toutes sortes de

7.

poissons, de sauces et de coquillages, qu'on appelle
la *sole en matelote normande*, le plat de résistance
des grosses noces et des festins gigantesques.

Philippe représente une bonne tradition qu'il importe de maintenir autant que possible, je veux parler
du restaurant de quartier.

Quand tous les traiteurs seront accumulés sur un
même boulevard ou sur un même quai comme les
orfèvres ou les corroyeurs, vous verrez comme ce sera
fatal et monotone! Quel nivellement! Quel défaut
d'originalité!

Pour bien juger cet odéon culinaire, qu'on appelle
Brébant, je voudrais qu'il fût situé dans un quartier
accessible et possible, et non pas dans le fond du dé-
sert de Sahara.

Je ne m'en rapporte pas du tout à ces touristes
égarés, qui vous disent tous les jours avec lyrisme:

« J'ai dîné hier chez un restaurateur unique, incomparable, qui travaille d'une manière hyperbolique,
le nommé Brébant...! »

Halte-là, jeune homme! pas de réputation usur-
pée. Pour se faire un grand nom en cuisine, sachez
que la réclame de la rue Saint-Denis n'est pas suffisante.

Vous pouvez avoir du talent et de l'avenir, je ne
dis pas non, mais il peut y avoir aussi dans votre auréole de la rubrique et du truc.

Qui sait? Vous êtes capable de vous être enfoui
dans les plis du quartier Montmartre pour vous
donner du prestige et du lointain, comme ces écri-

vains qui se retirent à la campagne afin de se distinguer de leurs collègues.

J'en reviens toujours au Rocher de Cancale, mais, ce qu'il y avait de beau et de grand dans sa position, c'est que, pour aller à lui, on n'hésitait pas à franchir toute espèce de torrent, de précipices et de fondrières.

Toute la diplomatie européenne a franchi l'angle des rue Mandar et Montorgueil.

Quand vous en serez là, ô Brébant! quand nous aurons vu M. de Nesselrode dîner chez vous en face d'Omer-pacha, alors nous pourrons vous proclamer un maître et vous rendre les honneurs qui vous appartiennent.

Je ne serai pas le dernier, croyez-le bien, à m'écrier avec transport :

« Borel est mort, vive Brébant ! »

LA CUISINE ANGLAISE.

La cuisine anglaise a plusieurs représentants à Paris ; trop de réprésentants.

Heureusement, on commence à revenir un peu de cette grande frénésie des tavernes, de cette cuisine pédantesque qui rappelle sensiblement la haute littérature périodique.

A quoi bon passer en revue les diverses tavernes si connues, qui sont situées sur divers points de Paris : rue de la Madeleine, rue du Mont-Blanc, rue Saint-Marc, rue Richelieu, etc.?

Tous ces établissements-là ont le grave inconvénient de jouer tous le même air : — celui du roastbeef.

Vous me direz tout ce que vous voudrez, mais vous ne me ferez jamais croire que la bière anglaise vaille nos bons crus français.

Non, jamais, au grand jamais, je ne prendrai le porter pour du chambertin, ni l'ale d'Écosse pour du cliquot.

Après cela, abrutissez-vous tant que vous voudrez dans les pommes de terre, les légumes à l'eau chaude, et les tranches d'amadou servies sur des plats d'argent, persuadez-vous, parce que vous mangez dans des *british*, que vous êtes membre du Parlement ou de la Chambre des lords, cela m'est parfaitement égal, je m'en lave les mains ; je n'admets pas l'estomac qui pose.

Mais je soutiendrai jusqu'à mon dernier soupir que la cuisine anglaise est une mystification excessivement coriace, et qu'il est impossible de broyer, à moins de s'appeler Samuël Rogers.

J'admets pourtant le cas où cette cuisine ferait des concessions comme l'homœopathie, où elle se panacherait de nos salmis, de nos soufflés, de nos sautés.

Mais alors ce ne sera plus la cuisine anglaise, l'élément français dominera nécessairement et tuera l'autre ; ce seront nos produits sous l'étiquette britannique. Le pavillon couvrira la cuisine.

La taverne est le restaurant de prédilection des littérateurs rangés et proprets, des peintres de portraits qui vont dans le monde, des jeunes *rewiewers*, des économistes et des piocheurs en tous genres.

Il y a des consommateurs qui font des frais de mise en scène pour entrer dans une taverne, et croient devoir se donner un chic *gentleman*.

C'est là que les comiques qui se destinent à jouer les Anglais en province viennent prendre leurs études.

Je ne crois pas que les tavernes anglaises aient un long avenir en France.

Certes, je ne veux pas jeter la zizanie entre les deux nations, qui vivent par hasard aujourd'hui en si bonne intelligence ; mais je crois que, loin de nous faire aimer l'Angleterre, les tavernes nous la feraient plutôt prendre en grippe.

Je vous défie de digérer leurs viandes sans avoir le spleen. Quand je mange un roastbeef, je crois toujours lire les *Nuits d'Young*.

LA CUISINE ITALIENNE.

Autant la cuisine anglaise est sérieuse, flegmatique, autant la cuisine italienne est au contraire folle, lascive, pleine de caprices et de pétulance.

La cuisine italienne n'a plus aujourd'hui, à Paris, que deux représentants principaux : Paul Broggi, de la rue Lepelletier, et Graziano, des Panoramas.

L'astre de Paul Broggi a beaucoup pâli depuis plusieurs années. Il y a eu des vicissitudes, des changements de direction.

Aujourd'hui cet établissement, fils de la Lombardie et des Abruzzes, est tombé aux mains d'un restaurateur parisien, qui est obligé de faire de l'amalgame, de l'éclectisme, qui essaye l'alliance impossible de la mortadelle et du fricandeau.

Paul Broggi s'est francisé, castil-blazé.

Sa grande vogue s'est établie, il faut bien le reconnaître, à l'époque où les opéras de Rossini et ses célèbres interprètes faisaient fureur en France.

On allait manger des *tagliarini* et des *stoffato* pour se préparer à aller entendre chanter Rubini et Lablache.

Beaucoup de jeunes gens se sont figuré qu'ils étaient ténors parce qu'ils dînaient à l'italienne.

On cherchait des *ut* de poitrine dans la friture mêlée.

Du jour où Rossini a cessé de travailler, Paul Broggi a commencé à perdre.

Il a vu s'envoler successivement tous ses artistes pour la Russie, l'Angleterre, l'Allemagne, le baryton qui coupait le jambon, le contralto qui hachait le parmesan, le soprano qui ouvrait les huîtres.

Où es-tu, Térésina si douce et si pleine de *morbidezza* ?

Tomasio seul était resté, Tomasio, cette magnifique basse-taille, qui fabriquait si bien des zambaïons à couper au couteau ! — Tomasio lui-même est parti.

Les fontaines et les rossignols chantent toujours dans les jardins de Broggi; on y respire comme par le passé l'odeur des roses de Pœstum. Mais, hélas ! la troupe italienne n'est plus là pour nous faire savourer la vraie cuisine bergamasque et milanaise, si pleine de sentiment et de mélodie.

Graziano n'est que le clair de lune de l'ancien Broggi; je n'ai rien à en dire.

En somme, si Rossini se décide à nous donner un opéra nouveau, la cuisine italienne pourra peut-être reprendre un peu de splendeur.

Sans cela, j'ai bien peur que nous ne soyons blasés à tout jamais sur la côtelette de veau à la milanaise.

Tous les Ricci, les Verdi, les Paccini de la terre ne sauraient y faire rien.

LE BOEUF-A-LA-MODE.

La belle enseigne de restaurant, le *Bœuf-à-la-Mode* !

C'est comme le *Veau-qui-Tette*, qui n'aurait jamais dû disparaître de l'horizon gastronomique.

Ce sont de ces titres classiques, éternels, qui répondent, comme certains journaux impérissables, à un besoin impérieux du public.

Le *Bœuf-à-la-Mode* a eu le courage de consacrer toujours une partie de ses ateliers à la confection de la cuisine marseillaise.

C'est seulement là qu'on peut trouver l'aïoli véritable, la bourride, la morue à la brandade, et enfin la fameuse bouillabaisse, l'olla-podrida des *trons de l'air*.

Le *Bœuf-à-la-Mode* est vraiment rempli de couleur

locale. Quand vous passez dans les environs, vous res-
pirez les douces brises de l'ail comme sur la Cannebière ou sur le *port*.

Quand M. de la Vertepignère fait son voyage à
Paris, il ne manque jamais de venir dîner au *Bœuf-
à-la-Mode*.

Il parle patois avec les garçons, il raconte tout
haut des anecdotes provençales, dont il rit comme
un fou; il tape dans le dos des gens qu'il ne connaît
pas du tout en les appelant : — Triple farceur !

C'est au *Bœuf-à-la-Mode* que les artistes provençaux donnent leur grand banquet annuel, où l'on ne
mange absolument que des tomates, et où l'on parle
des paysages *chauves et pelés* de la Provence.

On y chante les gais refrains de la Camargue, on
y improvise des couplets en l'honneur des olives et
des odes en faveur de l'huile d'Aix.

Au dessert, les convives ont le droit de raconter, chacun à son tour, l'histoire du capitaine Pam-
phile.

Le *Bœuf-à-la-Mode* aurait bien tort de renoncer à
cette spécialité de la cuisine provençale, que quelques mauvais plaisants ont cherché plusieurs fois à
attaquer.

Il a eu le bon esprit de savoir résister.

Quand on a l'énergie de maintenir sur sa carte des
plats dans le genre de ceux-ci : *Limaces à l'ail*, je dis
qu'on est un restaurant fort et convaincu.

Il est bon que nous ayons à Paris un échantillon
de ces plats du Midi, qui sont un résumé si curieux

de toutes les sardines, caviars, langoustes, grenouilles et harengs-saurs du globe.

Reste dans ton paradoxe, restaurant hardi et dévoué; va, crois-moi, résiste à l'invasion du roastbeef.

Que nous puissions de temps en temps aller réchauffer notre verve au gai soleil de tes casseroles, en écoutant les alexandrins de notre compatriote Méry.

Je ne pousserai pas plus avant ces études sommaires, que je ne donne, bien entendu, que comme des indications fugitives que chacun doit compléter avec ses observations personnelles.

On me reprochera, sans doute, plusieurs omissions: j'aurais pu parler de Riche, ce café anglais économique où l'on conduit les amis auxquels on ne tient pas beaucoup, ou de Deffieux, qui vient de quitter récemment son ancien quartier, ou de Magny, ce Véry du quartier latin, ou de Bonvalet et de Passoire, ces deux exilés, et de tant d'autres dont il est inutile de consigner ici les noms.

Je les réserve, ainsi que tous les établissements des Champs-Élysées et de la banlieue, pour ma grande histoire des restaurants français, à laquelle je travaille depuis longtemps.

En attendant, je répète ce que j'ai dit en commençant : si nous voulons maintenir la civilisation, sauver la société, il faut refaire la cuisine française.

C'est le seul moyen de grouper les classes et les opinions, et de détruire à tout jamais les germes de

II.   8

division que nos trop longues dissensions politiques
ont semés entre les esprits.

Dînons classiquement, savamment, comme disaient
nos pères.

Ne nous contentons plus du restaurant toujours
imparfait, ayons nos chefs à nous, qui travaillent
exclusivement pour nous, dans nos foyers, sous nos
yeux.

Que les cuisines particulières se remettent à flam-
boyer, comme dans l'ancien temps.

Quant à moi, je donne l'exemple; j'offre, dans
mon hôtel, un dîner qui me reviendra au moins à
cinquante francs par tête à toutes les personnes qui
achèteront mes Mémoires.

On ne dînera qu'après avoir acheté, bien entendu.

On peut se faire inscrire, dès à présent, à la Librairie Nouvelle, boulevard des Italiens, n° 15.

Prrrenez vos volumes! — Les casseroles sont sur
les fourneaux.

CHAPITRE IV.

Depuis ma fameuse grande réunion où j'ai inauguré la *Casquette de Paris*, je n'ai jamais cessé de
grouper dans mes salons à certaines époques, les artistes en renom, les feuilletonistes, les poëtes dramatiques, les vaudevillistes et toutes sortes de critiques.

Charmantes réunions d'artistes et de gens de lettres où l'on fume, où l'on boit des grogs, où l'on
fait de l'art tout en causant, où l'on éreinte ses amis
qui ne sont pas là,

Un soir, on nous annonça Cascaret, dont vous devez vous souvenir.

Cascaret, mon ex-critique étiolé, l'homme sérieux qui se plaint et récrimine toujours, qui a fait plusieurs pièces de théâtre qu'on a refusées, et affecte de dénigrer la littérature, où il n'a jamais pu parvenir à se créer une position.

Cascaret venait rarement dans mes salons.

Il prétendait qu'on n'y avait pas son franc parler, que tout le monde mettait une sourdine à son opinion.

— C'est fort inutile, nous disait-il, de vous réunir, tous hommes de critique et de pensée que vous êtes, pour causer comme des diplomates et faire entre vous de la tartuferie littéraire et dramatique.

Ce soir-là, nous nous trouvions en veine de bonne humeur et de paradoxe.

Nous résolûmes à l'unanimité de donner carte blanche à Cascaret, de lui permettre d'épancher toute la bile qu'il conservait depuis fort longtemps contre les théâtres, les critiques en général, les auteurs, les comédiens, les comédiennes, les directeurs, etc.

Il demanda une foule de cigares, plusieurs grogs et commença en ces termes :

LA CONFESSION DE CASCARET.

Prenez-moi, si vous le voulez, pour le paysan du Danube paraissant devant la littérature contemporaine, avec son sayon de poil de chèvre, cela m'est absolument égal.

J'ai la gorge pleine de vérités, il faut absolument que cela sorte.

Vous me direz que je gâche mon avenir, que je me rends impossible à tout jamais, que si je présente des pièces, je puis m'attendre d'avance à les voir refusées, démolies, coupées en quatre.

Que voulez-vous? il faut bien que quelqu'un se sacrifie. Je serai le Curtius de l'art et de l'idée.

Mais il y a aujourd'hui une foule de rangaines, d'abus et de vieilleries qui flottent dans les journaux, les intérieurs de théâtre, et que je suis déterminé à attaquer de front.

J'ai un besoin d'épanchement qui me tue, qui m'étrangle. — Prenez ma tête si bon vous semble, mais laissez-moi vous dire ce que j'ai dans l'âme.

LES FEUILLETONS.

Permettez-moi d'abord de m'adresser à vous, feuilletonistes, mes chers confrères, car moi aussi j'ai fait du feuilleton, un seul, il est vrai, dans ma vie.

Le directeur du journal qui m'avait engagé n'a jamais voulu m'en laisser faire un second.

J'avais coupé en quatre une actrice avec laquelle il entretenait des relations intimes.

Il m'a donné pour raison que j'avais trop de bienveillance dans ma rédaction.

8.

Je le soupçonne de ne pas m'avoir dit la vérité.

J'avoue donc, ô mes confrères! que je ne vous comprends pas.

Quoi! nous vous rencontrons dans les corridors d'un théâtre assommés comme tout le monde, accablés de l'ennui mortel que vous cause une de ces pièces interminables, vulgaires, vides d'intérêt et de style, comme il s'en joue si souvent aujourd'hui.

J'ouvre le journal, je m'attends à y retrouver le reflet fidèle et motivé de mes impressions et de celles de toute l'assistance.

Pas du tout : — je lis que la pièce est tout ce qu'il y a de plus saisissant, qu'elle aura un retentissement énorme, que l'auteur est un rude et hardi jouteur, qu'il a remporté une grande et noble victoire, qu'il a eu un franc et légitime succès, que tout Paris, que toute la France voudra voir ce chef-d'œuvre, etc.

Cependant tout le monde vous a vus bâiller et ronfler authentiquement : — vous écrivez que vous avez pleuré à chaudes larmes!

Vous me direz que souvent le succès vous force la main. Un ouvrage détestable qui réussit, on est bien forcé de le louer.

D'abord, je maintiens qu'aujourd'hui rien ne réussit, attendu que tout réussit.

Depuis les chemins de fer, vous avez un public nouveau de laboureurs, d'Alsaciens, de riches chaudronniers qui arrivent sur la foi du journal des quatre coins de la France et dont on fait absolument tout ce qu'on veut.

Qu'est-ce d'ailleurs qu'une première représentation? Une assemblée toute de carton et de placage.

Au parterre, des claqueurs; dans le cintre, des
claqueurs; à tous les points où l'opinion publique
pourrait se faire jour par hasard, des claqueurs que
l'on dresse, pendant plusieurs répétitions, comme
des meutes de chiens de chasse, à aboyer aux en-
droits que l'on considère comme les grands effets.

Dans les loges des gens paralysés par le billet donné,
ou bien les amis, les parents, tous les compatriotes
du directeur et de l'auteur, des auxiliaires de toute
espèce, toutes les actrices des théâtres voisins ou
du théâtre même. qui sont mises là pour pleurer ou
sourire officiellement.

Elles deviennent les comparses des jours de grandes
batailles. Il y a la consigne de l'éclat de rire et celle des
larmes.

Une actrice à l'état de simple spectatrice, qui ne
travaillerait pas activement à une première représentation comme claqueuse indirecte, serait infailliblement remerciée par son directeur : osez nier le fait !

Quelle garantie d'art et de littérature vous offrent
donc la plupart de ces grandes réussites actuelles?

Telle pièce horriblement commune et fausse *fait de
l'argent;* qu'est ce que cela prouve?

Les médicaments aussi, les purgatifs font de l'argent.

Vous me direz ensuite, ô critiques! que vous avez
des ménagements à garder; on vous circonvient, on
vous adresse toutes sortes de suppliques le jour de la

pièce, quitte à ne plus vous reconnaître le lendemain.

Tout Spartiate que je suis, je fais la part de certaines concessions nécessaires.

Je comprends qu'on ne passe pas sa plume à travers le corps de la pièce d'un ami; mais est-ce que vous êtes les amis de toutes les pièces qu'on représente?

Qu'on attaque tant qu'on voudra ce métier de journaliste ; on ne dira pas, du moins, qu'on y fasse fortune.

Il a ce côté noble et relevé qui le distingue de tous les autres.

La vénalité y est fort rare ; je dis plus , elle y est impossible, absurde.

La vérité est le seul trésor de l'homme qui écrit.

Lui demander des louanges qu'il ne pense pas , c'est comme si vous lui preniez son argent dans sa poche.

Avouez que, du train dont vont les choses, on vous aura bientôt réduits à la besace.

LES DIRECTEURS.

Savez-vous pourquoi tant de gens cherchent à être directeurs de théâtre ?

Pour faire fortune, pour faire jouer leurs drames, pour envoyer des loges à leurs amis, pour obtenir des succès de femmes ? — Pas du tout, c'est pour poser.

Cela vous surprend, vous renverse; c'est pourtant ainsi.

Dieu ! le plaisir de poser, besoin puissant, impérieux, irrésistible dans notre caractère français, qui fait qu'un homme n'hésite pas à sacrifier son existence tout entière, à se jeter tête baissée dans un gouffre d'embarras et de dettes dont il sait bien qu'il ne sortira jamais, tout cela pour un seul jour d'importance et de gloriole !

Enfin, messieurs, moi qui vous parle, j'ai vu dans ma vie de très-grands personnages, des ministres, ils vous recevaient avec les formes et les égards que les hommes se doivent entre eux.

Les directeurs de théâtre ne reçoivent jamais.

Ou bien si, par hasard, ils donnent une audience, c'est en dansant sur un pied, en décachetant des lettres, en causant tout haut avec leur régisseur ou leur machiniste, ou affectant un laisser-aller et une outre-cuidance de l'autre monde.

Il paraît que c'est dans la tradition théâtrale.

Comme j'ai eu souvent l'envie de les remettre à leur vraie place !

Parmi les hommes qui se chargent de gouverner un théâtre, combien m'en citerez-vous de naturels, de civilisés et de possibles ?

En somme, les allures et les manières des directeurs sont une chose à réformer complétement dans le siècle où nous vivons.

Cependant vous les encensez, vous les caressez à tout propos.

Combien de fois n'avons-nous pas lu dans vos colonnes :

« Cet actif et intelligent directeur, ce jeune et habile directeur, ce directeur si plein de zèle, de talent, de ressources, cet admirable metteur en scène, ce juge si excellent des choses dramatiques, etc. ! »

Croyez-vous qu'ils vous sachent beaucoup de gré de tous vos clichés élogieux?

Consultez-les un peu, demandez-leur quelle opinion ils ont au fond de l'âme de tous les journalistes en général.

Quand je pense qu'ils en sont venus, dans leur ignorance et leur rancune insensée, jusqu'à vous reprocher quelquefois ce misérable coin d'orchestre ou de loge qu'un déplorable usage vous force à accepter les jours de première représentation !

Pourquoi, lorsqu'ils meurent, vous mettez-vous à entonner toutes sortes de *requiem* et de chants mortuaires?

Pourquoi, de leur vivant, vous plaisez-vous à proclamer que ce sont des esprits flamboyants, des Beaumarchais, des Voltaire de coulisses, quand vous savez aussi bien que nous que ce sont, pour la plupart, tout simplement de vieux rouleurs d'estaminets et de foyers, qui colportent avec un grand aplomb des mots connus et des calembours surannés comme la prose de M. Scribe ?

Ah ! tenez, souffrez que je vous le dise, vous m'avez l'air de ne pas avoir encore entièrement brûlé vos vaisseaux.

Dans la plupart de vos compte rendus, il semble que l'on voit percer le bout de l'oreille du ballet, du drame, du vaudeville ou de la féerie.

Cependant il est certain que vos vrais intérêts ne seront jamais là.

Les Maîtres Jacques littéraires, les gens qui paraissent devant le public alternativement sous la casaque de l'auteur dramatique et sous le pourpoint du critique sont heureusement fort rares.

Le théâtre ne peut être pour le journaliste qu'une affaire d'accident, de métier jamais.

Ne quittez pas la proie pour l'ombre.

Vous n'êtes pas vaudevillistes, Dieu merci ! Soyez donc feuilletonistes jusqu'à la garde, et en tout bien tout honneur. — C'est encore le plus digne et le plus sûr.

LES COMÉDIENS.

Les comédiens ! Mon Dieu ! que vous en dirai-je ? Ils sont ce qu'ils ont toujours été, plus propres sans doute extérieurement, plus bourgeois, plus mariés que du temps de la Rancune, de la Caverne, ou de Destin, mais au fond toujours avec les mêmes défauts, qui tiennent, je le crains, à la profession même, que nous aurons bien de la peine à civiliser.

Amours-propres féroces et touchant presque à la démence, fausseté, finasserie sans fin, ruse, intrigue, ficelles de toutes sortes, mélange presque constant de hauteur et de souplesse extrême ; des hommes qui calculent tout jusqu'au salut de la rue, qu'ils subordonnent au degré d'importance ou d'utilité directe qu'ils vous supposent.

Les comédiens, ô feuilletonistes ! sont-ils donc des êtres si intéressants, si précieux, qu'il faille leur prodiguer à tout propos, comme vous le faites, des torrents d'adoration et d'enthousiasme ?

On en est venu à ne plus pouvoir parler des comédiens tranquillement et naturellement, ou même, ce qui vaudrait souvent mieux, à ne plus pouvoir en parler du tout.

Les plus mauvais acteurs de mélodrame, des hurleurs emphatiques dont nos pères n'auraient pas voulu pour les ventes de commissaires-priseurs, deviennent dans les articles du lundi quelque chose d'immense et de gigantesque.

On vous parle sérieusement de la manière dont tel comédien de la Gaîté ou de l'Ambigu a composé, *fouillé* un rôle.

Il semble qu'il s'agisse d'un marbre travaillé par Germain Pilon ou Puget.

Toutes les actrices sont des printemps, des astres, des étoiles, des aurores, des corbeilles de fleurs, des apparitions délicieuses, des types achevés de malice, de grâce, d'espièglerie, de verve, de talent, d'esprit, etc.

Or, vous savez aussi bien que moi que la plupart des actrices d'aujourd'hui payent leur directeur pour se montrer sur la scène.

Est-ce que vous trouvez que ce tableau vivant avec ritournelle et couplet de facture que l'on appelle la comédienne de vaudeville, mérite que vous vous mettiez sans cesse pour elle en frais de littérature et d'encens ?

Pourquoi n'auriez-vous pas le courage d'imprimer quelquefois brutalement :

« Mademoiselle une telle avait dans telle pièce des diamants superbes, des dentelles hors ligne, des toilettes éblouissantes ; elle a dû plaire prodigieusement à M. un tel, qui se trouvait à l'avant-scène, l'a lorgnée constamment et a, dit-on, plus de cent mille livres de rentes...

« Cette demoiselle a obtenu un franc et légitime succès... »

Du moins on saurait à quoi s'en tenir. Le public comprendrait clairement que, dans la plupart des pièces, les rôles de femmes ne sont plus que des magasins de cachemires, de soierie ou de bijouterie.

Il irait à ces pièces comme on va au Palais de Cristal.

Certes, je n'en veux pas à mon siècle, qui croit devoir décerner à des ténors ou à des tragédiennes des trains de prince, des écuries en marbre, les jardins suspendus de Babylone.

On dit de plus que tout amoureux de vaudeville est sûr de trouver tous les soirs chez le concierge du théâtre des liasses de billets parfumés.

Il paraît même qu'il y en a maintenant qui veulent se procurer les délices de l'invention, qui se mettent de moitié dans les pièces, afin de corroborer leurs succès de femmes, avec ce titre si doux de collaborateurs ; — à la fois Beaumarchais et Lovelaces.

A la bonne heure, j'admets tout cela.

Mais, puisqu'on a cru devoir accorder à tort ou à

II.

raison tant de priviléges au fard et au blanc de céruse,
que le badaud, le niais est toujours disposé à s'incli-
ner devant le comédien quand il passe dans la rue.
raison de plus pour rester devant lui, quand on manie
une plume, très-digne, très-calme et même un peu
fier.

Qu'on l'applaudisse quand il fait bien, qu'on le
siffle quand il fait mal.

—Siffler un comédien, y songez-vous ! Mais ce serait
une indignité, un crime, une monstruosité sociale !

Vous voulez donc qu'on vous maudisse, qu'on vous
assassine ou qu'on vous envoie coucher au violon !

Vous avez le droit d'adorer le comédien, de faire
son portrait, son buste à perpétuité, d'écrire sa bio-
graphie sur le ton du lyrisme et du délire, de le
couvrir de fleurs, de diamants, de palmes, des plus
charmantes épithètes de la langue.

Mais le critiquer, exprimer d'une façon quelconque
le déplaisir et l'ennui que son jeu vous cause ! Oh !
non jamais !

Allez, messieurs, mentir, ou, ce qui revient au
même, pallier sans cesse la vérité sur la question des
comédiens et des théâtres, a plus de gravité que vous
ne pensez.

Un peuple qui admet le mensonge sur les choses
frivoles l'admet bientôt dans les choses plus graves.

C'est par les détails qu'on arrive à fausser la
conscience publique.

— Il n'y a plus de comédiens.

Vous imprimez sans cesse que tel acteur est un type de distinction, d'élégance.

Personne n'est élégant à présent, ou plutôt tout le monde l'est dans sa sphère et suivant la mesure de sa condition.

— Il n'y a plus de comédiennes : je n'excepte pas même celles que l'on a le plus exhaussées.

Malgré tous les échos de la réclame, je n'appelle pas une actrice dramatique quelque chose qui ne vit pas, qui ne passionne pas, qui ne respire pas, qui a l'air d'avoir été retrouvée d'hier dans les reliques d'Herculanum ou de Pompéi.

Pour moi, mademoiselle Rachel n'est pas une tragédienne, c'est une statuette.

— Il n'y a plus de théâtres...

Comment voulez-vous qu'il y ait des théâtres de bon sens et de bon aloi, quand il y a plus de trente années que l'on n'a fait entendre aux directeurs, aux auteurs, aux acteurs, au public, un seul mot de vérité et de bon conseil, quand la réclame est partout, la flagornerie partout, le claqueur partout?

Il en résulte, à l'heure qu'il est, un encombrement inouï de vieilles idées, de vieilles traditions qui, font que les théâtres sont livrés entièrement à la fatalité, à l'arbitraire, prospérant, mourant de faim, se fermant, se rouvrant, sans que personne au monde sache pourquoi.

L'art dramatique est devenu la loterie des loteries, le mythe des mythes.

Je vais, si vous le permettez, vous passer en revue

très-sommairement les principaux théâtres de Paris,
afin que vous reconnaissiez vous-mêmes qu'ils sont
tous rendus à peu près impossibles par la force des
choses, chacun dans les conditions du genre qui lui
est assigné.

Voilà assez longtemps que vous les caressez, les
chatouillez! Fouettez-les donc un peu : c'est peut-être
le moyen de les faire vivre.

Écoutez, messieurs. j'entame le feuilleton du désespoir.

L'OPÉRA.

J'avoue que je n'ai jamais bien compris l'Opéra.

A une époque où la France était toute mythologi-
que et monarchique, où vous aviez une ville comme
Versailles toute remplie de dieux en bronze et en
marbre, de nymphes, de tritons et de monstres marins, où vous voyiez le chef du royaume paraître lui-
même aux yeux de sa cour, déguisé en Apollon ou en
Mars, je comprenais un théâtre pompeux à grand fra-
cas, à féeries et bergeries royales, entièrement consacré à l'allégorie chorégraphique et chantante.

Mais dans un siècle pratique et bourgeois, livré
tout entier au branle-bas industriel et financier, je
vous demande un peu quel intérêt vous pouvez
prendre à des dieux que vous venez de rencontrer sur
le trottoir, en paletot et avec un parapluie, et qui
viennent vous dire avec toutes sortes de pirouettes et
de gambades :

— Vous savez, je suis Vulcain, Phœbus, Mercure
ou Prométhée.

Un beau jour on a été forcé de suspendre entièrement la mythologie. Il a fallu envoyer l'Olympe tout
entier, les temples de l'Amour, les forêts enchantées,
les bocages de fleurs, à l'hôtel Bullion.

On a été obligé de se rabattre sur le moyen âge,
les moines, les nonnes, les varlets, les nobles châte-
laines, les nobles pages, les chevaliers de ma patrie,
toutes choses qui se sont aussi usées très-vite.

On s'est rabattu sur la fantaisie humide ou bru-
meuse, les sylphides. les ondines, les péris, les gita-
na, les zingara, les almées, le truc espagnol, italien,
persan, turc, indien.

Toutes ces choses-là ont fait également leur temps.

Aujourd'hui, fouillez toute la planète de fond en
comble, lancez-vous dans le fond des mers, dans le
plus profond des brouillards, dans les nuages, dans la
lune, dans le soleil, je vous défie de trouver un pro-
gramme de ballet qui n'ait pas été cent fois retourné,
ressassé, recrépi.

Un ballet nouveau, c'est la pierre philosophale,
l'impossibilité de l'art.

La pantomime est un vieil enfantillage qui date du
temps où le genre humain n'avait pas encore trouvé
sa langue.

Tous les orchestres du monde, tous les Cicéri du
monde, ne sauraient la raviver.

Un homme moderne qui vous exécute des myriades
de ronds de jambe et de zigzags pour vous faire

9.

comprendre qu'il aime mademoiselle une telle, et qu'il est décidé à se brûler la cervelle pour elle, sera toujours une chose parfaitement ridicule et soporifique.

Le danseur, c'est l'équilibriste, moins le danger.

— Vous me direz qu'on a supprimé le danseur, qu'on s'est mis un beau jour à crier *haro* sur ces grands dadais en culotte de satin et en veste bleue, qui venaient tourbillonner pendant des demi-heures entières en retombant d'aplomb sur un sourire final.

C'est ce qui prouve bien que vous n'avez plus la foi.

Qu'est-ce que le ballet sans le danseur? — Un genre qui n'a plus qu'un sexe et ne peut plus reproduire.

Reste la danseuse, que tous les journaux s'amusent à saluer à l'envi des épithètes de divine, d'adorée, de délirante, d'incomparable : peu importe le pays et l'origine.

Mais remarquez bien que celle qui arrive est toujours moins forte, moins surprenante que celle qui s'en va.

En effet, le corps humain n'a, pour se tordre et se désarticuler, qu'un certain nombre de combinaisons. Toutes ces combinaisons-là sont connues, à l'heure qu'il est ; trouvez-en donc d'imprévues.

C'est toujours à peu près la même sylphide qui se lance sur le même orteil, s'affaisse, se relève, se laisse tomber à droite ou à gauche sur cet objet de soutènement que l'on appelle le danseur.

Je vous dis encore une fois que la danseuse s'en va.

A moins que vous ne disiez que la chorégraphie s'adresse exclusivement à quelques vieux blasés qui ont un pied à l'orchestre et l'autre dans la tombe.

La danse elle-même n'accepterait jamais une pareille destination. Nous ne sommes pas dans un bazar d'Orient, nous sommes en France.

— Mais la musique, la grande musique qui ne peut trouver à vivre et à se déployer que là ?

Qu'est-ce que la grande musique en France? C'est un seul homme qui s'appelle tantôt Rossini, tantôt Meyerbeer.

Si la lyre de cet homme a un caprice ou un rhume de cerveau, toute la machine est arrêtée, l'affiche se congèle, elle devient uniforme, immuable, comme un morceau de marbre de Paros.

En vain, pour conjurer la monotonie voisine du tombeau, vous appellerez à votre aide tout ce qu'il y a de plus dispendieux et retentissant dans tous les organes de l'Europe.

En vain vous ferez à la Russie et à l'Angleterre une guerre de barytons et de ténors.

On se fatigue vite des équilibres de poitrine et des tours de force de larynx.

L'art se renouvelle par l'invention, jamais par l'interprétation.

La plupart des spectateurs ont, à l'heure qu'il est, dans le gosier, toutes les roulades et tous les points d'orgue de tous les opéras connus. — Quel plaisir voulez-vous qu'éprouvent leurs oreilles?

Je sais bien, messieurs, que cela ne vous empêchera
pas de crier, au prochain opéra nouveau :

— Beau! sublime! splendide! incomparable!

Eh bien! je serai seul, moi, à murmurer dans
mon coin :

— Vieux! usé! connu! ressassé!

Je le déclare ici à haute voix, à moins d'une révolution profonde, radicale, l'Opéra est un théâtre impossible !

LE THÉATRE-ITALIEN.

Autre théâtre rétrospectif et qui n'est plus, quoi
qu'on puisse dire, dans nos besoins et nos idées.

Chaque fois qu'il a paru dans ce bas monde un
génie d'élite et vraiment transcendant, on lui a toujours donné un théâtre, et on a eu parfaitement raison.

L'Angleterre a donné un théâtre à Shakspeare,
Louis XIV en a donné un à Molière.

Quand Rossini nous est arrivé avec ses chefs-
d'œuvre que nous ne connaissions pas, on s'est empressé de lui donner le Théâtre-Italien, que l'on aurait
bien pu appeler tout uniment le Théâtre-Rossini, car
c'était bien vraiment Rossini, ses partitions, ses cava-
tines, qu'on fêtait, qu'on subventionnait dans la personne des grands chanteurs, ses compatriotes.

Du jour où Rossini n'a plus été, comme homme
privé, qu'un long bâillement prolongé, où il a déclaré
au genre humain qu'il fermait à tout jamais son piano,

parce qu'on ne lui rendait pas suffisamment justice, on aurait pu à la rigueur fermer son théâtre.

Ou bien il était presque certain que ce théâtre se fermerait de lui-même après une suite de clôtures, de réouvertures, d'assoupissements et de réveils désespérés.

Dites que je suis un Welche, un Vandale, que je n'ai pas entendu la Malibran, la Pasta, la Mainvielle, la... tout ce que vous voudrez.

Que voulez-vous? je m'agenouille devant l'être qui crée, jamais devant celui qui roucoule.

La fioriture n'est plus à mes yeux qu'un vieux feu d'artifice; l'*ut* de poitrine, une explosion connue.

Il fut un temps où l'on avait imaginé de chanter l'italien et le bouffe dans tous les salons de Paris. Pas de réunion, de cercle où l'on ne trouvât une *Gazza ladra* femme de notaire, ou un *Figaro* quart d'agent de change.

Ce qu'on appelait la haute société n'était plus qu'une cavatine perpétuelle.

On allait au Théâtre-Italien pour faire des études musicales chantantes. C'était une succursale du solfége, Bordogni avec des quinquets.

On a fini par se lasser de cet exercice.

Tous ces gens, qui se mettaient au piano des heures entières, ont reconnu qu'ils éprouvaient peut-être beaucoup de plaisir pour leur compte, mais qu'ils en procuraient excessivement peu à ceux qui les écoutaient.

On a donné congé à Othello, à Sémiramide, au Barbier intime.

Rossini s'était, d'ailleurs, prodigieusement popularisé et usé. On le fredonnait, on le dansait, on l'écorchait d'un bout de la France à l'autre.

La muse de M. Castil-Blaze l'avait porté sur ses ailes jusqu'à la Cannebière.

Le Théâtre-Italien commença à perdre de son charme et de son prestige. — Le beau, en musique, c'est le rare, c'est l'inconnu.

Les grands chanteurs devinrent de jour en jour plus impossibles, passèrent à l'état d'utopies, de mythes inabordables pour nos budgets.

— Vous me direz que ce théâtre est pour les femmes une occasion de toilette ?

Si l'art italien est une question de diamants, de velours et d'étoffes, n'en parlons plus.

— Vous me direz que Lablache est très-divertissant, qu'il a le don supérieur de faire éclore le gros rire sur les lèvres pincées de la bonne compagnie.

Lablache est pour moi la traduction de Sainville, pas autre chose.

Vous avez beau dire, on ne s'amuse bon jeu bon argent que dans sa propre langue. Je sais rire à la française, jamais à la milanaise ou à la napolitaine.

Quand je pense aux princes à plumes blanches, aux Assur coiffés de tourtes, aux boulettes qu'ils nous ont fait avaler à l'époque de la grande vogue de la cavatine !

Vous souvenez-vous de ces Almavivas empruntés à l'orchestre du cirque Loyal?

Supprimez du théâtre la création, l'impulsion du génie nouveau, vous en faites nécessairement un instrument, une mécanique monotone, qui exécute toujours le même air.

En vain vous restaurez les tuyaux, en vain vous réveillez les larynx d'autrefois, les Rubini, les Tamburini qui sortiront de leurs châteaux pour rentrer dans la fioriture, vous n'aurez jamais que des réminiscences, des échos qui vieilliront de jour en jour.

Quand Rossini nous aura envoyé de Bologne, non pas un ouvrage nouveau, mais un nouveau Rossini, alors je dis que le Théâtre-Italien redeviendra possible.

LE THÉATRE-FRANÇAIS.

Mon Dieu ! je sais bien tout ce que vous allez me dire :

La tradition, la maison de Molière, le dépôt de notre littérature, la tragédie, la haute comédie, le cothurne, Lekain, Préville, Talma, la vieille élégance, l'habit à la française, etc., etc.

Toutes ces choses-là ne m'intimident pas.

Je sais ce que c'est que de rire au théâtre, se passionner, exister comme acteur ou comme spectateur ; franchement, je ne sais pas ce que c'est que se souvenir, regarder des bustes, invoquer des ombres et braquer sans cesse son binocle sur le passé.

Il y a de cela quelques vingt ans, à une époque où il y avait encore un peu d'animation, de liberté et de vie dans la littérature contemporaine, on a dit aux comédiens du Théâtre-Français :

« Vous voulez être les gardiens et les interprètes exclusifs de nos chefs-d'œuvre nationaux ? Soit ; dites alors que vous êtes des espèces de bibliothécaires mimiques, des conservateurs de collections avec du rouge et en costumes.

« Votre scène n'est pas un théâtre, c'est un musée.

« Ne dites pas que vous jouez Molière et Racine, dites plutôt que vous professez Racine et Molière,, attendu que vous avez le monopole d'interpréter leurs chefs-d'œuvre.

« Pourquoi ne donneriez-vous pas vos grandes re-présentations classiques dans la journée, à l'heure des cours de la Sorbonne et du collège de France ?

« Nous avons le malheur de croire aux lecteurs et non pas aux comédiens de l'ancien répertoire.

« Il vient un moment où les chefs-d'œuvre n'ont vraiment plus besoin du secours de l'acteur. — Chacun joue la pièce dans sa tête pour lui et bien mieux que vous ne pourriez le faire.

« Ce qui le prouve, c'est que la plupart des grands rôles classiques sont à l'heure qu'il est de véritables casse-cou pour tout comédien de notre temps qui n'a pas vécu sous le règne de Louis XIV ou de Louis XV.

« Les choses de la scène et du théâtre sont avant

tout contemporaines et vivantes; la littérature seule
est éternelle.

« Si Molière revenait au monde aujourd'hui, il
trouverait que vous jouez ses pièces absolument
comme celles de M. Scribe.

« L'acteur de l'ancien répertoire est devenu un
mythe. S'il existe encore, il faut absolument qu'il
soit centenaire. »

On a dit ces choses-là et bien d'autres encore. il
y a vingt ans, à ces comédiens sérieux et classiques.

Mais il est survenu une certaine classe de gens
qui se sont dit :

« Il est fort possible que le Théâtre-Français avec
ses souvenirs, ses traditions, ses us et coutumes,
ses palissades, ses priviléges sans fin, soit aujourd'hui
une vieille routine, une ornière.

« Mais enfin on peut trouver à vivre commodé-
ment et grassement dans cette ornière.

« Avec une pièce au Théâtre-Français, on peut
faire un bon mariage, obtenir des prix, des primes,
des avances, des encouragements, arriver à l'Académie, maintenons l'ornière. »

Il n'en est pas moins vrai qu'un théâtre desservi
par des comédiens sur lesquels le public n'a plus aucune espèce de prise, qu'on est obligé d'agréer, de
subir, d'applaudir, quoi qu'ils disent et qu'ils fassent,
sera toujours un théâtre anormal, contraire à la vraie
liberté de l'art et de la critique.

— Dites-moi donc pourquoi, lorsqu'on entre dans

cette salle, on y respire toujours une odeur de garde-
meuble et de bahut qui vous serre le cœur.

Le Théâtre-Français, le théâtre littéraire par excellence, est en définitive le plus bel éloignement de
toute littérature actuelle et vivante que le génie de la
routine ait pu jamais enfanter.

Pour lire une pièce à ce théâtre, il faut mettre
tant de gants jaunes et de manchettes, user tant de
cravates blanches, avaler tant de couleuvres de toute
espèce, qu'on aime mieux y renoncer, faire de la littérature non soumise au bon plaisir de messieurs les
sociétaires.

« Cependant, disent ces mêmes sociétaires, nous
avons notre comité toujours si plein d'urbanité, de
littérature et de lumières, qui s'assemble une fois
toutes les semaines et qui crie de son plus bel organe à tous les échos : — « Venez, chefs-d'œuvre, ar-
« rivez ; nous vous attendons. »

C'est singulier! Les chefs-d'œuvre n'arrivent pas!

On ne nous apporte que de vieux romans, les plus
vieux lambeaux de l'invention, des choses auxquelles
évidemment personne ne tient et qui sont un peu
comme ces denrées avariées et douteuses que l'on
ne craint pas de risquer sur les mers pour les expé-
dier dans des pays lointains.

— Vous parlez de votre comité?

Tout comité est involontairement rogue et pédantesque, c'est son essence : — toujours l'histoire de
l'homme qui vous salue du haut de sa calèche.

Un comité de comédiens privilégiés surtout! Grand Dieu!

Vous avez le droit de me refuser ou de m'admettre, vous comédien embusqué dans votre titre de sociétaire; mais, quand il s'est agi de vous bombarder sociétaires, est-ce qu'on m'a consulté, moi, auteur, qui puis bien à la rigueur m'appeler partie intéressée et avoir voix au chapitre?

Ai-je eu le droit de décider si vous aviez en partage les dons du talent, du jugement, de la bonne éducation, que réclame ce double titre d'arbitre suprême et d'interprète des choses littéraires et dramatiques?

Qui est-ce qui me dit que vous ne vous faites pas la courte échelle entre vous? — C'est mon tour cette année-ci, dit Scapin; mon cher Crispin, ce sera le tien l'année prochaine.

Les comédiens votent sur les auteurs; je demande que les auteurs votent sur les comédiens.

Comment! cela ne vous paraît pas intolérable, monstrueux, barbare?

Je lis un ouvrage qui m'a coûté souvent plusieurs de mes plus belles années littéraires; il y a en bas à la porte un coupé noir, dans ce coupé, un monsieur chauve, qui dit à son groom : « Thomas, monte là-haut, et dis à Nini qu'elle se dépêche... »

C'est pourtant du vote de ce coupé noir que dépend le sort de ma nièce.

Vous entrez devant nous, ô poëte! pâle et tremblant comme une victime. — J'ai parfaitement le droit, moi, jeune premier, de rire de votre air gauche, de vous bâiller au nez, de faire le gentil, le badin, d'offrir des pastilles à ces dames, etc... — Qu'avez-vous à dire ? je suis sociétaire !

Vous arrivez à la scène après une série de vicissitudes et de cascades trop longues à décrire. Je mets quatre ou cinq mois à vous apprendre un rôle qu'on pourrait aisément apprendre en quinze jours... –Hein ! quoi ? vous murmurez, je crois ! Je suis sociétaire !

Je vous prends un rôle tout de travers, je dénature toutes vos intentions, vous hasardez l'observation la plus juste et la plus timide.

— « Voilà votre rôle, mon cher, je n'y tiens nullement, reprenez-le je suis sociétaire !

Ainsi, vous pouvez vous exiler pendant plusieurs années, faire plusieurs fois le tour du monde, vous êtes sûr de retrouver, à votre retour, les mêmes jeunes premiers, les mêmes comiques, incorporés, chevillés souvent de père en fils aux mêmes emplois, qu'ils ne quitteront qu'à leur dernier soupir.

Comme c'est électrisant, passionnant pour le public !

Le comédien immobile, c'est la mort de l'art. — Est-ce qu'on ne renouvelle pas quelquefois les vieux décors ?

— Nous n'avons pas besoin d'ouvrages modernes, vous disent aussi messieurs les sociétaires, ce sont des risques gratuits que nous courons.

« Nous avons notre vieux répertoire, qui nous suffit amplement, qui répond à tout, qui fait que nous n'avons nul besoin de nos contemporains.... »

C'est pourquoi j'en reviens à ma pensée, qu'on joue le vieux répertoire le jour pour les jeunes gens, les curieux, les voyageurs, les personnes âgées qui ont des ophthalmies.

Qu'on réserve le soir pour les modernes.

On pourra ainsi couper court à ces éternels quiproquo, à cette injustice des parallèles qui ne profitent absolument qu'aux grands hommes des autres siècles, qui n'en ont nul besoin.

Lier sans cesse les vivants aux morts, à quoi bon?

Que diriez-vous d'un musée de peinture où l'on exposerait Titien à côté de Diaz, et Corrége à côté de Delacroix?

Si Molière eût eu de son temps, sur son théâtre, un ancien, un classique qu'on eût représenté périodiquement pour lui faire la nique ou le désespérer, croyez-vous qu'il eût été Molière?

Inventez un Théâtre-Français bon enfant, naturel, affable, chez qui on puisse entrer comme chez un camarade ;

Faites que le comédien littéraire soit un homme comme tout le monde, surtout qu'il coure des risques chaque soir aussi bien que l'auteur ;

Alors vous aurez peut-être un théâtre qui aura du sang et de la vie, et non plus de la tradition dans les veines.

La littérature est une bonne fille, pas poseuse, mais qui n'aime pas (passez-moi l'expression) *qu'on fasse sa tête avec elle.*

Si on fait le sociétaire avec elle, elle vous joue toutes

10.

sortes de mauvais tours, elle vous envoie tous ses clercs de notaire les plus endimanchés, avec toutes sortes de tragédies et de vieux ours.

Elle vous impose toutes les pièces que vous jouez depuis plusieurs années, toutes celles que vous êtes sans doute exposés à jouer pendant un temps fort long.

Elle appelle ces pièces-là de la littérature : — n'en croyez pas un mot !

L'ODÉON.

Si on prend l'Odéon pour y faire ses affaires et mettre à la caisse d'épargne, j'avoue que je n'y comprends plus rien.

Si on vous donne une subvention, c'est évidemment pour la jeter par la fenêtre.

Un directeur qui économise sur une subvention littéraire, c'est comme un ambassadeur qui ne dépense pas tout le traitement que la France lui donne pour la représenter dignement à l'étranger.

L'Odéon est un théâtre d'élan et d'amour.

On joue toutes sortes de pièces terribles de nouveauté et de hardiesse. On a le plaisir de voyager dans le chimérique et l'imprévu de l'art et du théâtre.

C'est comme une excursion en Orient. On revient de là avec toutes sortes de souvenirs et de fantaisies dans la tête, et aussi peu ruiné que possible.

A propos, je vous fais grâce, n'est-ce pas, de la

vieille facétie-Odéon. Elle n'est pas absolument actuelle ; je pense que vous n'y tenez pas beaucoup.

Ce théâtre peut répondre, aux mauvais plaisants qui l'attaquent :

« Ce n'est pas ma faute si je ne suis pas logé dans un quartier plus vivant ; je ne demanderais pas mieux que d'être établi sur la place de la Bourse.

« Me reprocher mon éloignement, c'est absolument comme si vous reprochiez à un homme d'être sexagénaire ou d'avoir une verrue sur le nez. »

Eh ! messieurs, transportez donc un peu le feu de vos plaisanteries sur tel vieux théâtre de mélodrame du boulevard du Temple, tout aussi éloigné et infiniment moins intéressant que celui-ci.

L'Odéon, après tout, est un artiste ; le boulevard n'est qu'un manœuvre.

Mais je remarque que l'on dit que l'Odéon est le théâtre de la jeunesse.

Eh bien ! s'il y a quelque vieille pièce bien moisie dans un coin de l'ancien répertoire, s'il existe dans les fonds de théâtre quelque bon vieux comédien rendu bien impossible par la goutte et les années, c'est toujours à l'Odéon que nous sommes sûrs de retrouver ces antiquités-là.

Ce théâtre-là est pourtant juste l'opposé des Invalides.

On doit y jouer trois cent soixante-cinq pièces par année, précisément parce que le Théâtre-Français, qui a un si riche répertoire, en joue le moins possible.

L'Odéon, c'est le théâtre précurseur, fantaisiste, entraîneur.

Quand celui-là vend des bonnets de coton, soyez sûr que tous les autres languissent.

L'OPÉRA-COMIQUE.

Savez-vous ce qui rendra l'Opéra-Comique entièrement impossible dans un temps plus ou moins rapproché ? — Ce sont les faiseurs d'opéras-comiques.

Vous riez... vous allez voir que c'est très-sérieux.

Il est clair que vous verrez un de ces jours sur le boulevard des Italiens se former une émeute formidable de douze ou quinze cents jeunes compositeurs, tous grands prix de Rome, qui vont arriver avec de l'artillerie, des torches et des bannières séditieuses en criant au directeur :

« Jouez-nous, ou nous prenons votre théâtre d'assaut.

« Voilà des années entières que vous promettez à nos jeunes partitions de leur ouvrir les avenues de la scène, et que vous nous faites passer devant le nez, non-seulement deux ou trois vieux contemporains mélodieux avec paroles de M. Scribe, mais encore des morts que vous vous amusez à ressusciter : Grétry, Monsigny, Méhul, Dalayrac et tant d'autres vieux bustes.

« Cette plaisanterie dure depuis trop longtemps.

« La société nous doit un avenir musical, le Conservatoire nous a dit que nous étions de grands compositeurs, et nous n'en sommes pas même au poëme de M. Saint-Georges.

« Nous voulons avoir raison de l'Opéra-Comique. »

Quand la grande émeute des lauréats lyriques éclatera dans la rue, je prévois d'immenses malheurs.

L'Opéra-Comique est pourtant un genre bien neuf et bien jeune, je vous assure.

Il en est encore à *Jeannette*, à *Jeannot*, à *Pierrot*, à *Gille*, à *Colombine*, à *Pantalon*.

Sa condition est d'être essentiellement villageois dans un siècle qui ne l'est plus guère.

C'est le théâtre des grands oncles, des vieilles tantes, des tuteurs qui adorent les ariettes et les ponts-neufs; c'est un enfantillage d'un autre temps, qui n'est au fond ni littérature ni musique.

Il y a longtemps que l'Opéra-Comique a été absorbé par le Vaudeville.

Est-ce que nous jouons aujourd'hui de la musette, du galoubet ou du chalumeau?

Il est temps d'en finir avec ce vieux village.

Le poëme épique a bien passé, vous voudriez que l'Opéra-Comique fût éternel!

O jeunes ténors, larynx flûtés, filets de voix et autres Ponchards, permettez-nous de vous improviser ces deux vers dont le premier est évidemment inspiré par la muse de M. Thibaudier, dans la *Comtesse d'Escarbagnas* :

> Si vous voulez qu'on vous aime encore,
> Rendez-nous l'âge d'Elleviou !

LE GYMNASE-DRAMATIQUE.

Qu'est-ce que le théâtre du Gymnase sans M. Scribe, qui l'avait créé entièrement à l'image de sa littérature ?

Il lui fallait absolument des acteurs comme ceux-ci, pincés, léchés, pas trop poussés ni dans le rire, ni dans les larmes, ni dans la passion, ni dans l'élan ; un milieu entre le bourgeois et l'artiste, entre la scène et le paravent.

Vous me dites qu'il ne faut pas toucher au Gymnase, que c'est un théâtre littéraire.

Un théâtre littéraire pour moi, c'est un théâtre qui va voir les littérateurs, les prie, les sollicite de lui *oser* des pièces vraiment jeunes et neuves, qui sait découvrir les vrais esprits là où ils sont dans les quartiers les plus perdus, les mansardes les plus impossibles.

— Comment, vous rêvez qu'un directeur, un vrai directeur, va quitter ses États, s'arracher à son trône pour aller sonner à la porte d'un simple auteur ?

— Non-seulement je le rêve, mais je l'exige.

C'est précisément parce que j'habite une mansarde que je veux qu'on ait pour moi des attentions, des soins, des égards particuliers.

Si j'habitais un hôtel, je serais peut-être moins susceptible.

Ainsi donc, il sera convenu que je me dérangerai pour un directeur de spectacle, et qu'un directeur de spectacle ne se dérangera jamais pour moi... Ah! j'avoue que toutes ces conventions de morgue et de prépondérance directoriale me révoltent profondément!

J'essuierai vos caprices, à la condition que vous n'essuierez jamais les miens : non, mille fois non, encore une fois! j'aime mieux mourir!

La politesse est la première littérature des directeurs.

Vous pouvez jouer par accident, par hasard, des pièces, soi-disant littéraires ; eh bien, qu'est-ce que cela prouve?

Avouez que ce que vous portez au fond de vos entrailles, ce sont les vaudevillistes purs, les plus vieux amants de la carcasse, décidés d'avance à tout subir et à tout accepter.

Je vous entends répéter sans cesse, messieurs de la critique, que la troupe du Gymnase est quelque chose d'unique, de merveilleux, qu'on ne joue vraiment la comédie que sur ces planches-là.

Il se peut que je sois peu propre à juger la chose, mais je sais que la plupart de ces comédiens si accomplis me divertissent assez médiocrement.

Ils me font tous l'effet de jouer par suite d'un même mot d'ordre ou d'une même consigne. C'est une troupe qui sent le martinet et le pensum.

Quand j'entre au Gymnase, je me figure toujours être dans une école primaire.

Il me semble d'ailleurs que l'entreprise a dans son

essence un obstacle, un empêchement réel à toute espèce de modifications et de progrès.

On me dit que l'actrice principale est en même temps directrice, ou, ce qui revient au même, femme du directeur.

Quoi de plus incompatible avec les conditions d'un vrai théâtre en communication directe avec le public ?

Je n'attaque pas le talent de madame Rose-Chéri, qui peut avoir des qualités très-précieuses pour ceux qui adorent la note du maniéré.

Tout ce qui n'est pas naturel et spontané me crispe. J'avais madame Volnys en aversion, c'est assez vous dire.

Mais je sais qu'une actrice qui tient dans sa main les rênes d'un théâtre ôte nécessairement à l'entreprise toute espèce de garanties de liberté et de vie.

Qui me dit, ô directrice ! que vous ne vous servirez pas de votre influence pour éteindre autour de vous tout ce qui pourrait ressembler à une concurrence ?

Tolérerez-vous une autre actrice ou même un autre acteur à côté de vous ?

Qui me dit que vous n'accaparerez pas tous les rôles, même les plus opposés au genre de votre talent ?

Croyez-vous que toute la littérature de votre théâtre ne finira pas par se résumer dans cette phrase, qui deviendra la clause absolue d'un ouvrage, quel qu'il soit :

— Un rôle pour madame Rose-Chéri !

Quand je vois jouer cette actrice, il me semble toujours que je vois jouer un gouvernement.

Je sais qu'il n'y a ni lutte ni discussion possible, qu'elle plaise ou déplaise, qu'elle fasse bien ou qu'elle fasse mal : la question est toujours la même.

Elle est chez elle ; elle joue, pleure, sourit chez elle ; on l'applaudit chez elle.

C'est à moi à ne pas venir dans la maison si le jeu de la patronne ne me convient pas.

Est-ce qu'il est possible de laisser le demi-quart d'une influence quelconque aux mains de ces grands et éternels enfants qu'on appelle des comédiens sans qu'ils en abusent ?

Je vous entends dire aussi à tous les angles de vos feuilletons que la mise en scène du théâtre du Gymnase éclipse tout, dépasse tout, qu'il faut se mettre à genoux devant elle.

Voulez-vous dire par là que les tapis, les fauteuils, les lampes, les accessoires, sont toujours à leur place ; que les acteurs voyagent en travers de la scène aisément et sans se cogner le nez ; que toutes les portes s'ouvrent et se ferment à propos ; que tous les comédiens, les machinistes sont à leur affaire ?

Je ne vois pas trop ce que tous ces détails-là ont à faire avec la littérature proprement dite.

Je commence à être bien las, je vous jure, d'entendre parler sans cesse de ces grands directeurs, de ces régisseurs immenses, de ces grands metteurs en scène, de ces grands génies qui ont tout simplement le maniement et l'habitude du truc

II.   11

Un ouvrier intelligent en saura autant au bout de huit jours.

Tout cela, c'est une manière détournée d'affaiblir et de diminuer l'auteur, qui est tout au théâtre ; le reste n'est rien, disons-le hautement.

Un théâtre dont on vante la mise en scène, c'est un homme de lettres dont on vante l'orthographe.

En somme, depuis que M. Scribe s'est retiré du Vaudeville, le théâtre du Gymnase est un théâtre comme tant d'autres, qui tourne le dos à la littérature et que la critique gâte beaucoup trop.

LE PALAIS-ROYAL. — LE VAUDEVILLE. — LES VARIÉTÉS.

Ici nous entrons dans le domaine du vaudeville proprement dit. — Salut, ô carcassiers !

Pour faire des vaudevilles sérieux, du vrai théâtre, la première condition est de tutoyer corps et âme tous les acteurs jusqu'à la moindre queue rouge, le régisseur, sous-régisseur, souffleur, colleur, enlumineur, décorateur, etc...

Le tutoiement, c'est le fond de la langue de l'auteur dramatique.

Alors on a l'air d'être de la maison, *de la boutique*, comme on dit dans ce charmant idiome des coulisses, doux mélange d'alcool et d'huile à quinquet.

C'est autour de ces théâtres, le Palais-Royal, les Variétés, le Vaudeville, que vous entendez de très-jeunes écrivains, déjà pâles et étiolés comme de vieux cabotins, vous dire avec un magnifique aplomb :

— Pour être vaudevilliste, il n'y a pas besoin d'être littérateur !...

— Eh ! qu'est-ce que vous voulez donc être, petits malheureux ? Machines apparemment, trappes, châssis, toiles de fond ou poulies ?

Des jeunes gens qui boivent de l'absinthe, des lorettes qui fument des cigarettes, des messieurs en casquette qui pêchent des goujons dans le lac d'Enghien, des hommes qui sortent d'une chambre d'auberge en caleçon et avec des foulards sur la tête, des épiciers qui ont perdu leur femme et qui s'appellent M. Coquenard, M. Tirechappe ou M. Bourg-l'Abbé, des marchands de toutes sortes de choses comiques, telles que bonnets de coton, briquets phosphoriques, bretelles, bassinoires et clyso-pompes, etc., voilà donc les principales figures que l'on se plaît à nous dérouler tous les soirs depuis un temps infini.

C'est avec quelques-uns de ces éléments-là et beaucoup d'autres dans la même ligne que l'on constitue ce que l'on est convenu d'appeler le vaudeville gai, la pièce amusante qui facilite la digestion.

Dire qu'il y a des gens qui sont reçus bacheliers, qui ont fait toutes leurs classes et qui acceptent dans la société ce rôle de pastilles de Vichy pour les dîneurs de Véry et Véfour !

A propos, est-ce que vous ne trouvez pas que la vieille grosse farce du théâtre du Palais-Royal est, à l'heure qu'il est, terriblement fatiguée, et qu'il serait temps de trouver une autre note ?

Le comique de M. Dormeuil est vieux comme Mathusalem.

On s'encroûte si vite dans le calembour et le coq-à-l'âne grivois !

Pour ce qui est des calembours, pourriez-vous nous en citer un seul qui n'ait pas été retapé et remis à neuf cent fois pour le moins ?

Remarquez que les pièces du Palais-Royal roulent invariablement sur les trois combinaisons suivantes :

Sainville dans un baquet.

Grassot dans une fontaine.

Ravel dans un panier, etc...

Je me demande maintenant dans quelle armoire, baignoire ou boîte à charbon, les queues-rouges du style et de l'idée imagineront de placer ces acteurs aujourd'hui si jeunes et si imprévus que l'on appelle Grassot, Ravel et Sainville.

Faire des pièces pour Arnal ou Achard, c'est se faire le domestique de leurs ficelles.

Dites-moi donc pourtant, ô mes chers confrères du feuilleton ! pourquoi vous ne pouvez jamais citer le nom d'un de ces comédiens-là sans imprimer nécessairement le *désopilant* un tel, l'*ébouriffant* un tel, etc...

Quelle facilité d'épithètes vous avez pour des gens qui n'ont rien fait, ce me semble, pour mériter l'exaltation de la critique !

Est-ce que nos pères rendaient compte de Bobêche et Galimafré?

Que si, les semaines où la littérature dramatique n'a fourni absolument que des lorettes qui fument et des hommes dans des fontaines, le feuilleton faisait relâche pour cause de bouffonnerie, est-ce que la dignité des lettres y perdrait beaucoup?

Le théâtre du Vaudeville, qui avait rencontré une si belle veine dans cette fameuse pièce, si noble et si courageuse, la *Foire aux idées*, est toujours sûr de trouver à point nommé, quand ses affaires vont mal, une merveille, un chef-d'œuvre qui lui rapporte des tonnes d'or, et devient l'admiration des âges présents et futurs.

Cette pièce phénomène existe forcément dans la poche d'un homme à part, un de ces directeurs phénix bien plus fort, bien plus savant en fait de théâtre, de style, d'art et de pensée, que Molière, Shakspeare et M. Siraudin réunis.

Malheureusement ce directeur unique est mort pour l'instant.

Qu'importe? les feuilletons en inventeront bien vite un autre.

Nous ne sommes pas encore prêts d'être débarrassés de ces Jupiters de la ficelle.

Le théâtre des Variétés cherche toujours son Odry, et le cherchera sans doute longtemps encore.

La plupart des entreprises dramatiques sont livrées aux bailleurs de fonds qui veulent mettre leurs passions sur des planches, aux actrices payantes qui sont

11.

aux théâtres ce que les articles non payés sont aux journaux.

Plus de vie, de mouvement, plus de foi même dans le calembour autour de ces théâtres de vaudeville qui se sentent mourir, qui voient bien que leur temps est passé.

Le vaudeville, qui n'a jamais dû être qu'un diminutif, une débauche de la littérature proprement dite, a voulu être un monde, une société, un métier à part : c'est ce qui l'a perdu.

On a inventé la pièce rien qu'avec des armoires, des cabinets, des portes latérales et des tapisseries.

Il en est résulté que le théâtre n'a plus été qu'un comptoir. Ce comptoir ne demande qu'à se fermer.

On achète une collaboration comme on achète un dixième de charge d'agent de change.

Où est la jeunesse ? — Vous avez aujourd'hui des carcassiers de vingt-deux ans.

Qui est-ce donc qui fait les pièces aujourd'hui ?

C'est l'acteur, c'est le régisseur, c'est le chef de claque, c'est le pompier, c'est le donneur de contre-marques, c'est tout le monde, excepté l'auteur.

Dites donc quelquefois ces choses-là au public, ô vous qui avez le droit de pouvoir imprimer la vérité !

LES THÉÂTRES DU BOULEVARD. — PORTE−SAINT−MARTIN. — AMBIGU. — GAÎTÉ.

Et le vieux drame du boulevard, simple ou enchevêtré, larmoyant ou terrible, qu'en pensez-vous ?

On dit qu'il y a de grands acteurs à la Porte-Saint-Martin ou à l'Ambigu : j'avoue que je n'ai jamais entendu qu'une seule et même note, celle de Frédérick-Lemaître.

Il y eut un temps pourtant où le drame boulevard, le drame Bouchardy, comme on disait alors, a failli devenir une profession ouverte aux jeunes gens de courage et d'avenir qui se sentaient la force de faire les études nécessaires et complètes pour entrer dans la carcasse.

Ce fut alors que M. Anicet Bourgeois se mit à professer le drame en chef.

M. Michel Masson se chargeait de la seconde division des jeunes dramaturges.

C'était lui qui avait le soin de les conduire aux répétitions, de leur faire voir sur place comment on organise l'écheveau d'un prologue, comment on évite les *loups* dans les entrées et les sorties, comment on parle aux directeurs, aux principaux acteurs.

Les jeunes gens qui avaient de la fortune et pouvaient attendre longtemps allaient chez M. Dennery, qui leur enseignait la féerie en même temps que le drame.

Il fallait quelquefois attendre dix années avant d'arriver au titre de collaborateur en cinquième ou sixième.

C'était la belle époque du drame enchevêtré, autrement dit le rebus sombre et terrible.

Je me souviens encore de ce directeur disant à un jeune faiseur :

« Votre pièce ne me va pas, mon cher, on la comprend.

« Faites-moi des pièces où il soit impossible de rien reconnaître.

« Placez-moi la scène dans quelque pays bien inconnu, bien difficile, le Danemark, la Norwége, le fond de la Sicile ou de la Circassie.

« Qu'il y ait dans votre prologue une femme excessivement voilée, qui se trouve être la nièce de la fille de la tante du tuteur du cousin-germain d'un certain vieillard qui aura douze ou quinze enfants que l'on verra s'agiter, se croiser dans l'action.

« Que tous vos personnages aient des masques et ne les ôtent qu'au dénoûment.

« Mettez de la nuit, beaucoup de nuit : cela embrouille encore la chose et empêche la pièce d'avoir un *air bonhomme*, comme nous disons.

« Tâchez qu'on ne sache jamais ni de qui celui-ci est fils, ni de qui celle-ci est fille ; qu'on prenne à chaque instant les enfants pour les pères, les pères pour les enfants ; qu'il y ait une cacophonie de sexes, de noms propres, de parentés, à n'y rien reconnaître : faites fourmiller les personnages, donnez-moi cinquante drames fondus, amalgamés dans un seul drame : alors vous arriverez peut-être à faire une pièce suffisamment étoffée... »

Un beau jour cependant le public s'est lassé de ces logogriphes qui duraient jusqu'à deux heures du matin. On a abandonné le drame à enchevêtrement pour prendre le drame sentimental.

On a remis au théâtre les pauvres jeunes filles séduites, les paysannes plus ou moins perverties, les pauvres jeunes mères, les bons vieux troupiers qui font toutes les guerres de l'Empire avec un enfant sur leur dos.

La pièce Ducray-Duminil a remplacé la pièce Bouchardy.

Aujourd'hui il est certain que le drame du boulevard est mort et qu'on ne le ressuscitera pas.

Est-ce une grande perte? La grosse pièce terrible ou pleureuse n'est pas une littérature de bonne foi.

—C'est très-commun, très-faux, disent les faiseurs, nous savons bien que nous exposons sur la scène des événements, des personnages, un langage de l'autre monde, mais que voulez-vous (je me sers à dessein d'une locution ultra-pittoresque)? *ça empoigne le titi...*

Empoigner le titi! Voilà-t-il pas quelque chose de bien intéressant et de bien noble! des écrivains qui se donnent pour mission de faire, de propos délibéré, du faux et du mauvais pour battre monnaie avec l'inexpérience du peuple.

Un de ces jours, quand nous aurons plus de temps à nous, nous essayerons d'examiner de près cette question de la littérature et du théâtre du peuple.

Est-il juste, est-il moral, de mettre constamment cette classe des titis et des blouses à un régime de pièces de rebut et de grosse drogue dramatique?

Êtes-vous bien sûr que ces blouses ne supporteraient pas des choses plus humaines et plus sensées que celles que vous vous plaisez à leur charpenter?

D'où vient donc que lorsqu'on lui ouvre, à ce peuple, le vrai temple de l'art, les jours de spectacles gratis, il éprouve un sentiment véritable d'admiration et de plaisir?

Devant Molière et Racine, il ne regrette pas tant que vous le croyez ses *Gaspardo* et ses *Grâce de Dieu*.

Je dis que toutes ces choses du boulevard, drames en tous genres, féeries, mélodrames, pièces militaires, pièces à spectacle, ont entièrement cessé d'exister.

Dieu merci! vous n'avez plus aujourd'hui de classe assez complétement ignorante et illettrée pour consommer ces denrées-là.

N'appelez plus le drame l'amusement du peuple, appelez-le l'abrutissement de la bonne compagnie.

Je vous défie de faire autre chose au boulevard que du rabâchage, du fricotage théâtral et de la faillite.

Je ne vous parle pas des théâtres subalternes qui viennent après la Porte-Saint-Martin, l'Ambigu et la Gaîté; ce sont les imitations, les succursales des autres scènes.

Ce que j'ai dit du principal corps de logis s'applique nécessairement aux dépendances.

Je n'essayerai pas de décrire le murmure de risée, de dédain, d'indignation, de stupeur qui accueillit le *speach* de Cascaret, dont on avait résolu de ne pas interrompre le fil.

La plupart des assistants déclarèrent entre eux que c'était un homme à envoyer au docteur Blanche.

Les plus bienveillants essayèrent de lui faire quelques objections.

— Ainsi, d'après vos doctrines, il faudrait fermer la plupart des spectacles existants!...

— Pourquoi pas? Les premiers empereurs chrétiens ont bien fermé les temples d'Apollon et de Diane...

— Mais songez donc à toutes les personnes que le théâtre fait vivre...

— Songez aussi à toutes celles qu'il fait mourir... Toutes ces fausses vocations que vous entretenez depuis que la critique a cessé de faire son devoir, ces armées de vaudevillistes et de dramaturges qui meurent d'un quart ou d'un cinquième de pièce jouée quinze à vingt fois, ces phalanges de comédiens qui se grossissent tous les jours de prétendus artistes que vous n'avez pas le courage de décourager à leurs débuts, et, comme conséquence, ce flot de pièces insipides que vous laissez réussir et d'acteurs détestables dont vous faites le panégyrique...

— Mais enfin ce feuilletoniste modèle que vous rêvez ne peut pas se mettre à dire des vérités à tout le monde à brûle-pourpoint comme Timon ou Alceste.

— Ce que je veux détruire avant tout, c'est l'écrivain flagornant le directeur, l'acteur, le régisseur, le machiniste, se jetant à genoux pour baiser les mains du comédien dans la préface de ses pièces, quand il

sait qu'il n'a à attendre en retour que dédain, dénigre-
ment, ingratitude.

Ecoutez : le théâtre que j'ai en vue, et qui s'appellera, si vous voulez, le théâtre de Thomas Morus, s'engage formellement à rompre avec toutes les routines
qui arrêtent aujourd'hui ou font verser tous les jours
le vieux chariot de l'art dramatique.

Supposons que j'aie à diriger ce théâtre, je commence par faire écrire en grosses lettres, sur le fronton de l'édifice :

ICI IL EST PERMIS DE SIFFLER.

Quand il m'arrivera de donner une pièce médiocre
ou détestable, je prierai les journalistes d'en dire du
mal, beaucoup de mal, pour que je profite de leur
critique et que j'apprenne à mieux faire.

La vérité, rien que la vérité, c'est le seul salut des
directeurs.

Mes réclames aux journaux seront ainsi conçues :

« Hier, le théâtre de..... a éprouvé une chute authentique et complète ; il est le premier à le reconnaître et s'engage à la réparer en faisant représenter des
ouvrages d'un genre tout différent. »

Voyez de quelles garanties et de quelle dignité
j'entoure tout de suite mon administration !

Que voulez-vous ? si le théâtre est une institution
un peu vieillie d'une part, et qui, d'une autre, consacre beaucoup plus d'entreprises que le public n'en
peut supporter, pourquoi des hommes de talent et de

lumière s'emploieraient-ils à faire vivre par la réclame des scènes parasites ou condamnées?

Le comédien, de l'avis de tout le monde, est un être beaucoup trop gonflé, caressé; c'est à vous, messieurs, à le remettre à son vrai niveau.

Du reste, je vais publier incessamment un grand ouvrage en plusieurs volumes sur la question des théâtres en général et de l'art dramatique au dix-neuvième siècle.

C'est le fruit de plusieurs années d'observations et de travail.

Veuillez accorder à mon livre dans vos colonnes seulement la moitié de la place que vous consacrez aux chiens savants ou aux chevaux du Cirque.

Cette fois Cascaret avait bien réellement fini. Il demeurait alors dans le quartier Mouffetard ; il prit congé de tout le monde.

Dieu sait si on fit des gorges chaudes de lui dès qu'il eut fermé la porte !

Je me souviens pourtant qu'un des assistants prononça cette phrase, que j'ai retenue :

— Cascaret n'est assurément pas le feuilletoniste d'aujourd'hui.

— Non, dit un autre ; mais qui sait ? ce sera peut-être celui de demain...

CHAPITRE V.

Je m'ennuie. — Ça va bien, et toi? — Assurances contre la famine. — Société centrale des tiges et semelles de bottes réunies. — Amoagos, Blaguenberkraft Junior, Greluchon, de la maison Greluchon et Cᵉ; sir Punch, duc de la Vertepillière; Van-Curaçao, Ernest Coqsigru, général Barbebleue, amiral Barberousse. — La maison de banque Vautrin et Cᵉ. — Voltaire et Charles XII. — Un souper de héros. — Réponse d'un cuisinier français. — Semelles et beignets. — Un menu de Clio. — Le jeu et la Bourse. — A demain.

J'étais resté plusieurs mois sans rencontrer Cabochard, et je me surprenais souvent à me demander ce qu'il pouvait faire, lorsqu'un matin j'entendis le roulement d'une voiture qui s'arrêta devant ma porte.

J'allais justement me mettre à table pour déjeuner.

Chalumeau entra et annonça : *M. le directeur général de la Société grand-centrale des tiges et semelles de bottes réunies.*

Ce fut Cabochard qui se présenta.

— Eh ! bonjour, cher, s'écria-t-il en m'apercevant, comment se porte le *Monumental* ?

— Le *Monumental* va déjeuner, et si tu veux en faire autant,

Prends un siége, Cabo, c'est moi qui t'en convie.

— Impossible, mon bon, me répondit-il, impossible! Les affaires avant tout; ah! les affaires! les affaires!

— Tu es donc dans les affaires?

— Jusqu'au cou, cher; jusqu'au menton, si tu aimes mieux. Je me suis décidé à piquer une tête dans l'industrie, il n'y a plus que ça maintenant.

— Et à quelle industrie t'adonnes-tu spécialement? Voyons, assieds-toi là et causons. J'ai justement un grand vin qui pousse à la conversation.

— Ce sera pour une autre fois. J'ai voulu seulement, en passant devant ta porte, m'informer de ta santé, et te donner des nouvelles de la mienne. Ça va très-bien, mais, là, très-bien. Je viendrai te demander à déjeuner un de ces jours. Mes actionnaires m'attendent. Nous avons ce matin une grande, une immense réunion. Il s'agit de frapper un grand coup, et de faire coter notre affaire au parquet. Qu'on me donne carte blanche, je couvre les agents de change d'actions, je les en accable, je les en inonde, et notre affaire passe d'emblée.

— Dis-moi au moins de quelle affaire il est question.

— Nous aurons besoin de la publicité. Tu seras content de moi, je fais bien les choses. En revanche, je compte sur toi et sur le *Monumental*. Nous nous reverrons. En attendant, voici qui te mettra mieux au courant que toutes les paroles.

Cabochard ouvrit son portefeuille et déposa sur la table le papier suivant :

PROSPECTUS.

SOCIÉTÉ GRAND-CENTRALE

DES

TIGES ET SEMELLES DE BOTTES RÉUNIES.

(ASSURANCE CONTRE LA FAMINE.)

Capital social : cent millions.

DIRECTEUR-GÉRANT : M. CABOCHARD.

Conseil de surveillance :

MM. DE AMOAGOS.

GRELUCHON, de la maison Greluchon et Cie.

BLAGUENBERKRAFT Junior.

SIR PUNCH.

DUC DE LA VERTEPILLIÈRE.

VAN-CURAÇAO.

ERNEST COQSIGRU aîné.

PRINCE TAGLIARINI.

GÉNÉRAL BARBEBLEUE.

AMIRAL BARBEROUSSE.

Banquier de la société : M. VAUTRIN.

« Depuis le déboisement de nos contrées, l'atmosphère est soumise à des perturbations qui produisent un effet désastreux sur les récoltes.

« Chaque année la pluie, la grêle, détruisent les es-

pérances du laboureur, et nous placent sous la perpétuelle menace de la disette.

« Jamais les inconvénients d'un pareil état de choses n'ont été plus sensibles que cette année. Beaucoup
d'habitants, craignant une famine que les variations
de l'atmosphère rendent toujours possible, sinon
probable, pratiquent des cachettes dans leurs appar-
tements, et y entassent toutes sortes de denrées alimentaires : châtaignes, lentilles, haricots de toutes
les couleurs, pois, fèves, vesces, etc., etc., etc.

« On ne peut pas compter sur les pommes de terre,
vu leur état de maladie. De hardis industriels ont
accaparé toutes les fécules.

« Il serait impossible, à l'heure qu'il est, de se procurer autrement qu'à prix d'or un simple litron de
pois ciches ou chiches.

« Nous avons pensé que ce serait rendre un immense
service à la société française et à l'humanité tout
entière que de chercher une substance alimentaire
destinée à remplacer les céréales, qui tendent de jour
en jour à devenir un objet de luxe.

« Cette substance, nous l'avons enfin trouvée.

« Les tiges et les semelles de bottes, convenablement détrempées dans une eau pure et limpide, four-
nissent un aliment sain et substantiel. Si à cette eau
vous joignez une dose convenable de poivre et de sel,
et un filet de vinaigre, la semelle de bottes acquiert
un arome qu'il est facile de confondre avec celui de
la venaison.

12

« Les habitués des restaurants à trois francs et à quarante sous ont souvent pu en faire l'épreuve.

« Le célèbre M. Magendie, qui a bien voulu se livrer, sur nos indications, à certaines expériences, a nourri, au collége de France, une douzaine de chiens pendant six mois, rien qu'avec de la gélatine de semelles de bottes.

« Ces chiens se portent admirablement.

« L'histoire nous apprend que dans plus d'un siége mémorable, les assiégés soutinrent leur vigueur avec leurs vieilles chaussures.

« Charles XII, le héros célébré par M. de Voltaire, manquant de provisions dans une de ses campagnes, allait être obligé de se coucher sans souper, lorsque son cuisinier français lui demanda une paire de bottes à l'écuyère qui traînaient dans un coin de la tente.

« — Qu'en veux-tu faire? demanda le héros.

« — Sire, répondit le cuisinier, votre souper.

« En effet, une heure après on servait au héros et à ses principaux officiers un repas dont Clio a buriné le menu.

« Consommé de cuir.

« Cuir bouilli au relevé de persil.

« Talons de bottes à la brochette.

« Tiges de bottes sauce piquante.

« Émincés de filets de bottes.

« Beignets de semelles de bottes.

« Chaque mois on perd une quantité de vieilles chaussures suffisante à la consommation de la France pendant une année tout entière.

« Il y a là une source immense de bénéfices.

« Nous pourrons en effet livrer au public, à des prix excessivement réduits, un bol alimentaire qui, outre sa puissance bi-nutritive, possède les avantages de la moutarde blanche, du racahout et de l'ervalenta réunis.

« La Société grand-centrale des tiges et semelles de bottes réunies possède déjà un capital de plusieurs millions de vieilles chaussures prêtes à être mises en circulation par des procédés appartenant exclusivement à la Société.

« On souscrit au siége de l'entreprise. »

Après avoir lu ce prospectus, je pris une plume et j'écrivis à Cabochard.

« Mon vieux,

« Ton prospectus m'a séduit.

« Je deviens, à partir de ce jour, actionnaire de la *Société grand-centrale des tiges et semelles de bottes réunies*.

« Bien plus, comme j'ai l'estomac légèrement délabré, je compte me mettre incessamment au régime des vieilles chaussures.

« Je t'invite à dîner pour demain.

« Mon cuisinier a des ordres ; il nous traitera à la Charles XII. On ne servira sur la table que des tiges de bottes et des semelles de souliers.

« Nous aurons un salmis de brodequins.

« Fixe toi-même le nombre d'actions que je dois prendre, et envoie-moi les titres.

« *Vale et me ama,*

« Bilboquet. »

Cabochard me répondit :

« Mon petit,

« Je ne puis accepter ton aimable invitation, ni t'envoyer les actions que tu me demandes. La Grand-centrale est en déconfiture.

« Les actionnaires ont refusé de me donner les pouvoirs que je demandais, les cancres ! et le parquet n'a point voulu nous coter.

« Nous liquidons.

« Je m'occupe déjà d'une autre affaire. Il s'agit de la création d'une compagnie pour la centralisation de la fabrication des allumettes chimiques. Capital social : cent millions.

« Centraliser, monopoliser, tout est là.

« *Tibi,*

« Cabochard. »

Heureux Cabochard ! pensais-je en lisant ce billet, rien ne l'arrête, rien ne le décourage ; il passe de la tige de bottes à l'allumette chimique avec une égale facilité ; il est actif, alerte, entreprenant ; il a toujours dans la tête quelque chose qui l'occupe et qui l'intéresse ; il est plein d'entrain, d'activité, d'espérances ; l'illusion féconde habite dans son sein ; les journées lui paraissent courtes, il n'a pas seulement le temps de dîner avec un ami ; il ne connaît pas l'ennui, tandis que moi..........

Il faut vous dire que, au milieu de ma vie pleine de femmes, de festins, de plaisirs de tous les genres, quelque chose me manquait. J'étais triste, mélancolique, maussade comme le pacha des *Orientales ;* j'avais perdu mon tigre de Nubie ; tranchons le mot, je m'ennuyais.

Cabochard m'avait distrait un moment, et je soupirais après sa visite. La centralisation des allumettes chimiques rencontre des obstacles inattendus, m'écrivit-il, je ne m'appartiens pas encore. Enfin le phosphore ayant déjoué tous les calculs du monopole, Cabochard vint me voir, et nous dînâmes ensemble.

— Bilboquet, me dit-il après quelques minutes d'entretien, avec cette rapidité de coup d'œil et cette décision de parole qui ont toujours caractérisé cet homme remarquable, tu t'ennuies?

Je répondis affirmativement.

— Prends garde, reprit-il, un homme qui s'ennuie est jugé, toisé, mesuré, cadastré. Il rentre immédiatement dans la classe des crétins et des idiots, il peut prétendre au titre de mollusque, et occuper un rang honorable dans la famille des fucus et des lichens. Malheur à celui qui laisse l'ennui planter la première patère sous sa mamelle gauche ; il y établira bientôt un râtelier tout entier. Je ne te donne pas trois mois pour qu'il te pousse des écailles, ou pour que tu te recouvres d'une superbe végétation de mousses.

S'ennuyer ! ce mot-là est ridicule, impossible,

tombé en désuétude, rayé complétement du vocabu-
laire des hommes d'initiative et d'intelligence.

L'ennui est une maladie qu'on guérit par des passions.

Mais je n'ai plus de passions, me diras-tu, je suis
éteint, réduit à l'état de cendres ; on n'extrairait pas
un demi-litre, un quart de litre de gaz passionnel de
la houille de mon cœur.

Erreur profonde !

L'homme dont le charbon a brûlé peut encore jeter
son coke dans la locomotive de la vie. A défaut de
coke, il peut se fabriquer un combustible artificiel,
des passions factices ; mais, avant tout, on essaye de
renouveler les anciennes. Rien ne s'enflamme plus
facilement qu'une vieille passion que l'on croyait
éteinte.

— Tu as aimé le jeu autrefois, reprit Cabochard,
eh bien, essaye encore une fois du jeu, mais sous une
forme nouvelle.

Remplace le trente et quarante par le trois pour
cent, la roulette par les chemins de fer, deviens
ponte au tapis vert de la Bourse.

Que dis-je, ponte? Tu as de l'argent, beaucoup
d'argent, tu seras croupier. Voyons, que dis-tu de
cette perspective ?

— Mais, répondis-je, tout le monde ne peut pas
jouer à la Bourse, tandis que tout le monde peut jeter
sa pièce de cent sous sur le tapis vert ; pour tailler la
rente ou les actions, il faut encore un certain appren-
tissage.

— Rassure-toi, je suis là, je serai ton maître, ton guide, ton mentor. En quelques séances, je te mettrai parfaitement au courant de la situation. Tu verras quel jeu c'est que le jeu de la Bourse, et combien il est supérieur à tous les pharaons, bouillottes et baccarats connus et inconnus, officiels et interlopes.

Le joueur de Bourse entame des parties qui durent souvent trois mois, six mois, des années. Le vulgaire joueur des cercles ou des maisons de jeu laisse sa partie en quittant la table ; dès qu'il a cessé de toucher les cartes, son bonheur s'évanouit. Le joueur de Bourse continue toujours la partie ; il emporte les cartes avec lui ; la Bourse fermée, il joue chez lui, il joue au théâtre, il joue dans le monde, il joue à table, il joue au lit ; sa partie est dans sa tête, rien ne peut l'empêcher, à chaque heure, à chaque minute, à chaque jour, d'en savourer, d'en déguster, d'en siroter toutes les péripéties.

Cabochard continua, dans un mouvement d'enthousiasme visible :

— Voyez ce financier qui passe, il sort de la Bourse, il vient d'ouvrir une banque de deux millions ; il taillera la hausse et la baisse ; la hausse est pour lui, la baisse pour le ponte. Accourez, joueurs, de toutes les extrémités de l'univers parisien.

Ce financier, ce croupier, a l'avantage, le refait du capital ; il a une chance de plus que vous, il peut tirer une carte qui vous est interdite, une carte biscautée souvent ; et cependant, malgré sa fortune, malgré son influence, malgré son adresse, que de périls il court

encore! Le jeu est fait ; quelle est maintenant la carte
qui va sortir, le mot que l'on va prononcer, hausse ou
baisse? Cela dépend de l'Angleterre , de la maladie
des pommes de terre, de la Russie, des céréales, du
sultan, de l'*oïdium* tuckery , de la maladie d'un souverain, de la santé de la vigne, de la tranquillité d'un
faubourg, de tout et de mille choses encore.

Et le ponte ! il a les mêmes préoccupations , les
mêmes anxiétés, les mêmes émotions que le banquier
et les croupiers qui le regardent. Il faut qu'il lise la
mercuriale des grains. qu'il suive le mouvement des
armées, qu'il connaisse le régime des potentats, qu'il
parcoure les environs pour savoir si la vigne se porte
bien, qu'il fasse sa ronde avant de se coucher pour
voir s'il n'y a pas de révolution cachée sous le lit de
la société, qu'il sache ce qui se passe en Chine, en
Amérique, dans l'Inde, en Australie ; il faut qu'il ait
fait le tour du monde avant de s'endormir.

Et cela pendant quinze jours, un mois, d'une liquidation à l'autre.

La Bourse est à la fois un calcul, un jeu, une loterie.

Voilà pourquoi, ajouta Cabochard , non-seulement
les individus, mais encore les masses, les hommes et
les nations, se passionnent pour la Bourse.

Les joueurs de Bourse se brûlent bien plus rarement la cervelle que les autres joueurs; ils craint-
draient , en renonçant à la vie , de renoncer à leur
passion. On ne compte pas tous les dix ans un seul
suicide de Bourse.

Sois des nôtres, crois-moi, si tu veux réellement échapper à l'ennui. A la Bourse seulement tu seras protégé contre lui ; partout ailleurs il trouvera quelque fissure pour se glisser dans ton existence.

Deviens boursier, reprit Cabochard au comble de l'exaltation, ou résigne-toi à t'agglomérer, à t'agglutiner, à t'incruster aux millions de bivalves qui couvrent le banc de la vie.

Ainsi parla Cabochard.

J'avoue que son discours fit sur moi une assez vive impression. Il y avait beaucoup de vrai dans ce qu'il venait de me dire sur les résultats de l'ennui. Je résolus de me soustraire au péril, et de me lancer dans le tourbillon du monde financier, de me retremper au contact des existences aléatoires, de la grande bohème de la prime et du report.

Il fut convenu entre moi et Cabochard qu'il viendrait me prendre le lendemain pour me guider dans mon voyage autour de la Bourse, et me donner les premières notions de l'art du boursier.

Cabochard me dit en se retirant :

— Bilboquet, j'aurai peut-être besoin de toi à mon tour ; n'oublie pas qu'en te sauvant de l'ennui je t'ai donné une seconde fois la vie.

Sans moi, que devenais tu ?

Une végétation, un polype, un champ'gnon, une moisissure ; décomposé par l'ennui, tu allais cesser d'être un homme.

A force de prières et de supplications, peut-être les dieux, touchés de ton sort, auraient-ils consenti à te

changer en huître verte, mais c'est là tout ce que tu
pouvais raisonnablement espérer.

Est-ce ainsi que devait finir le brillant Bilboquet?

Je te rends à la vie, je te rends à toi-même, je te
rends à la passion, tâche de t'en souvenir, et songe
que dès demain, sans plus attendre, je viendrai te
chercher pour te faire connaître le vrai temple de la
religion moderne, la Bourse.

CHAPITRE VI.

LA BOURSE.

Le lendemain, Cabochard fut exact au rendez-vous.

A une heure, nous descendions de voiture à l'extrémité de la rue Neuve-Vivienne, et nous traversions la place de la Bourse.

— Faisons un peu d'histoire, me dit mon cicerone en montant les degrés du monument. Ce magnifique carré, renfermé dans une cage dont les barreaux sont formés par des colonnes corinthiennes, date de l'an de grâce 1826 ; il fut, par conséquent, inauguré sous le règne des Bourbons de la branche aînée.

Les négociants et les agents de change de la cité de Paris firent par souscription une partie des fonds nécessaires à la construction de l'édifice. Le gouvernement et la ville fournirent le reste.

L'usage des Bourses s'est répandu de Paris dans une foule de villes. On annonce la création d'un syndicat d'agents de change à Brives-la-Gaillarde. On construit en ce moment une Bourse à Carpentras. Avant dix ans, les Bourses auront remplacé les foires.

Quoique ton éducation législative ait été singulièrement négligée, tu n'ignores pas que nous possédons une infinité de lois contre la vente et la négociation des effets commerçables.

Lois de l'ancien régime.

Lois de la monarchie constitutionnelle de Louis XVI.

Lois de l'Assemblée législative.

Lois de la Convention.

Lois du Consulat, de l'Empire, de la Restauration, etc., etc., etc., etc. Sans compter les divers arrêtés, décrets et ordonnances régissant la matière. Jamais ces lois n'ont été exécutées.

Il existe même à la Bourse un commissaire de police spécial. Ce magistrat peut interdire l'entrée de la Bourse; il est armé à cet égard d'une sorte de pouvoir discrétionnaire, fort redoutable en certains cas.

Ainsi, vous allez trouver le commissaire de police, et vous lui dites :

— Monsieur le commissaire de police, ce gredin de Filoselle refuse de me payer; c'est la troisième fois que cela lui arrive, c'est ennuyeux, à la fin. Veuillez le mettre un peu à la raison.

Le commissaire fait venir Filoselle dans son cabinet.

— Monsieur, dit-il à ce jeune spéculateur, j'en
apprends de belles sur votre compte; vous refusez
encore de payer M. Farfadet. Ayez l'obligeance de
vous exécuter, sinon, je vous mets pour un mois à
pied.

Une autre fois, vous recourez au même magistrat.

— Voilà trois mois que le juif Montezuma fait des
liquidations superbes, et il ne donne pas un rouge
liard à ses créanciers, il empoche tout, c'est abominable! Ayez l'obligeance, monsieur le commissaire, de lui dire que ça ne peut pas durer comme ça,
et qu'il faut qu'il arrose ses anciennes dettes.

Le commissaire mande le juif Montezuma.

— Monsieur Montezuma, il paraît que vous gagnez
depuis trois mois pas mal d'argent à la hausse, et
pourtant vos créanciers ne reçoivent rien; croyez-
moi, lâchez-leur un dividende, ou je me verrai forcé
de vous interdire la Bourse.

Ces menaces produisent presque toujours leur
effet. Le jeune Filoselle et le juif Montezuma s'exé-
cutent le lendemain; ils donnent un dividende de
treize francs cinquante centimes. Que deviendraient-
ils si on leur refusait l'entrée de la Bourse? Ce serait
tuer leur industrie.

Au moment où Cabochard achevait cette réflexion,
nous pénétrions dans la salle d'attente de la Bourse,
et nous déposions nos cannes au contrôle.

13.

Comme j'allais entrer, Cabochard m'arrêta.

— Montons là-haut, me dit-il, nous verrons d'abord la Bourse à vol d'oiseau. Planons sur l'ensemble, nous pénétrerons ensuite dans les détails.

Je suivis Cabochard et je gravis avec lui l'escalier qui mène aux tribunes. De là, en effet, j'embrassais d'un seul coup d'œil le spectacle.

Je crois avoir prouvé dans le cours de ces Mémoires que j'étais suffisamment coloriste et même lumineux, on me dispensera de faire une description de la Bourse à la façon du peintre Martin, une gravure de la grande et de la petite coulisse à la manière noire.

Le style est une excellente chose, ainsi que la couleur, mais il ne faut pas en abuser. Je dirai seulement que, n'ayant jamais jusqu'alors été porté du côté de la Bourse par les hasards de la vie, le spectacle qui s'offrit à mes yeux me frappa extrêmement. J'eus beaucoup de peine d'abord à me débrouiller au milieu de ce tumulte, de ces cris, de ces glapissements, de ces murmures, de ces vociférations; sans Cabochard, la lumière ne se serait jamais faite pour moi sur ce chaos où roulaient pêle et mêle, comme dans des limbes, des milliers de corps humains.

Le premier objet que je distinguai fut un balustre circulaire autour duquel une quarantaine d'individus criaient, gesticulaient, se regardaient d'un air furieux en se menaçant du poing.

— Quels sont ces gens-là, demandai-je à Cabochard, et qu'ont-ils donc à s'injurier ainsi les uns les autres?

Cabochard me répondit :

— Saluez, s'il vous plaît, la grande, l'illustre, la célèbre, l'honorable compagnie des agents de change de Paris.

Ceux qui n'ont vu l'agent de change qu'au Gymnase auront beaucoup de peine à le reconnaître dans cette espèce d'énergumène qui s'agite, qui se démène, qui ébranle les carreaux de fer de la corbeille, qui a les cheveux en désordre, le front ruisselant de sueur, la voix glapissante et éraillée.

Qu'est devenue l'élégance proverbiale de ce personnage si cher à M. Scribe?

Une heure vient de sonner, les agents de change se pressent autour de cette espèce de galerie à bêtes féroces qu'on a appelée *corbeille*, c'est le moment du coup de feu : les ordres se succèdent, il faut vendre, il faut acheter; de là ces cris, cette animation, qui ne sont que la pantomime de l'offre et de la demande poussée jusqu'au paroxysme.

— C'est ici, c'est sur le champ de bataille, qu'il faut voir l'agent de change, et non dans les vaudevilles de M. Scribe, ou dans les romans de M. de Balzac, s'écria Cabochard, fixons un moment nos regards sur cette fameuse corbeille qui porte de si singulières fleurs, et esquissons à grands traits le portrait de

L'AGENT DE CHANGE.

L'agent de change date de l'ancien régime. Il brillait d'un éclat incontestable et incontesté lorsque la Révolution française vint lui arracher son privilége. Quatre ans plus tard, ce privilége lui fut rendu.

Pour régler l'exercice de l'office d'agent de change, il y a presque autant de lois que pour empêcher la négociation des effets publics.

Personne ne met en doute la parfaite probité des membres de la compagnie. Pourtant, il y a des gens qui prétendent que, si pendant que vous habitez la campagne, ou qu'un motif quelconque vous tient éloigné de la Bourse, vous écrivez à votre agent de change :

« Mon cher ami,

« J'ai dans l'idée que le Nord baissera demain. Faites-moi le plaisir de me vendre soixante actions.

« Quand viendrez-vous me demander à dîner dans mon ermitage ? Nous touchons aux premières asperges, ne l'oubliez pas. Bien des choses à madame votre épouse.

« Votre dévoué
« CABASSOL. »

Votre agent de change vous répondra :

« Mon cher ami,

« Vos ordres sont exécutés. J'ai vendu vos soixante Nords au cours du jour, c'est-à-dire à huit cent sept.

« Je ne puis quitter Paris au moment de la liquidation. Gardez-moi quelques asperges. Bien des choses
de ma part et de celle de mon épouse à madame
Cabassol.

« Votre affectionné

« GOBSECK. »

Voilà donc M. Cabassol enchanté de son opération.
Il se couche tranquillement, et le matin en se réveil-
lant il demande son journal. Naturellement la première chose sur laquelle il jette les yeux, c'est le bul-
letin de la Bourse.

Il y voit que les Nords ont fait huit cent, huit
cent deux, huit cent cinq, huit cent neuf. Cabassol, qui est méfiant de sa nature, s'inquiète, et se demande si la vente qu'on lui annonce à huit cent sept
n'a pas été faite à huit cent neuf. Se demander pareille chose est aisé, la savoir est impossible. Cabassol et d'autres spéculateurs prétendent que l'agent de
change Gobseck ne manque jamais de réaliser la différence à son profit, mais ce sont là, ajouta Cabochard, des calomnies qu'il faut bien se garder de
croire.

Il est interdit sévèrement à tous les agents de
change de faire des affaires pour leur propre compte.
Ils se conforment scrupuleusement, nous aimons à
le croire, à cette prescription.

La compagnie des agents de change (ces messieurs
comme les notaires, les avoués, les huissiers et les

commissaires-priseurs, ont rejeté le vieux mot de corporation) se compose de soixante membres.

Ils forment un certain nombre de genres, sous-genres, familles et variétés que nous allons successivement passer en revue.

Cabochard fit une pause, toussa, cracha, se moucha à la façon des orateurs, et commença dans les termes suivants :

LES AGENTS DE CHANGE.

Ce bel homme si soigneusement boutonné et cravaté, qui tient son carnet d'une main éternellement gantée de jaune, dont l'air calme et dédaigneux contraste avec la physionomie affairée de ses collègues, est l'agent de change modèle, le type qui a servi à tous les vaudevillistes et à tous les romanciers.

Il habite un somptueux hôtel, il a une villa aux environs de Paris, des chevaux, des meutes, des équipages. Il donne des dîners, des fêtes, des bals.

Sa clientèle est exclusivement formée par la haute aristocratie et par la diplomatie étrangère. Il fait jouer les alerions et les merlettes ; vous lui offrez en vain la plus large *couverture*, si vous n'avez pas au moins un tourteau sur champ d'azur, un léopard en abîme, et trois bezans brochant sur le tout, adressez-vous à un autre, il ne se chargera pas de vos billets de banque roturiers.

Depuis que le salon de Frascati n'existe-plus, les grands joueurs étrangers se sont rejetés sur la Bourse.

C'est par l'intermédiaire de notre homme qu'ils tentent les chances du grand tapis vert.

C'est lui qui fait jouer le Jockey-Club.

Je n'ai pas besoin d'ajouter que tout cela lui vaut un relief particulier, une position exceptionnelle. Il dépend de lui d'élever ou d'écraser la rente.

Tout le monde a les yeux fixés sur son carnet. Vend-il, la baisse se dessine ; achète-t-il, la hausse se prononce. Comment ne pas s'attacher à la fortune d'un homme qui a l'oreille de la haute finance et de la diplomatie exotique ?

Passé l'heure de la Bourse, ce diminutif d'autocrate ne fait plus d'affaires, il redevient homme du monde. Un de ces jours, il renoncera au nom vulgaire sous lequel il est connu dans les fonds publics, et il fera souche de comte, de baron, de marquis, qui sait, peut-être même de duc.

Auprès de lui regarde cet autre agent de change qui, depuis un quart d'heure, ne cesse de griffonner sur son carnet, ne baissant et ne relevant la tête que pour prononcer les mots sacramentels : Je donne ! Je prends !

La spécialité de celui-ci n'a rien de commun avec celle de son majestueux confrère ; ils sont les deux pôles, les deux antipodes du monde financier.

L'un est l'agent de change des ducs, l'autre des lorettes.

La lorette, aujourd'hui joue, spécule, agiote comme tout le monde, et plus que tout le monde. La confiance de ces dames est acquise à notre agent, et il la mérite à tous égards. Il fait également les affaires de la plupart des actrices de Paris.

Le vaudeville joue sur les chemins de fer, le ballet se jette sur la rente, la tragédie est dans presque tous les emprunts, la comédie fait des reports, mais le crédit mobilier a surtout la sympathie de nos charmantes actrices. Les jeunes premières sont abonnées à la cote, et la lisent dans leur loge en s'habillant pour la représentation, le crédit mobilier est la première valeur sur laquelle se fixent leurs yeux. On ne peut entrer dans un théâtre sans entendre parler Bourse. Un rat m'a arrêté l'autre jour au coin d'une coulisse de l'Opéra pour me demander ce qu'avait fait la Vieille-Montagne.

C'est à lui, c'est à cet heureux mortel que je viens de te désigner, que vont toutes les économies, toutes les aubaines de la grande farandole lyrique, dramatique, chorégraphique, hippique, car les écuyères du Cirque et de l'Hippodrome ont aussi de graves intérêts à la Bourse, gardez-vous d'en douter.

Cette clientèle a ses dangers, mais elle offre de si charmantes compensations !

Cet agent de change est garçon ; il reçoit une fois par semaine ; il donne de temps en temps des bals masqués ornés de la présence des plus jolies femmes de Paris ; on fait beaucoup de musique chez lui ; on y jouait beaucoup le lansquenet autrefois, c'est le baccarat qui l'a remplacé.

Son voisin de gauche représente une classe de la société bien différente. Il est l'intermédiaire obligé de tous les concierges, cuisinières, cochers, de tous les gens d'office et de maison de la capitale.

Le matin, l'antichambre de son cabinet ressemble à un bureau de placement. Toutes les variétés du genre domestique y sont représentées depuis la femme de ménage et le frotteur, jusqu'à la femme de chambre et au chasseur des faubourgs Saint-Germain et Saint-Honoré.

Presque tous les agents de change ont ainsi leur spécialité, qui forme le fonds, la base, le granit de leur charge.

L'un a les porteurs d'eau, les marchands de bois auvergnats et les marchands de marrons savoyards.

L'autre, les commissionnaires.

Celui-ci, les épiciers et les marchands de vin ; celui-là, les crémières, les fruitières et les marchandes de la halle.

Il y a des agents de change pour les gens de lettres, pour les médecins, pour les avocats et pour les herboristes.

Ce monsieur en redingote, qui approche son gros ventre de la corbeille et qui se fait ouvrir une place par son propre poids, est l'agent préféré des petits rentiers. Il a tout le Marais sur ses registres, il est célèbre par une autre spécialité. C'est le seul agent de change et probablement le seul homme distrait qui soit à la Bourse.

Ses distractions sont passées en tradition : on en cite de lui qui sont véritablement incroyables et dignes de la Bruyère.

II.   14

— Bonjour, monsieur X., lui dit-on ; ça va bien, aujourd'hui ?

— A soixante-treize cinquante.

— Et madame X., comment se porte-t-elle ?

— Elle est un peu flasque pour le moment, mais elle se raffermira.

Un spéculateur lui demandait un jour :

— Qu'a fait la rente ?

— Elle est accouchée, répondit-il, d'un garçon.

Vous lui parlez de sa femme, il croit que c'est de la rente qu'il s'agit ; vous l'interrogez sur la rente, il s'imagine qu'il est question de sa femme.

Il faut convenir que voilà une bien singulière organisation pour un homme de finances. Où diable la distraction va-t-elle se nicher ?

L'agent de change est une unité qui se divise en plusieurs fractions.

Il y a des moitiés, des tiers, des quarts, des cinquièmes, des sixièmes, quelques-uns disent même des vingtièmes d'agents de change.

Ceci est probablement exagéré.

Une charge vaut en moyenne huit cent mille francs : c'est une grosse somme dans un temps comme le nôtre, où les fortunes sont si divisées.

Un certain nombre de rats, trois ou quatre, cinq ou six, sept ou huit, plus ou moins, se réunissent pour acheter un de ces gros fromages de Hollande qu'on nomme une charge d'agent de change, et ils s'y installent en commun.

L'un des rats, celui qui passe ordinairement pour

le plus intelligent, *monte au parquet*, comme on dit, et prend le titre officiel d'agent de change. On lui vote ordinairement une liste civile de douze mille francs par an pour soutenir la dignité de son rang.

Les autres rats prennent des fonctions subalternes : l'un tient la caisse, l'autre les livres; celui-là fait la place, celui-ci la coulisse, etc., etc. Ils cumulent leurs appointements avec leur part dans les bénéfices.

Le monde est plein de ces globules, de ces pastilles, de ces capsules, de ces doses, de ces diminutifs d'agents de change.

Le quart d'agent de change a un rang, une position, une influence dans la société. Il distance maintenant l'avocat, et il passe bien avant le médecin. Il jouit d'une considération analogue à celle de l'auditeur au conseil d'État sous l'Empire.

Parmi les lorettes, le tiers d'agent de change est toujours très-bien porté; les actrices ne le dédaignent pas, et les femmes du monde le recherchent. Il a presque exclusivement le monopole des riches héritières.

Outre les agents de change en activité de service, il y a encore les agents de change honoraires. Ils figurent avec ce titre à la suite du tableau des membres de la compagnie en exercice.

Mon propriétaire ne manque jamais de signer au bas de ses quittances de loyer : *Agent de change honoraire.*

Si cette manie des titres et des qualifications dure

chez nous, on verra bientôt des gens ajouter à leur nom le beau titre de : *Commissaire-priseur honoraire,* d'*huissier honoraire,* de *recors honoraire.*

Comme Cabochard achevait cette judicieuse réflexion, un coup de cloche se fit entendre.

— C'est le signal de la clôture, me dit-il : nous en avons assez vu pour aujourd'hui ; nous reviendrons demain continuer nos observations.

Les lecteurs de ces Mémoires auront pu probablement s'apercevoir déjà de la vivacité d'impressions qui me caractérise : une idée traverse mon cerveau ; de la conception à l'exécution, il n'y a pour moi presque pas d'intervalle.

La pensée de planter là les journaux et de me faire agent de change me vint subitement, et j'en fis part aussitôt à Cabochard.

— Es-tu devenu fou? me dit-il en me regardant d'un air étonné.

— Pourquoi donc?

— Quoi! tu veux abandonner une position sûre, brillante, où tu trouves à la fois plaisir et influence, un véritable pachalick en un mot, pour venir ramer dans cette galère qui s'appelle la Bourse?

L'agent de change n'est pas un homme, c'est un forçat; il est condamné au carnet forcé à perpétuité; il faut qu'il traîne le boulet de la rente, qu'il trime, qu'il sue, qu'il s'époumonne pour gagner sa vie.

La profession d'agent de change peut être rangée parmi les plus insalubres que les hommes soient condamnés à exercer. On parle de la colique de plomb,

qu'est-ce que cela auprès de la colique de la liquidation, colique terrible dont les accès reviennent deux
fois par mois et dont on n'est jamais complétement
débarrassé dans l'intervalle.

Les clients payeront-ils? Ont-ils donné une couverture suffisante? Quelques-uns, oui; mais tous, ce n'est
pas possible. Si on ne lâchait pas un peu la main, si
on ne se montrait pas coulant sur les garanties, la
source des bénéfices tarirait promptement ou ne serait plus qu'un mince filet d'eau. De là des frayeurs
incessantes, de continuelles terreurs.

Les efforts de voix et de gestes auxquels l'agent de
change est obligé de se livrer pendant la Bourse dé-
veloppent les affections pulmonaires, les maladies de
poitrine. La plupart des agents de change meurent
tuberculaires. Dans cette partie, la durée moyenne de
la vie est inférieure d'un cinquième à celle des autres
professions. Les compagnies n'assurent les agents de
change que moyennant un supplément de prime extraordinaire.

L'agent de change, au milieu d'une existence de
luxe et de plaisir, vit sans cesse avec une ordonnance
de Damoclès sur la tête; il craint un décret de rachat,
il tremble tous les matins, en ouvrant le *Moniteur*,
d'y trouver sa démission en tête de la première colonne.

D'ailleurs, qu'est-ce, en définitive, que l'agent de
change? Un domestique, un groom de spéculation. Il
exécute les ordres des autres ; le joueur, du moins, a
les agréments de la passion du jeu ; l'agent de change

14.

n'en éprouve que les transes. Il fournit les cartes, mais ce sont d'autres mains qui les font manœuvrer; il est joueur par procuration, il tient l'enjeu d'une partie qu'il ne connaît pas.

Il est responsable des fautes d'autrui.

Mais, me diras-tu, qu'est-ce qui empêche l'agent de change de jouer pour son propre compte? La loi, mon cher; la loi est inexorable sur ce point. Est-il donc impossible de frauder, de violer, d'éluder la loi?

Oui, monsieur, vous répondra l'honorable syndic de la corporation, cela est impossible, complétement impossible; on connaît la probité scrupuleuse des agents de change, et leur sévérité à se renfermer dans le cercle étroit des opérations qui leur sont permises. Lors même qu'un agent de change franchirait les bornes légales, qu'est-ce que cela signifierait? Tous les troupeaux n'ont-ils pas des brebis galeuses? D'ailleurs ces sortes d'incartades ne font jamais tort à personne; la chambre syndicale, jalouse de l'honneur du corps, comble le déficit et étouffe le scandale. Il en coûte gros quelquefois à la caisse, mais on n'est pas pour rien une compagnie. Quand on a les bénéfices du monopole, il faut savoir en subir les charges.

Cabochard reprit:

— Crois-moi, mon cher Bilboquet, renonce à l'idée saugrenue de débourser huit cent mille francs pour avoir le droit de vociférer le cours de la rente, et pour t'exposer à avoir maille à partir avec la police correctionnelle, s'il te prend fantaisie de négocier quelques faibles valeurs pour ton propre compte.

Joue à la Bourse tant que tu voudras, prends un agent de change, deux agents, six agents, vingt agents de change si tu veux à tes ordres, mais ne le deviens jamais. De telles places ne sont pas faites pour des gens comme nous. Des grands financiers ont quelquefois besoin d'une charge d'agent de change pour centraliser leurs opérations, ils l'achè- tent et la font remplir par un de leurs commis : ils ont un agent de change de paille.

Ces réflexions de mon ami Cabochard m'ayant paru marquées au coin de l'expérience et du bon sens, je ris de ma naïveté, et je rougis d'avoir eu l'idée un moment de devenir agent de change.

CHAPITRE VII.

La coulisse. — La bataille des primes. — Alpaga, Castorine. — La hausse et la baisse. — La vieille garde et les pupilles de la coulisse. — Prodiges de valeur. — Castorine triomphe sur toute la ligne. — Respect aux lois. — Le coin des banquiers. — Nucingen. — Le dernier des Mohicans. — Le baron un tel. — Burgraviat financier. — Le coin des poëtes. — Le coin des vaudevillistes. — Un directeur de théâtre. — La réponse des tragédies. — Les deux Cocottes. — La démocratisation du capital. — Madame Débacle.

Le lendemain à une heure, Cabochard et moi, nous avions repris notre poste d'observation de la veille.

— Je t'ai fait connaître hier, me dit-il, la Bourse officielle, ce qu'on appelle le *parquet :* je vais t'introduire aujourd'hui dans

LA COULISSE.

L'occasion est on ne peut mieux choisie pour l'observer. C'est aujourd'hui que se livre la grande bataille de *la réponse des primes.*

Regarde dans cet étroit couloir, ménagé derrière la *corbeille .* quel bruit, quel tumulte, quels cris, quel mouvement !

La hausse et la baisse sont en présence. Qui l'emportera?

Les haussiers sont nombreux et déterminés, mais les baissiers ne leur cèdent ni en nombre ni en audace.

Les chefs des deux partis sont à leur poste, et se menacent du geste et du carnet. Les haussiers obéissent au célèbre Castorine, les baissiers reçoivent le mot d'ordre du fameux Alpaga.

Les haussiers commencent par acheter une quantité considérable de rentes, et ils attendent l'effet de cette manœuvre.

Les baissiers ripostent par des ventes non moins bien nourries.

Les deux troupes s'arrêtent, un moment indécises. Les tirailleurs se jettent sur les flancs des deux armées. On exécute çà et là des ventes de file et des achats de peloton. La fusillade s'engage de nouveau sur toute la ligne.

La rente recule un moment de vingt-cinq centimes, mais bientôt elle est reprise à trente centimes. Les haussiers sont chassés de cette position par les baissiers, qui sont mis en fuite à leur tour.

Alpaga, à la tête de la vieille coulisse, exécute une charge à fonds contre la rente; celle-ci se forme en bataillon carré, dont le centre est occupé par Castorine et les *pupilles de la coulisse*.

Cette charge est sans résultat.

Castorine essaye de faire une diversion; il lance sur l'ennemi un obus chargé de dépêches électriques, qui éclate au milieu de l'état-major d'Alpaga et le couvre de consolidés et de métalliques arrivés en forte hausse.

Alpaga, un moment ébranlé, rallie ses troupes et dirige sur le gros de ses adversaires une correspondance particulière à la congrève, annonçant un renchérissement général des denrées alimentaires.

C'est au tour de Castorine à plier.

Cependant les deux armées se sont rapprochées ; une telle fureur les anime, qu'elles s'abordent à la baïonnette ; elles se prennent aux cheveux ; on se bat à la dépêche, à la correspondance, au cancan, au canard.

La victoire est toujours indécise ; on ne sait lequel des deux l'emportera, lorsque le hasard se prononce pour Castorine. On affiche à la Bourse une dépêche annonçant que les escadres combinées ne sont point encore entrées dans les Dardannelles, ou que l'empereur de Russie a donné un bracelet à mademoiselle Rachel.

Les haussiers reprennent courage ; ils se précipitent sur la rente avec furie, s'en emparent et plantent leur drapeau sur le trois pour cent.

Les baissiers ont à peine le temps de se retirer du champs de bataille, qu'ils laissent jonché de leurs morts et de leurs blessés.

Quand la réponse des primes fut terminée, Cabochard reprit :

— De tout temps la coulisse a été divisée en deux camps et conduite par deux chefs ; aujourd'hui ces deux chefs sont Alpaga et Castorine.

Quand Alpaga vend de la rente, Castorine en achète ; lorsque Alpaga en achète, Castorine en vend. La hausse et la baisse n'ont pas d'autre raison que cela.

Et voilà pourquoi la Bourse est le thermomètre de la fortune publique.

Du reste, la liquidation terminée, Castorine et Alpaga sont les meilleurs amis du monde. A cinq heures, ils boiront leur verre d'absynthe chez Tortoni et ils iront diner ensemble.

Alpaga et Castorine sont deux joueurs heureux. Ils se sont élevés par le jeu, et ils périront par le jeu. Maîtres d'une fortune considérable, ils pourraient se retirer ; ils resteront dans le tripot, et nous assisterons un de ces jours à leur *exécution*.

C'est, du reste, le sort de tous les joueurs. On cite pourtant un individu qui eut le courage de quitter la coulisse après y avoir fait une fortune considérable. Cet individu gagna un million dans une liquidation et jura de ne plus mettre les pieds à la Bourse.

— Et il tint parole ?

— Oui ; il est vrai que dans la nuit il était mort d'apoplexie.

Le parquet et la coulisse vivent fraternellement côte à côte et se prêtent un mutuel secours. Un agent de change a-t-il à un moment donné besoin d'une certaine quantité de rentes, il charge un coulissier de la lui procurer.

Un coulissier ne peut-il se passer pour certaines

opérations de l'intervention officielle, vite il s'adresse
à un agent de change ; celui-ci se charge de l'affaire, et donne en échange une forte remise au coulissier.

Aidons-nous mutuellement, a dit le sage ; un autre
sage ajoute : Les loups ne se mangent pas entre
eux.

A quoi bon d'ailleurs se disputer la manne quand
elle est si abondante qu'on peut en remplir des bois-
seaux? Les millions et les milliards pleuvent à la
Bourse ; gaz, fers, forges, chemins de fer, docks.
usines, emprunts, canaux, crédits de toute espèce,
mobilier, foncier, maritime, mines, condensés à la
Bourse, s'y résolvent en torrents de primes et de cour-
tages. Il y en a tant qu'il y en a pour tout le monde,
et que tout le monde est content.

Aussi la coulisse voit-elle tous les jours augmenter
son importance. On a créé des *comptoirs*, des *caisses*,
des *sociétés*, qui en réalité font toutes les opérations
des agents de change officiels. L'agent de change marron a maintenant un cabinet, des bureaux, des commis ; il fait son métier ouvertement, il a des associés,
des intéressés. Il y a également des tiers, des quarts,
des huitièmes, des dix-septièmes d'agent de change
marrons.

Le syndicat ne saurait voir d'un bon œil un tel ac-
croissement de puissance, il aurait bonne envie de ré-
clamer, mais il craint qu'on lui réponde :

— De quoi vous plaignez-vous donc, messieurs?

Vous êtes encore soixante, ni plus ni moins qu'à l'époque de votre création, il y a de cela quelque chose comme soixante ans. Cependant, depuis cette époque, les affaires ont doublé, triplé, quintuplé, décuplé ; la prospérité des courtiers marrons prouve surabondamment que votre nombre ne suffit plus au mouvement actuel des affaires ; nous allons le doubler, et créer soixante nouvelles charges d'agents de change.

Or, comme ces charges se vendraient immédiatement quatre cent mille francs en moyenne, ce serait une diminution d'autant subie par les charges anciennes. Le privilége voit le danger, il fait le mort, et il a raison.

Après l'agent de change et le courtier marron, vient l'*intermédiaire*.

On appelle intermédiaire la personne qui apporte des clients, soit à l'agent de change, soit au courtier marron. Il touche une remise sur la somme des bénéfices qu'il procure à la maison qu'il patronne et dont il est patronné. Le métier d'intermédiaire exige beaucoup de finesse, de prudence et de discrétion.

La coulisse et le parquet exercent une influence à peu près égale sur la Bourse ; on a remarqué cependant que, depuis l'invention de la télégraphie électrique, la coulisse prenait un grand avantage sur le parquet, qui est loin de posséder, dans la confection des

II.   15

canards et des *dépêches*, l'habileté et l'activité de sa rivale.

Nous venons de passer en revue une notable partie du personnel de la spéculation, l'agent de change, le courtier marron, l'intermédiaire...

J'interrompis Cabochard pour lui faire remarquer que, dans tout cela, il ne m'avait point parlé du *coulissier*.

— Le coulissier ! parbleu, reprit-il, crois-tu donc que le courtier marron et l'intermédiaire ne fassent point partie de la coulisse ? Ils en sont le plus bel ornement ; je crois devoir ajouter cependant, pour ton instruction particulière, que le titre de *coulissier* est plus généralement réservé à ceux qui s'occupent de la négociation des fonds publics ; ceux qui s'adonnent aux actions et aux valeurs industriels se laissent désigner sous le nom de courtiers.

Tu t'imagines peut-être maintenant que tu as vu, examiné, jugé la plus intéressante partie de la Bourse. Détrompe-toi, mon garçon, détrompe-toi. Que de coins et de recoins il nous reste encore à explorer ! Je t'ai introduit, il est vrai, dans le parquet, nous avons parcouru ensemble la coulisse, et tu crois sans doute la connaître à fond. Je ne t'en ai montré qu'un côté, un seul côté. Je vais te la dévoiler tout entière, avant de passer à d'autres tableaux.

— Où vas-tu me conduire ?

— Suis-moi sans crainte ; nous allons, continua Cabochard, entrer dans la *petite coulisse*, mais il faut d'abord que je te montre quelques-unes des curiosités topographiques de la Bourse. Voici d'abord :

LE COIN DES BANQUIERS.

Cabochard me désigna un groupe formé par une douzaine d'individus à droite presque en entrant dans la salle.

Une foule empressée formait le cercle autour de ce groupe qu'on observait, qu'on regardait, et dans lequel surtout on cherchait à s'introduire.

— Cet espace de quelques pieds contient une bonne partie des millions dont se compose la fortune commerciale de l'Europe; c'est ce qu'on appelle le *coin des banquiers*.

Parmi eux tu as déjà reconnu sans doute le célèbre Nucingen.

Le temps n'est pas éloigné où il suivait encore le mingo à la piste; quand son cri de guerre retentissait à la Bourse, mille coulissiers se levaient à la voix du sachem, à sa ceinture pendent encore les chevelures des affaires qu'il a scalpées, mais il n'ose plus s'aventurer dans le sentier de la prime, il reste dans son wigham occupé à fumer le calumet de la réflexion.

C'est un autre, le *renard financier*, qui conduit les coulissiers chasser la prime dans les prairies où bondit la commandite.

Le *renard financier* te devance à la course; il paraît, et tous les coulissiers se lèvent pour le suivre. Tu restes seul, ô sachem! mais il te reste tes pensées et le souvenir de tes exploits.

Salut, vieux sachem, antique sagamore! ta taille est majestueuse encore, quoique légèrement voûtée; ton nez qui aspire à la tombe inspire le respect; une autre génération te remplace, mais tu n'en es pas moins le dernier des Mohicans. Que dis-je! tu es le Chactas de la haute finance, il faudrait la plume d'un Châteaubriand pour raconter dignement tes derniers jours.

Quant à moi, j'y renonce.

Nucingen se montre encore à la Bourse, mais on n'a vu son nom dans aucune des grandes affaires qui se sont faites dans ces derniers temps. Il a l'air triste, mélancolique, rongé par un chagrin secret. Il se voit dépassé, il sent qu'il a fait son temps. Il a vieilli. Il y a dans ces mots la cause de toutes les grandes mélancolies. Quelques personnes prétendent au contraire que Nucingen est absorbé par la réflexion, qu'il médite une immense entreprise, qu'il va reparaître sur la scène plus vivace, plus jeune, plus brillant qu'on ne le vit jamais. Pour ma part, ajouta Cabochard, je n'en crois rien. On ne peut pas être et avoir été.

Nucingen est passé à l'état de burgrave.

Examine attentivement le coin des banquiers; ils prennent tous un air rogue et imposant, quelques-uns même expriment un sentiment de répulsion, comme à l'approche d'un animal malfaisant.

Tu ne vois pourtant s'avancer de ce côté qu'un petit homme maigre, sec et ratatiné, devant lequel tout le monde s'écarte humblement. Cet homme est en effet la bête noire de la vieille finance, et le roi de la jeune Bourse.

Je l'ai connu dans le temps, vers 1830, jeune et déjà philosophe, prêchant avec un assez grand succès la femme libre et la hiérarchie dans la salle Taitbout. Plein d'éloquence, d'imagination et de poésie, il avait inventé la noblesse du travail, la sainteté du travail, la *Marseillaise* du travail, en faisant de la rhétorique et en buvant du punch dans les prêches saint-simoniens. Je crus que mon homme, au sortir de Ménilmontant, allait donner dans l'Orient, et revenir d'Égypte avec un narghilé, des babouches, un fez, du hatchich, et du bleu à en broyer pour le reste de ses jours. Mais il ne fut pas si coloriste.

Il se jeta dans l'économie politique et dans l'opposition républicaine. Il faut toujours commencer par là. Il créa, dans le journalisme, la politique financière, celle qui consiste à éplucher les budgets. Il inventa la question des chemins de fer, il s'y colla, s'y cramponna, s'y incrusta de façon qu'il devînt impossible de l'en arracher. Il étudia le waggon, il élucida la traverse, il approfondit le rail; il faisait semblant d'aller tous les trois mois en Angleterre pour étudier

15.

le mécanisme des compagnies de chemins de fer. Il ne se montrait plus sur le boulevard qu'en mackintoch.

Quand les grands capitalistes français voulurent, Nucingen à leur tête, se jeter dans les chemins de fer, notre homme devint une des nécessités de l'époque. C'est lui qui mit en scène la plupart des grandes spéculations du temps de Louis-Philippe. Il voulut les compléter par une grande institution de crédit, dont il avait déjà posé les bases dans la presse ; mais on n'était pas encore mûr pour cette immense conception, qui ne devait réussir que quelques années plus tard et élever son inventeur à une hauteur où personne jusqu'ici ne s'était guindé à la Bourse.

Nucingen est furieux contre ce rival qu'il appelait, il y a quinze ans, le petit Machin. Maintenant, comme tu peux le voir, il l'appelle : « Monsieur Chose. »

Dans quelques jours peut-être il sera obligé de le saluer et de l'appeler M. le baron.

LE COIN DES POÈTES.

Presque à côté du coin des banquiers est situé le *coin des poëtes,* car les poëtes ont ici un coin comme à Westminster.

Ce groupe ne renferme pas des poëtes seulement,

il compte encore des prosateurs dans son sein : romanciers, feuilletonistes, critiques, toutes les variétés
de la littérature sont représentées dans le coin des
poëtes.

Les vaudevillistes ont un coin à part.

Les peintres et les sculpteurs se tiennent ordinairement à l'entrée de la première galerie à droite. Vis-
à-vis d'eux sont les musiciens.

Ce pilier que tu vois là-bas, le troisième à gauche,
est la place habituelle du directeur d'un de nos principaux théâtres.

C'est ici qu'il traite les affaires de son administration, il a transporté son cabinet directorial au beau
milieu de la coulisse.

Il y a huit jours, je me trouvais à côté de lui, lorsque je vis s'avancer, à travers la foule qu'il boscu-
lait, un monsieur qui s'arrêta devant le directeur. Ce
monsieur tenait à la main quelque chose qui ressem-
blait fort à un rouleau de papier.

L'inconnu salua très-poliment le directeur, qui
parut fort étonné de le voir. Une conversation s'en-
gagea entre eux. Pendant que de mon côté je causais
de ma grande affaire des *tiges et des semelles de bottes*,
j'entendis crier : « A la garde ! à la garde ! il veut
m'assassiner. »

Je me retourne, et je vois le directeur aux prises
avec l'inconnu qui le tient au collet, et le menace de
son rouleau.

Je saisis le bras de l'assassin.

— Ayez l'obligeance de me lâcher, vous me faites mal, me dit-il poliment; j'en aurai bientôt fini avec monsieur, ajouta-t-il en me montrant le directeur.

— Je le crois bien, vous voulez l'étrangler.

— Pour qui me prenez-vous? je n'ai jamais étranglé personne, et je ne commencerai pas par monsieur.

— Cependant vous le prenez à la gorge.

— Pour lui lire ma pièce, voilà tout. Je suis bien obligé de relancer monsieur à la Bourse, puisque le concierge de son théâtre m'a dit que ce n'était qu'ici qu'on le rencontrait. Monsieur aurait pu, du moins, nous prévenir plus tôt, et faire afficher à la porte de son cabinet :

LE DIRECTEUR DU THÉÂTRE

REÇOIT MESSIEURS LES AUTEURS D'UNE HEURE A TROIS

A LA BOURSE,

A L'ENTRÉE DE LA PREMIÈRE GALERIE A DROITE,

DEUXIÈME ARCEAU,

QUATRIÈME PILIER.

PARLEZ AU COULISSIER EN FACE.

On assure que le directeur en question a réalisé à

la Bourse une fortune considérable. Espérons que son théâtre est en train d'en faire autant.

Nous avons maintenant accompli une bonne partie de notre voyage : tu vois que la Bourse touche à tout, englobe tout, résume tout. Penses-tu qu'il soit possible de la fermer?

Il y a des gens qui m'ont répondu, à moi, Cabochard :

— Pourquoi pas? On a bien fermé Frascati, on a bien supprimé la loterie.

A cela, je réplique :

— Il n'y avait pas de Frascati en province. Le trente et quarante était une distraction presque aristocratique.

Il était de mauvais ton de jouer à la loterie. La mode la repoussait, les gens comme il faut n'y mettaient pas.

Aujourd'hui, grâce à l'électricité, les quatre-vingt-six départements jouent à la Bourse. Il y a des agents de change dans presque toutes les villes.

A Paris, les anciens adeptes du terne et du quine, les croyants des deux cocottes, les portiers, les cuisinières, les frotteurs, jouent à la Bourse.

La Bourse s'est démocratisée, les petits capitaux sont entrés en ligne et ont lutté avec les grands. Il y a quelqu'un qui a plus d'argent que M. de Rothschild. C'est tout le monde.

La Bourse, c'est Frascati et la loterie réunis. La

France est une nation de trente millions de joueurs.

On ne fermera pas la Bourse, la Bourse est éternelle. Qui donc fermera la Bourse?

— Moi! répondit une voix stridente derrière Cabochard.

Nous nous retournâmes pour voir qui avait prononcé ce *moi* mystérieux; nous n'aperçûmes rien que des groupes qui s'ouvraient pour donner passage à quelqu'un que nous ne pouvions apercevoir. et des sergents de ville qui se précipitaient vers l'escalier qui conduit dans l'enceinte.

— C'est la folle, disait-on, c'est la folle!

De quelle folle était-il question? Cabochard courut s'en informer.

Tout à coup, il se fit au-dessous de nous un grand tumulte, les causeurs se dispersaient, les coulissiers se mettaient à courir, des voix nombreuses criaient : Arrêtez-la! arrêtez-la!

Nous connûmes bientôt la cause de ce tapage. Malgré les ordonnances qui lui en interdisaient l'entrée, une femme s'était introduite dans la Bourse.

C'était une vieille femme sèche, ridée, ratatinée, au teint jaune et livide, aux yeux enfoncés, aux doigts osseux, aux ongles crochus.

Pour tout vêtement, elle portait une robe de papier formée d'actions, de coupons, de prospectus attachés les uns aux autres avec des épingles.

Ses cheveux gris et rares s'échappaient en longues

mèches d'une espèce de bonnet composé de deux feuillets d'un grand-livre sur lesquels on lisait : DOIT et AVOIR.

La vieille, d'une voix rapide et stridente, jetait ces mots à la foule :

« Allez, mes enfants, allez. Jouez vos fortunes et celles de vos enfants, dévorez le passé, escomptez l'avenir !

« La fièvre de l'agiotage vous ronge, vous avez le délire de la spéculation, le tétanos de la prime, vous marchez comme des hallucinés. Prenez garde au réveil !

« Subventions, priviléges, monopoles : la curée est bonne, mes enfants ; vous ripaillez aujourd'hui, vous aurez peut-être faim demain.

« Mangez votre bien en herbe, enfants prodigues ; quand vous aurez tout épuisé, votre père, le Jeu, ne tuera pour vous ni veau gras ni veau maigre.

« Riez, moquez-vous de moi tant que vous voudrez, j'aurai mon tour ! »

De nombreux éclats de rire répondaient aux discours de la vieille. On la pourchassait d'un côté, elle s'échappait, et elle recommençait de l'autre ses sinistres prédictions.

Au bout d'une demi-heure, le tumulte s'apaisa. La vieille disparut.

— Quelle est cette femme? demandai-je à Cabochard, qui venait de remonter.

— Une vieille folle, me répondit-il, qui prétend
qu'elle est la Débâcle et qui vient, de temps en
temps, nous faire des scènes dans le genre de celle-ci.

Cette fois, les sergents de ville ont fini par s'em-
parer d'elle, et ils viennent, malgré ses cris, de conduire la Débâcle au violon.

CHAPITRE VIII.

Comme Cabochard allait continuer sa narration, un individu vêtu d'une longue redingote, coiffé d'un chapeau en forme de pyramide renversée, vint le tirer par le pan de son habit.

— Tiens, c'est vous, monsieur Pipelet! Mon cher, ajouta-t-il, je te présente mon respectable concierge. Bonjour, monsieur Pipelet! que venez-vous faire ici, monsieur Pipelet?

— Une grande nouvelle, monsieur, une grande nouvelle. Vous m'aviez promis de me faire avoir cinq actions de la grande Compagnie. Je viens de les recevoir. Ma femme m'a dit : « Cours à la Bourse, va trouver M. Cabochard, et demande-lui ce qu'il faut en faire. »

— Il faut les vendre.

— Vous croyez?

II.   16

— Parbleu !

— Ma femme serait d'avis de les garder. Nous avons juste de quoi faire le premier versement. Madame Pipelet prétend que ces actions, dans quelques jours peut-être, vaudront des mille et des cents.

— En attendant, monsieur Pipelet, vendez, croyez-moi, et profitez de l'occasion. C'est aujourd'hui le jour des artistes.

Pipelet remit, non sans effort, ses titres à Cabochard, et se retira en poussant un soupir de regret, et en même temps de crainte, sur l'accueil que lui réservait madame Pipelet.

Je demandai à Cabochard ce qu'il entendait par ces mots : *le jour des artistes.*

— Chaque compagnie réserve un certain nombre de ses actions pour les gens de lettres, les journalistes et les artistes.

Dès que le bruit de la formation d'une nouvelle compagnie se répand, la masse des solliciteurs ouvre les oreilles, les yeux, la bouche. A peine une annonce a-t-elle pointé à l'horizon de la publicité, que les lettres pleuvent au siège de la Société.

« Monsieur le directeur,

« Je vous prie de vouloir bien me comprendre pour deux cents actions dans la répartition des titres de la société générale.

« Mes travaux sur l'*histoire politique, morale et religieuse des Botucudos*, me donnent des droits à cette rémunération.

« Agréez, monsieur le directeur, l'assurance de ma considération distinguée.

« Barbanchu, publiciste. »

« Monsieur le directeur,

« Chargé de rendre compte des *Délassements-Comiques* et des *Funambules* dans le *Hanneton littéraire*, j'aime à croire que vous voudrez bien me comprendre pour trois cents actions de la société dans la part qui ne peut manquer d'être faite à la haute critique.

« J'ai l'honneur d'être, monsieur le directeur, votre très-humble actionnaire.

« Mirliton,

feuilletoniste du *Hanneton.* »

« Monsieur le directeur,

« Je suis plein de talent, mais je n'ai point de Mécène. Il me faut un Mécène ; soyez-le.

« Faites-moi une commande de quatre cents actions ; cela me servira à terminer ma grande toile historique de la *Chute de Babel.*

« Il ne me reste plus que trois vessies et un mannequin, que je vais être obligé de vendre. Sauvez moi, sauvez l'art de sa ruine.

« J'attends votre commande avec impatience.

« Jehan Tartouillard,

peintre d'histoire »

« Monsieur le directeur,

« Je suis artiste, vous êtes artiste, nous sommes artistes.

« La compagnie est trop artiste pour ne pas comprendre l'importance du torse dans l'art. Je vous prie donc de m'envoyer cinq cents actions, m'engageant d'avance à ne faire aucun des versements exigés par l'acte de société.

« Du reste, je ferai le buste de la compagnie.

« ÉPAMINONDAS, sculpteur. »

« Monsieur le directeur,

« Les canotiers ont rendu d'immenses services à l'industrie et ouvert de nouveaux débouchés au commerce en explorant les bords inconnus de la Seine et en découvrant Asnières.

« Cette ville est devenue le centre d'un mouvement des plus importants ; il s'y fait maintenant pour plusieurs millions d'affaires par an, rien qu'en côtelettes et en matelotes.

« Tant d'efforts méritent une récompense.

« De plus, les canotiers sont artistes ; ils font des chansons, et ils les chantent en chœur. Envoyez-nous donc une ration extraordinaire de mille actions de la société.

« Nous nous engageons à donner votre nom à la première île que nous découvrirons.

« Au nom de l'équipage du *Canard*,

« KAKATOES, capitaine. »

Il y a des gens qui écrivent en vers, d'autres en musique. Celui-ci réclame pour le sonnet, celui-là pour la romance. En ma qualité de secrétaire général de la *compagnie des tiges de bottes et semelles de souliers*, j'ai reçu des lettres d'académiciens, de bas-bleus, de tragédiennes, de premières chanteuses, d'ouvreuses de loges et d'allumeurs de quinquets.

La société fait le triage de ces lettres en comité.

Les demandes dépassent généralement trois ou quatre fois le total de la souscription. La compagnie borne ses générosités au chiffre de dix actions.

Elle met ses réponses à la poste.

Ces lettres d'envoi se négocient dans la petite coulisse, sous le titre de *promesses d'actions*.

A peine le facteur a-t-il remis ces bienheureuses lettres, que la Bourse est comme prise d'assaut : tous les Barbanchu, Mirliton, Épaminondas, Kakatoës accourent leur missive à la main.

Il s'agit de *laver* les actions.

La compagnie se charge ordinairement du rachat de ses promesses. Elle fixe elle-même la prime, qui varie de un franc vingt-cinq centimes à cinq cents francs.

En une Bourse, le *lavage* est terminé, et le *jour des artistes* est fini. C'est une somme assez ronde qu'il en coûte à la compagnie, mais elle se console en pensant que cette dépense lui sert d'annonce et de réclame.

Le lendemain, la spéculation commence, et telles

16.

actions qui ont fait cinquante francs de prime la veille, tombent le jour suivant au-dessous du pair.

Mais il est temps de rentrer dans la définition de la coulisse appelée *petite*, sans doute par suite de la jalousie de l'autre coulisse, de la grande.

Comme la grande, la petite coulisse avait ses chefs: maintenant elle ne forme plus qu'un état-major courbé sous le bâton d'un autocrate.

Les royautés coulissières ont disparu ou se sont groupées féodalement sous le vasselage d'un empereur, d'un Charlemagne, le crédit mobilier.

Si l'absorption de toutes les entreprises en une seule n'a pas eu lieu, elle est en train de se faire.

Je profite de l'intervalle pour te montrer quelques-unes des plus récentes célébrités de la coulisse industrielle.

Je te présente en première ligne :

MAÎTRE JACQUES :

— Moi, dit maître Jacques, je suis l'homme à tout faire.

Je vends, j'achète, je passe des actions industrielles à la rente, et de la rente aux actions industrielles, j'aborde toutes les spéculations.

— Avec votre argent?

— Avec mon argent! répond maître Jacques; où serait le mérite? J'opère avec l'argent des autres, j'ai trouvé le secret de me faire commanditer par les quatre-vingt-six départements.

J'ai fondé la caisse des *Fonds universels.*

Je m'adresse spécialement aux gens de la province, aux habitants de Quimper-Corentin en Bretagne, par exemple, ou des Martigues en Provence, et je leur dis :

Martiguois !

Vous êtes trop éloignés de la capitale pour remplir vos cruches de la pluie d'or et d'argent qui tombe en ce moment à Paris.

Vous êtes à je ne sais combien de kilomètres de toute espèce de prime. Il vous est impossible de jouer à la Bourse. On n'a pas encore songé à établir un télégraphe électrique entre les Martigues et Paris.

D'ailleurs, honnêtes Martiguois, lors même que vous habiteriez Paris, vous n'en seriez pas plus avancés. Pour jouer à la Bourse, il faut être au courant de ce jeu.

Je connais tous les trucs, toutes les rubriques, toutes les ficelles de la Bourse. Confiez-moi vos fonds, je jouerai pour vous.

Adressez-moi vos enjeux, je vous adresserai un reçu sous forme d'action de la grande caisse que j'établis en ce moment. On liquidera après la partie. Si je gagne, vous gagnerez ; si je perds, vous perdrez ; peut-on vous offrir de plus solides garanties ?

Non-seulement les Martigues ont mordu à ma proposition, mais encore les provinces de l'Est, de l'Ouest, du Nord et du Midi. Tout le monde veut jouer aujourd'hui, fût-ce même par intermédiaire.

Avec un seul prospectus, une annonce renouvelée

de temps en temps à la quatrième page des journaux, j'ai trouvé le moyen, sans chemin de fer, sans ballon, sans diligence, d'amener le petit rentier des départements à la Bourse de Paris. On devrait me décorer. Je ne demande pas même un brevet d'invention sans garantie du gouvernement.

Je compte faire appel prochainement aux capitaux étrangers. J'ai déjà reçu des demandes d'actions d'une foule de rentiers d'Angleterre, du Brésil, de l'Espagne, de la Chine, de la Russie et de Monaco.

JOHN DOCK.

M. John Dock est d'origine anglaise, comme son nom l'indique ; il s'est fait naturaliser français :

M. Dock s'est présenté chez tous les industriels de Paris, et leur a tenu à peu près ce langage :

Vous êtes obligés, messieurs, d'avoir des magasins particuliers pour renfermer vos marchandises ; ces magasins, dans un pays où le terrain est cher comme dans cette belle capitale, doivent vous occasionner des frais considérables.

« J'offre de me charger, moyennant une prime, de donner un asile confortable aux diverses marchandises qui voudront bien m'honorer de leur confiance.

« Une fois ces marchandises devenues mes locataires, je délivre à leur propriétaire une sorte de reçu que j'appelle en anglais *warrant*, et que vous appellerez en français comme vous l'entendrez.

« Ce warrant s'échange, se négocie, s'escompte, se tripote comme chacun l'entend. »

Les propositions de M. John Dock paraissent fort raisonnables, et on ne saurait contester l'utilité de son entreprise. Cependant l'industriel parisien n'y a pas mordu.

Cela vient, dit-on, de ce que les marchandises produisant l'encombrement sont rares à Paris, en comparaison des marchandises de luxe qui tiennent peu de place, et qui sont la base de l'industrie parisienne.

Aujourd'hui d'ailleurs, grâce à la rapidité et à la facilité des communications, les marchandises marchent directement vers leur destination, les entrepôts deviennent complétement inutiles.

M. Dock ne jouit pas d'une grande faveur à la Bourse. Il a des hauts et des bas prodigieux. Tantôt on l'accueille à bras ouverts, tantôt chacun le repousse et fait semblant de ne pas le connaître.

Ses actions restent en général au-dessous du pair.

M. Dock est un des individus qui ont le plus pioché et le plus déplacé de terre de notre époque si féconde en gravats de tous les genres.

Il a transporté des montagnes et creusé des vallées. A l'heure qu'il est, il transporte encore, et il creuse toujours.

Déjà il a transporté une partie des Batignolles. On ne sait pas où cela s'arrêtera.

Lorsque les actionnaires viennent se plaindre de l'état de stagnation dans lequel se trouve l'entreprise, M. Dock leur répond :

— Patience, mes chers amis, patience, nous allons fusionner avec la grande Compagnie des docks de France ; tous les docks seront dans une seule et unique main, celle du *crédit financier ;* vos actions deviendront les actions d'une Compagnie qui, dirigeant à son gré le cours des valeurs industrielles, monopolisant la circulation des marchandises, fera à son gré la hausse ou la baisse, finira par absorber toutes les compagnies et par devenir en quelque sorte le conseil souverain de la nation.

Ces espérances versent un baume réparateur sur les plaies des actionnaires, qui se consolent en songeant à la fusion.

En attendant, M. Dock pioche toujours. Quand ses magasins seront achevés, on assure qu'il a traité avec la Ville pour transporter la butte Montmartre dans les plaines de la Beauce.

SIR CRISTAL-PALACE.

Il y a près de deux ans, un jeune gentleman anglais, sir Cristal-Palace, débarqua à Paris, muni de lettres de recommandation pour divers financiers de la capitale.

C'était quelque temps après l'exposition universelle des produits de l'industrie de tous les peuples à Londres.

Sir Cristal-Palace s'étonna beaucoup, en parcourant les divers quartiers de Paris, de n'y point trouver de palais de cristal.

—Sans doute, s'écriait le jeune baronnet dans toutes les réunions où il se trouvait, Paris est une ville admirable.

Vous avez treize ou quatorze musées : musée mède, musée assyrien, musée égyptien, musée mexicain, musée américain, musée persan, musée chinois, sans compter le musée auvergnat, dont on annonce la prochaine inauguration ;

Vous possédez deux cirques, un cirque d'été et un cirque d'hiver ;

Quatre arcs-de-triomphe ;

Quinze ou vingt théâtres de vaudeville, un théâtre de tragédie, un théâtre de marionnettes et le théâtre de Polichinelle ;

Vous jouissez d'un obélisque ;

Vous avez des églises, des palais, des édifices de tous les genres, de toutes les dimensions ; et pourtant, je suis obligé de le dire, il vous manque quelque chose.

— Quoi donc? quoi donc? demandait-on de tous côtés à sir Cristal-Palace.

— Vous ne devinez pas?

— Nullement.

— Il vous manque...

— Parlerez-vous enfin?

— Un palais de cristal !

En effet, des spéculateurs trouvèrent qu'il était temps de combler cette lacune. Londres possédait un palais de cristal ; il est humiliant pour nous de songer que Paris n'en a pas. Vite à l'œuvre ! lançons notre prospectus. Combien faut-il demander de millions? Vingt-cinq, trente, quarante, cinquante, cent millions?

La Compagnie se contenta de demander treize millions; on n'a jamais pu savoir pourquoi.

Le but de la Compagnie du palais de cristal est de fournir un local aux expositions des produits de l'industrie.

Mais ces expositions n'ont lieu que tous les cinq ans; pendant ce temps-là, que fera-t-on du palais de cristal?

On le louera à des virtuoses, à des savants, à des artistes, à des phénomènes.

On y donnera des concerts; on y fera des cours de tabulomancie; on y exposera des tableaux et on y montrera des albinos.

Les directeurs de l'entreprise comptent beaucoup sur les somnambules et sur les veaux à deux têtes pour donner de forts dividendes aux actionnaires du palais de cristal.

J'ai demandé à un des membres du conseil de surveillance pourquoi on avait donné le nom de palais de cristal au monument qu'on est en train de construire aux Champs-Élysées.

— C'est, me répondit-il, parce qu'il est entièrement bâti en pierres, et qu'on n'y verra pas un morceau de cristal.

M. SYNBDAD.

Permettez-moi de vous présenter M. Synbdad, ancien marin, ancien armateur, ancien pilote, ancien boucanier, ancien pirate, maintenant philanthrope et financier.

Le capitaine Synbdad a inventé le *crédit océanien*, au capital social de cent millions, comme toujours.

Les marins seuls ont droit au crédit océanien.

Les marins d'eau douce en sont exclus. Qu'ils créent à leur usage une compagnie générale de crédit océanien sans sel.

Le crédit océanien est institué pour faire des avances aux armateurs qui pourront donner en dépôt de bonnes marchandises, telles que sucre, coton, café, poivre, cannelle, indigo et autres denrées coloniales.

Le crédit océanien fournit des lignes et des harpons aux marins qui désirent aller à la pêche de la morue ou de la baleine.

Il reçoit les remboursements en dents de morse, en peaux de veaux marins, en huile de cachalot et en chair de thon, pourvu qu'elle soit marinée ou en pâté.

Le crédit océanien se charge de toutes les opérations d'importation et d'exportation pour le compte des particuliers sur quelque point du globe que ce soit.

Vous éprouvez par exemple le besoin d'envoyer un chargement de clarinettes aux îles Honoholues. Vous vous adressez au crédit océanien, qui transmet

II.   17

vos clarinettes à son correspondant, lequel en opère la vente.

Il vous vient à l'idée de tenter la chance et de faire une forte spéculation en noix de coco, vous vous adressez encore au crédit océanien.

— Il vous faut six mille noix de coco, n'est-ce pas ?

— Cinq mille me suffiraient à la rigueur.

— Repassez dans trois mois, et vous trouverez vos cinq mille noix de coco toutes prêtes. Ayez l'obligeance, ajoute le crédit océanien, de me payer d'avance.

Au bout de trois mois en effet vos noix de coco sont arrivées; le crédit océanien vous les livre et s'alloue un droit de commission.

Le crédit océanien ne fait pas d'affaires pour son compte.

Malgré les immenses services qu'il est appelé à rendre à la marine et aux marins, le crédit océanien est terne et languissant. Il attend avec impatience, pour sortir du port, que la brise de la spéculation vienne enfler ses voiles.

Malheureusement rien n'indique un prochain changement de temps.

M. TITYRE.

M. Tityre représente l'agriculture, le pâturage, le labourage, les prés, les moissons, la luzerne, le trèfle, le sainfoin.

Il a fondé une compagnie au capital de plúsieurs millions avec cette épigraphe :

> Quand les bœufs vont deux à deux,
> Le labourage en va mieux.

Cette compagnie est instituée pour fournir des bœufs à ceux qui n'en ont pas, et en général tous les animaux domestiques.

Je suppose que, las des tracas de l'existence, il te prenne fantaisie de devenir fermier dans la Beauce, en Brie, à Belleville, dans la plaine Saint-Denis, aussitôt tu écris au directeur :

« Monsieur Tityre,

« Ayez l'obligeance de m'envoyer, courrier par courrier, tout ce qui constitue une ferme et une basse-cour : l'une ne va pas sans l'autre.

« Il me faut deux bœufs, une vache noire et une vache blanche, un âne et une demi-douzaine de porcs : voilà pour l'étable.

« Ma basse-cour se composera de vingt-quatre poules et d'une bande de canards. J'ai une mare d'une largeur suffisante pour en alimenter une douzaine.

« N'oubliez pas les coqs.

« Agréez, monsieur, l'assurance de ma considération la plus distinguée. »

« *Post-scriptum* .

« Je fais réparer mon pigeonnier ; joignez à cet envoi cinq ou six cheptels de pigeons pattus. »

Au bout de vingt-quatre heures, il t'arrive une
basse-cour par le chemin de fer. La société garantit
tous ses animaux. Si tu n'es pas content de tes poules, tu peux les renvoyer.

Si tu as envie d'un troupeau, adresse-toi à l'entreprise, elle en a dans ses magasins. Ils sont vaccinés
et exempts de la clavelée.

La société fournit également des lapins et des co-
chons d'Inde. On souscrit sur l'air de Pierre Dupont :
J'ai deux grands bœufs dans mon étable.

M. FICHTRA.

A l'eau ! à l'eau !

Tel est le cri que fait entendre ce nouveau spéculateur.

C'est un porteur d'eau qui se promène avec son
tonneau dans la Bourse. Il supprime les Auvergnats,
ou plutôt il est le seul Auvergnat de France et de Na-
varre.

M. Fichtra accapare l'eau.

L'eau de Paris, l'eau de Lyon, l'eau de Marseille,
l'eau de Bordeaux, l'eau de Nantes, l'eau de Rouen,
l'eau de Carpentras, toutes les eaux de France.

Il abreuve, il irrigue, il rafraîchit. Avant un an,
M. Fichtra déclare qu'on ne boira pas un seul verre

d'eau dans les quatre-vingt-six départements sans sa permission.

Il remplira ton filtre, ta carafe, ton lavabo, ta cafetière, ta seringue.

M. Fichtra assure qu'on lui a concédé par privilége tous les robinets, siphons, tuyaux, fontaines, pompes, puits, citernes de la capitale.

Il prétend que c'est l'unique moyen de réprimer la fraude et d'empêcher les marchands de mettre de l'eau dans leur vin.

Grâces à lui, la sophistication du coco devient impossible. Il mesurera lui-même la quantité d'eau nécessaire à chaque fabricant de cet utile et modeste détersif.

— Veux-tu embellir ta propriété? Voici la liste des fournitures de M. Fichtra, avec le prix en regard. On ne paye qu'après livraison :

Un lac.	100 francs par mois.
Une rivière.	200
Une cascade. . . .	300
Un jet d'eau. . . .	50
Une mare.	30

Il arrose par abonnement les jardins, les prés les potagers, le simple rosier qui fleurit sur la fenêtre de la grisette.

L'entreprise fournit l'eau et l'arrosoir.

M. Fichtra, qui est comte, vient d'ajouter une voie en champ de gueules à son blason. Cette

17.

société n'a jamais obtenu qu'un filet de primes. Elle semble tarie avant d'avoir coulé. On espère que le *crédit financier* s'en mêlera, et qu'il fera venir l'eau au moulin.

Que deviendront les Auvergnats, que la nouvelle société dépossède de l'industrie qui les faisait vivre jusqu'ici ?

Grande question !

Tu cherches à te rendre compte, reprit Cabochard, des motifs qui poussent aujourd'hui un si grand nombre de gens de toutes les conditions à la Bourse. Viens avec moi et suivons ces deux vieillards ; tu les connais : l'un est le fameux M. Prudhomme, l'autre le célèbre M. Cagnard. J'ai dans l'idée que leur conversation nous fournira des renseignements précieux.

Le lecteur en jugera par la conversation suivante, que j'eus soin de jeter sur le papier tout de suite en rentrant chez moi :

M. CAGNARD.

Comment, monsieur Prudhomme, c'est vous que je rencontre dans ce lieu de perdition, vous un homme de tant de raison et de bon sens ! Dans quel temps vivons-nous, bon Dieu ! On ne peut plus se fier à personne.

M. PRUDHOMME.

Pourquoi ne viendrais-je pas à la Bourse, alors que vous-même y portez vos pas ?

M. CAGNARD.

Moi, j'y viens tout simplement pour me chauf-
fer et pour savoir les nouvelles. On prétend que les
Cosaques approchent.

M. PRUDHOMME.

Le colosse du Nord s'est avancé sur le Danube,
mais rien ne m'autorise à croire qu'il ait fait aucun
mouvement de notre côté.

M. CAGNARD.

A la bonne heure ; on m'avait effrayé hier, au
café, de façon à m'empêcher de dormir. C'est que,
voyez-vous, j'ai assisté à la première arrivée des Cosaques, et je ne voudrais pas qu'ils nous fissent une
seconde visite.

M. PRUDHOMME.

Ce souhait vous honore, mon cher monsieur Cagnard, tous les bons Français doivent penser ainsi ;
mais permettez que je vous quitte, il faut que je
trouve mon agent de change. Je veux voir s'il a rempli les ordres que je lui ai donnés.

M. CAGNARD.

Vous avez donc des actions ?

M. PRUDHOMME.

Quelques-unes. Je m'en vante ; elles sont le fruit

d'un travail assidu et d'une conduite honorable,
que mes concitoyens ont cru devoir récompenser par
un sabre d'honneur.

M. CAGNARD.

Vous voulez donc mourir à l'hôpital ? Placer son
argent sur des actions ! qui se serait jamais attendu à cela de la part de M. Prudhomme ! Vous
voulez donc vous ruiner ?

M. PRUDHOMME.

Mon cher monsieur Cagnard, vous êtes encore
enveloppé dans les langes des vieux préjugés écono-
miques. Dévoué tout entier au progrès et à la civilisation, je me crois obligé en conscience de rectifier
vos théories financières.

Il y a trois ans, lorsque voyant la bâtarde perdre
tous les jours du terrain, et la cursive britannique
gangrener chaque jour davantage les doigts de la société française, j'ai cru devoir renoncer à l'enseignement de la belle écriture, j'étais à la tête d'un capital
d'environ quatre-vingt mille francs. C'était pour moi
l'*aurea mediocritas* dont parle Horace.

Je plaçai le quart de ma fortune sur première
hypothèque.

M. CAGNARD.

Comme moi, je place toujours mes fonds sur première hypothèque.

M. PRUDHOMME.

Je ne pouvais pas espérer faire un meilleur placement.

M. CAGNARD.

Non, certes.

M. PRUDHOMME.

Eh bien, l'immeuble sur lequel mon argent était hypothéqué brûla.

M. CAGNARD.

Qu'importe ? il était assuré.

M. PRUDHOMME.

Oui, mais la Compagnie intenta un procès au propriétaire, prouva que le feu avait été mis par imprudence ; bref, la maison ne fut pas payée, et le propriétaire, depuis longtemps insolvable, me doit vingt mille francs hypothéqués sur sa moralité.

Heureusement j'avais prêté dix mille francs à un honnête industriel père de famille, aimé et respecté de tout le quartier. Cet industriel avait trouvé un nouveau système de plumes métalliques pour lequel il avait pris un brevet d'invention sans garantie du gouvernement.

A peine fonctionnions-nous depuis quinze jours, qu'un autre industriel se mit à inventer une machine à vapeur qui fabrique cinquante mille plumes métalliques à la minute. Aussitôt une baisse effroyable se déclare sur cet article. Voilà encore dix mille francs jetés à l'eau.

J'eus l'imprudence de confier dix autres mille francs au capitaine Pamphyle; il devait, avec ces fonds, acheter une pacotille composée de haches, de petits miroirs, de bouteilles cassées, de vieux boutons, articles que tous les Sauvages échangent avec enthousiasme contre de l'ivoire et de la poudre d'or. Il était convenu que nous partagerions les bénéfices de l'expédition. Ce gredin de Pamphyle a empoché les dix mille francs et il les a mangés à la poule, à l'estaminet de l'*Univers*. Il possède, à la vérité, une bastide aux environs de Marseille, et je suis en train de le faire exproprier. Les formalités durent depuis trois ans.

Convenez, cependant, mon cher monsieur Cagnard, que si j'avais un besoin immédiat de ces fonds je me trouverais dans un bel embarras.

Supposons, par exemple, que la hache des révolutions menace ma tête et m'oblige à passer en Angleterre, où prendrai-je de l'argent?

Supposons encore que je veuille me soustraire au spectacle odieux du sol natal envahi par les hordes du Nord; il faudra que j'attende le résultat d'un procès en expropriation. Pendant ce temps-là, il passera bien des chandelles dans le gosier des Cosaques.

Aussi j'ai juré de ne pas commettre deux fois la même faute, et d'employer mieux les quarante mille francs qui me restent, pour assurer la paix et la tranquillité du soir de mon existence.

A la Bourse, du moins, je n'ai pas à craindre tous ces revirements d'industrie. Je suis la fortune des grands, ce qui est bien quelque chose pour les petits, et je puis toujours réaliser mes fonds vingt-quatre heures avant le triomphe des démagogues ou l'arrivée des Cosaques. Maintenant, mon cher monsieur Cagnard, suis-je donc aussi fou qu'il vous plaît de le dire ?

M. CAGNARD.

Il y a du bon dans ce que vous m'avez dit, mon bon monsieur Prudhomme, il est certain que les actions en cas d'invasion... de révolution... Cependant, des hypothèques...

Nous ne jugeâmes pas à propos d'écouter le reste de la conversation.

Je ne donne pas un mois à M. Cagnard lui-même pour être entraîné par le mouvement. En attendant de liquider son hypothèque, il a des économies, et il viendra ici les convertir en actions.

Sans qu'on s'en doute, ajouta Cabochard, il s'opère en ce moment un changement complet, un bouleversement général dans la société. La Bourse est l'immense sas où les anciens et les nouveaux intérêts sont remués par la main du hasard. L'hypothèque, la commandite, le prêt individuel, toutes ces vieilles formules sont déchirées. On apporte son argent aux compagnies, toujours aux compagnies, rien qu'aux

compagnies. L'homme s'en va, l'homme disparaît :
l'humanité tout entière n'est plus qu'une vaste société
anonyme.

C'est pourquoi, mon cher Bilboquet, il faut t'attacher à une compagnie, à deux compagnies, à autant
de compagnies que tu pourras.

Ne commets pas la faute, la bêtise, le crime, de te
faire actionnaire. Sois directeur, administrateur, in-
specteur, régisseur, secrétaire, jamais actionnaire.

L'actionnaire est l'esclave moderne, que dis-je, il
forme une race particulière d'esclaves chez les esclaves,
il est l'ilote des compagnies. L'actionnaire n'a aucun
droit, aucune volonté, aucun contrôle à exercer. On
lui promet un dividende : si on ne le lui donne pas,
l'actionnaire doit se taire. Quelquefois, sous la conduite de quelque esclave intelligent, on voit des actionnaires se soulever et tenter les chances d'une
nouvelle guerre servile; mais, le plus souvent, ces
Spartacus de finances s'offrent à l'encan des conseils
de surveillance, et les rebelles sans chef, succombant
à la première réunion, sont bien heureux qu'on ne
les force pas à vendre leurs actions, et qu'on les
autorise à reprendre le carcan.

Je viens de te dire que l'homme habile est celui
qui sait attacher sa fortune à la fortune des compagnies, l'homme de génie est celui qui sait en
fonder.

Pourquoi ne fonderais-tu pas une compagnie?

Mais je m'aperçois que j'ai oublié de te montrer le
personnage le plus important de cette galerie :

Sa Majesté Leviathan Ier.

Je nage, peut-il s'écrier, en souverain dans les mers de l'industrie.

J'avale à chacun de mes repas un roc entier de ces mollusques qu'on nomme actionnaires ; j'engloutis des bancs de primes.

Toutes les variétés industrielles sont de mon domaine. Quand une société commence à se développer, quand sa chair se fait, quand une molle graisse se forme sous son tissu cellulaire, je me jette sur elle et je l'ingurgite : rien n'est tendre et ne flatte agréablement le palais comme une entreprise qui vient de naître, une petite société de lait.

Les naturalistes de la Bourse m'ont fait entrer dans la classification industrielle sous un nom bien connu à la Bourse. En réalité, je me nomme Leviathan.

Rien ne vit à côté de moi que ce que je veux laisser vivre.

J'ai la hausse pour nageoire gauche, la baisse pour nageoire droite. L'océan de la spéculation s'entr'ouvre à chacun de mes mouvements.

Je remplis la Bourse de ma masse.

D'un coup de queue, je puis faire voler en éclat les sociétés les plus solides, les entreprises à trois ponts, doublées et chevillées en cuivre ; si cela m'amuse, les directeurs, les administrateurs, les employés qui les montent tomberont dans l'abîme.

Je suis la bête dont il est question dans l'Écriture.

II.   18

Banquiers, coulissiers, spéculateurs, industriels, riches et pauvres, petits et grands, tremblez devant Leviathan.

Ici, Cabochard s'interrompit.

Je deviens infiniment trop biblique; tâchons de rentrer dans la modeste réalité.

Le dieu Saint-Simon avait entrepris une grande tâche, celle de hiérarchiser la société par l'industrie.

Il est mort sans avoir réussi.

Ses disciples ont continué son œuvre, et la grande hiérarchisation sociale est en train de s'accomplir à la Bourse par le monopole.

On veut monopoliser les docks, on monopolise l'eau, on monopolisera le feu, on monopolisera le pain, on monopolisera l'air.

Ces monopoles prendront le nom de compagnies.

Nous serons tous plus ou moins forcés de faire partie de ces compagnies sous le nom d'actionnaires. Elles s'engrèneront, s'emboîteront, s'enchevêtreront les unes dans les autres, de manière à former une haute mécanique qui s'appellera l'État.

Chacun portera le costume et le nom de sa compagnie sur une casquette.

Le chef suprême de la grande compagnie que je désigne sous le nom de *Leviathan* réglera les rapports des diverses compagnies entre elles, et réglera nos fonctions et notre capacité, et selon les fonctions et la capacité à nous attribuées, nous percevrons chaque trimestre le dividende de l'existence.

Il y aura un roi, des ducs, des barons, des marquis, des comtes, des vidames, des chevaliers de l'industrie, des fonctionnaires tenanciers, la glèbe des actionnaires, et la féodalité revivra sous le pseudonyme de la hiérarchie.

La société marche à grands pas vers la hiérarchisation ; tâchons, mon cher Bilboquet, de ne pas être dans la glèbe.

Je ne veux pas porter la casquette.

CHAPITRE IX.

Des entreprises industrielles, nous allons maintenant, si tu veux bien le permettre, passer aux emprunts.

La théorie de l'emprunt est simple comme bonjour.

Pour mener un emprunt à bonne fin, il faut être un des maréchaux, un des princes de la finance et de la spéculation, sans cela, il n'y a pas mèche.

Le nom est tout dans un emprunt.

Tu as donc un grand nom financier, une grande position, une grande maison, et tu veux te passer la fantaisie de lancer un léger emprunt d'une cinquantaine de millions, une misère, un rien, un morceau qui se mange sur le pouce.

Voici comment il faut s'y prendre.

Tu commences par faire insérer dans tous les journaux de Paris l'article suivant, qu'on suppose extrait des journaux anglais.

On lit dans le *Times* :

« Le royaume des Mosquitos, situé sur la côte d'Afrique, est un des pays les plus fertiles du globe. Ses forêts sont pleines d'arbres propres à la construction des vaisseaux. Les essences les plus précieuses, telles que l'ébène et l'acajou, y abondent. Le pays est traversé par de nombreux cours d'eau, dont l'un, le Briochavadapour, pourrait porter des navires d'un assez fort tonnage. Le café, le coton, l'indigo, viennent à merveille sur ce sol. Les montagnes de l'Ouest sont très-riches en mines d'or, d'argent, de fer et de diamant. On vient de découvrir récemment une mine de charbon qui paraît inépuisable.

« Les Mosquitos ont des rapports fréquents avec les Européens, et forment un peuple extrêmement civilisé. Le roi Goulafriontos IV sait lire et écrire ; il parle couramment l'anglais et le français. Il s'est fait baptiser l'année dernière, et il se pique de faire régner l'ordre et la police dans ses États. C'est depuis son avénement que les Mosquitos ont renoncé à l'anthropophagie. Les revenus du roi des Mosquitos sont considérables ; une foule de petits princes lui payent un tribut annuel en dents d'éléphant, poudre d'or, rubis, topazes, oiseaux de paradis, et autres denrées du pays.

« S. M. Goulafriontos IV comprend toute la force que la civilisation donne aux Européens, et, pour accélérer les progrès de l'industrie chez les Mosquitos,

18.

il a annoncé l'intention formelle d'appliquer les deux tiers de ses immenses revenus à la création d'un réseau de chemins de fer qui englobera ses États. Des ingénieurs anglais sont déjà partis pour se livrer aux études préliminaires de ce grand tracé. »

Quand tous les journaux ont suffisamment reproduit cet article, tu confectionnes l'entre-filet ci dessous :

« On s'occupe beaucoup en ce moment à la Bourse de l'emprunt mosquitos. Cet emprunt d'une soixantaine de millions tout au plus paraît offrir toutes les garanties suffisantes, sans compter le nom de la maison qui se charge de cette opération, et qui est déjà par elle-même une assez bonne garantie. L'Afrique centrale va donc posséder des chemins de fer. Où la civilisation s'arrêtera-t-elle ? »

Quinze jours s'écoulent sur cet entre-filet, pendant lesquels la grande et la petite coulisse, le passage de l'Opéra, le boulevard des Italiens retentissent de l'emprunt des Mosquitos et de la prime qu'il ne peut manquer de réaliser.

Au bout de ce temps le levain a pris, l'emprunt est suffisamment pétri, le four est chaud : il ne s'agit plus que de l'enfourner.

C'est le moment de l'annonce.

EMPRUNT MOSQUITOS : il faut qu'on voie ces mots écrits en lettres gigantesques à la quatrième page de tous les journaux grands, moyens, petits. d'art, de science, de médecine, d'astronomie, de magnétisme. L'homme habile ne néglige aucune espèce de publicité.

Le jour où l'annonce paraît dans les journaux, l'emprunt mosquitos fait son entrée solennelle à la Bourse.

On salue son apparition par une hausse d'un pour cent.

Le lendemain, pas plus tard que le lendemain à l'ouverture de la Bourse, l'emprunt mosquitos tombe au-dessous du pair.

— Et je suis ruiné.

— Imbécile, reprit Cabochard, tu empoches plusieurs millions.

La veille tu as vendu moyennant une prime aux bourgeois, aux actionnaires, aux niais, le droit superbe de verser l'argent nécessaire à la création des chemins de fer mosquitos, le tour est fait, tu n'as plus qu'à encaisser les bénéfices.

A toi les millions.

Aux souscripteurs la noble satisfaction de contribuer aux progrès de la civilisation dans l'Afrique centrale.

Te voilà maintenant ferré sur la question des emprunts. Qu'il s'agisse de Goulafriontos IV ou de tout autre souverain africain, à peu de différence près, c'est toujours ainsi que ça se joue.

Aujourd'hui cependant il est d'usage de joindre aux emprunts un tirage de primes, d'obligations, quelque chose, en un mot, qui ressemble à une loterie.

C'est un moyen emprunté à certaines grandes entreprises qui l'ont employé avec un succès qui n'était point fait pour décourager les imitateurs.

Après un moment de silence, Cabochard continua :

— Je te parlerais bien des mines, mais elles sont épuisées. L'actionnaire n'y croit plus.

Quelques voltigeurs de 1842, sept ou huit industriels à ailes de pigeon, essayent encore de creuser les entrailles de la terre pour en extraire la houille, mais le minerai ne rend pas. Le charbon a fait son temps.

Quelques tentatives assez heureuses ont été faites dans le zinc, mais il ne faut toucher à ce métal que d'une main excessivement délicate.

Le cuivre ne réussit guère.

On apporte de temps en temps une mine de mercure à la Bourse, on se la passe de mains en mains, on la regarde, on l'examine. Quelques individus s'enthousiasment, mais on finit bientôt par s'apercevoir que la mine est en carton, et le vif-argent en papier argenté.

L'Algérie a fourni dans ces derniers temps quelques mines à la spéculation. Elles se traînent peniblement à deux ou trois pistoles au-dessus ou au-dessous du pair.

Garde-toi donc soigneusement, mon cher Bilboquet, de tomber dans les mines, c'est usé, fripé, ratissé.

Un homme qui donne dans les mines est jugé.

J'aimerais autant pour ma part lui voir entreprendre un asphalte, un bitume, un Seissel quelconque. *Go to head*, dit l'Américain, c'est aussi la devise du vrai boursier.

En descendant le grand escalier de la Bourse, Cabochard rencontra un de ses amis.

— Tiens, s'écria-t-il, c'est Greluchon.

— Moi-même, répondit l'autre avec un accent mé-
ridional des plus prononcés.

— Comment te portes-tu ?

— Je ne me porte pas. Je suis mort.

— Comment mort?

— Très-mort. On vient de m'exécuter.

J'avais un compte ouvert chez notre ancien ami
Montezuma. Il me demande une couverture, je lui
donne une couverture, deux Mouzaïas. Je vends, la
rente monte ; j'achète pour me couvrir, Montezuma
m'aborde au milieu de la Bourse.

— Greluchon, dit-il, il faut te liquider.

— Comment, me liquider! tu veux donc me ruiner?

— As-tu une autre couverture à me donner ?

— Non.

— Alors je te liquide.

En disant cela, il me passe la garotte au cou,
Voyant que j'allais monter sur les planches, j'essaye
de l'attendrir.

— Je te donne encore cinq minutes. Nous verrons
ce que fera la rente. Après quoi, mon brave, je suis
obligé de t'exécuter.

Au bout de cinq minutes il revient :

— Greluchon, on baisse.

— Attends au moins la fin de la Bourse.

— Impossible.

— Encore cinq minutes.

Crac! il tire le tourniquet, et je tire une langue d'un pied de long. Le gredin m'avait exécuté. Tu n'as pas cinquante francs à me prêter, avec cela je puis faire des primes et gagner quinze cents francs.

— A sec, répondit Cabochard en frappant sur les poches de son gilet.

— Au revoir alors, je m'adresserai à un autre.

— Bonne chance !

Greluchon descendit lestement l'escalier en sifflant une chansonnette.

— Tu viens de voir le modèle des joueurs : jamais désespéré, jamais découragé, jamais triste. Il a gagné des centaines de mille francs, et il les a perdues avec la même insouciance. C'est le pointeur éternel, le martingaleur obstiné de l'ancien Frascati. Avec cinquante francs qu'on lui prêtera, il est capable de refaire sa fortune. Greluchon, ajouta Cabochard, est un homme d'initiative, je l'avais mis dans ma combinaison des tiges et semelles de bottes réunies. Dernièrement encore, il a eu une idée.

Le portier, se dit-il, joue à la Bourse, mais le portier est un gros capitaliste à côté du cocher de fiacre, du savetier, du marchand d'allumettes chimiques et du chiffonnier.

Ces gens-là ont des économies.

Introduisons le cocher de fiacre, le marchand d'allumettes, le chiffonnier, le savetier et le vidangeur lui-même à la Bourse.

Il s'agit d'ouvrir un débouché à ces capitaux. Pour

arriver à ce résultat, fondons une troisième coulisse, une Bourse Paul-Niquet.

Cette idée sourit à quelques industriels, qui fondèrent des maisons à l'usage de messieurs les spéculateurs de la hotte et du tombereau.

Les boueurs, les ravageurs, jouèrent sur la rente.

Les coulissiers opéraient sur dix francs de couverture. Quelquefois les clients fournissaient la couverture en nature; ils donnaient en garantie des bottes ressemelées et des briquets phosphoriques.

Les affaires abondaient dans la troisième coulisse, la *contre-petite-coulisse*, comme on l'appela un moment.

Les grands coulissiers commençaient à concevoir des alarmes sérieuses.

Enfin le jour de la liquidation arriva. On se demandait déjà quelle influence auraient les capitaux de la bohème sur la réponse des primes.

A une heure, la troisième coulisse n'avait point paru. A deux heures, on la cherchait encore. A trois heures, on ne la vit point venir.

Ni les clients ni les coulissiers ne se montrèrent. La troisième coulisse était morte dès sa première liquidation.

Greluchon seul s'était montré. Ses clients lui emportaient trente-huit francs soixante-quinze centimes. C'était tout son capital.

La maison Greluchon paya ses différences et fut ruinée.

L'idée de Greluchon me semble juste et féconde

en résultats, poursuivit Cabochard; on la reprendra plus tard.

Il faut une coulisse pour les chiffonniers. En attendant qu'on l'établisse, allons manger un morceau. Nous nous retrouverons ce soir au passage de l'Opéra pour compléter nos études.

A sept heures et demie, j'entrais dans le passage de l'Opéra.

C'est là que les coulissiers poursuivent le cours de leurs opérations sous la surveillance des sergents de ville.

Expulsé du cercle du passage de l'Opéra, fermé par l'ordre du préfet de police, chassé du Casino, où il s'était réfugié, par suite de la même persécution, le coulissier erre dans les deux galeries, sur les boulevards, l'oreille au guet, l'œil ouvert, écoutant le pas, dépistant le tricorne de messieurs les sergents de ville.

Dans cette vie errante, les coulissiers n'ont pas un instant de tranquillité. A peine échangent-ils un mot, un chiffre, une offre, qu'aussitôt les sergents de ville sont signalés. Il faut se disperser au plus vite.

Ce n'était qu'une fausse alerte; on revient pour s'enfuir encore cinq minutes après. De panique en panique, la soirée s'écoule et les affaires ne se font pas.

La chasse au coulissier a des alternatives d'activité et de relâchement. A l'époque dont je parle, elle était dans toute sa vivacité. Des escouades nombreuses de sergents de ville sillonnaient le passage et les boulevards, et dispersaient les groupes qui se reformaient ensuite sur leurs pas.

J'eus beaucoup de peine à retrouver Cabochard au milieu de cette espèce de battue. Je pris son bras. On entendait retentir sur tous les tons le mot d'ordre : « Circulez, messieurs, circulez ! »

Un ami de Cabochard vint se joindre à nous : évidemment nous formions groupe.

— Circulez, messieurs, circulez.

Cabochard et son ami s'étaient arrêtés uu moment.

— Circulez, messieurs, circulez !

— On y va, répondit Cabochard.

— Circulez ! reprit la voix sur un ton plus menaçant. A combien la rente ?

— A Soixante-treize cinquante.

— Circulez donc, fichtre ! Et le Nord ?

— A quatre-vingt-dix.

— Vendez-moi cinq cents..... Circulez, sacrebleu ! ou je vous conduis au poste.

. Le sergent de ville poursuivit son chemin en continuant son éternel : Circulez ! circulez !

Le fait est qu'on circulait très-peu et même pas du tout. On vexait les malheureux coulissiers, sans rétablir aucune espèce de circulation.

— Voilà une situation intolérable et ridicule ! s'écria Cabochard. Il faut que je la signale à M. le préfet de police. Je vais dès demain trouver Gringalet pour qu'il me rédige une pétition en faveur des coulissiers qu'on empêche de rester à la même place.

II.   19

Cependant il paraît que, dans la soirée, les ordres devinrent plus rigoureux. De la fiction on passa à la réalité. Les sergents de ville exécutèrent des charges véritables. Le passage fut évacué. On fit deux ou trois razzias de coulissiers sur le boulevard.

De temps en temps un coulissier traversait l'asphalte et jetait quelques mots en passant à voix basse à un autre coulissier, qui descendait le boulevard dans le sens inverse.

Quelques rares groupes stationnaient à l'entrée du tunnel de l'Opéra et au coin des rues environnantes.

En rentrant chez moi par la rue Chauchat, j'entendis la voix d'un individu caché sous une porte cochère qui me disait : « Pst! Pst! Veux-tu douze cents à soixante-douze, bel homme? »

CHAPITRE X.

On demande un saint-simonien. — Les idées. — Le crédit chromo-
duro-financier. — Duc de la Rocambole, comte Chicard, baron la
Panne, marquis de Larifla, chevalier Crédeville, Bouginier (fils de
l'aîné). — Passe-moi le Carpentras, je te passerai la Bièvre. — Comment on administre. — Paul Niquet. — Robert Macaire, Wormspire
Éloa. — La Californie. — La loi de Lynch. — Le goupillon de Bertrand. — Faute de synthèse. — Le prix Montyon à M. Gogo. —
Mort de Robert Macaire.

Six mois après cette visite à la Bourse, j'étais un
prince de l'industrie.

Je compris d'abord que Cabochard, malgré tout
son esprit et toute son habileté, n'était pas tout à fait
l'homme dont j'avais besoin pour me lancer dans les
affaires.

Cabochard manquait d'économie politique.

C'était un esprit ingénieux, brillant, facile, mais
sans aucune espèce de méthode, de synthèse, de philosophie.

Supérieur dans la pratique, Cabochard était médiocre dans la théorie. Il avait des ficelles, des trucs, des
banques et pas d'idées.

Il me fallait précisément des idées.

Je fis insérer dans les *Petites-Affiches* l'annonce suivante :

Avis aux saint-simoniens sans emploi.

« ON DEMANDE un saint-simonien n'ayant point été en Orient, ferré sur l'économie politique et pouvant donner des idées.

« On aurait la table, le logement et cinq francs par jour. — S'adresser au caissier du journal le *Monumental.* »

Le lendemain, vingt saint-simoniens se présentèrent chargés d'idées, de plans, de projets d'organisation sur toutes espèces de sujets.

Organisation des chemins de fer ;

Organisation des omnibus et refonte des coucous ;

Organisation des théâtres ;

Organisation des journaux ;

Organisation des péages ;

Organisation de l'octroi ;

Organisation du crédit.

Je jetai mon dévolu sur cette dernière organisation, et je pris à mon service le saint-simonien qui me la présentait.

Depuis ce jour-là je n'ai jamais manqué d'idées.

Or, en France, ayez une idée quelconque, des noms et de la publicité, vous êtes sûr de gagner des millions.

Je possédais ces trois éléments indispensables à tout succès ; vous devinez que je ne me fis point faute de les mettre en œuvre.

Ma première création fut la *Société de crédit chromo-duro-financier.*

SOCIÉTÉ

DE CRÉDIT CHROMO-DURO-FINANCIER.

SOUSCRIPTION AUX ACTIONS

Chez MM. Vautour et Cie,

BANQUIERS, PLACE DE LA BOURSE.

CAPITAL SOCIAL : CENT MILLIONS,

Représentés par 200,000 actions de cinq cents francs entièrement libérées.

PREMIÈRE SÉRIE (50 MILLIONS) : CINQUANTE MILLE ACTIONS.

Le capital social est toujours représenté soit en espèces, soit en valeurs de premier ordre.

La Société a pour but :

D'ACHETER DES ACTIONS,

DE VENDRE DES ACTIONS,

DE TRIPOTER DES ACTIONS.

Raison sociale : CABOCHARD et Cie.

Conseil de surveillance.

DUC DE LA ROCAMBOLE.	CHEVALIER CRÉDEVILLE.
COMTE CHICARD.	BOUGINIER, fils de l'aîné.
BARON LA PANNE.	GRELUCHON.
MARQUIS DE LARIFLA.	BILBOQUET.

19.

A peine cette annonce eut-elle paru dans les journaux, que je fus assiégé de demandes ; les souscripteurs accouraient par bandes, par essaims, par troupeaux, par bancs, par vols, par cohues, tellement
l'influence des noms est considérable dans ce pays.

Le jour de l'émission, nos actions firent cinq cents
francs de prime.

J'avais fait donner à Cabochard la place de gérant
avec douze mille francs d'appointements par an ; position, à part les appointements, purement honorifique,
car rien dans la Société ne se fait que sur l'ordre du
conseil de surveillance.

La Société avait pour but de favoriser le développement de l'industrie, du commerce et des travaux
publics.

On jugera par les lettres suivantes comment nous
favorisions le développement des trois choses en
question.

« Mon cher directeur,

« Vous n'ignorez pas que j'ai de graves intérêts
engagés dans la *Compagnie houillère du Luberon.*

« Un peu de hausse nous ferait grand bien. Je
pourrais écouler les actions dont je suis surchargé.
Je vote donc pour que la Société de crédit chromo-
duro-financier place l'argent de ses actionnaires dans
la *société houillère du Luberon.*

« Mille compliments,

« ROCAMBOLE. »

« Mon cher directeur,

« J'ai voté dernièrement pour l'achat, par la Société, de douze mille actions de votre chemin de Carpentras à Ménerbe.

« Je compte sur votre voix pour faire passer ma proposition d'achat de dix mille actions de ma canalisation de la Bièvre.

« Je vous serre la main,

« LARIFLA. »

« Mon cher directeur,

« Tous les membres de votre conseil de surveillance se sont mis à la hausse. Faites acheter tout ce que vous pourrez à la Bourse.

« Tout à vous,

« CRÉDEVILLE. »

« Mon cher directeur,

« Nous nous sommes tous retournés à la baisse. Vendez tout ce que vous avez en portefeuille. Écrasez la place.

« Je vous salue cordialement,

« BOUGINIER. »

Avec la société chromo-duro-financière nous étions parvenus à centraliser la spéculation, à monopoliser l'agiotage. Puissance de l'idée saint-simonienne !

On me demandera sans doute quels sont les bénéfices de cette société? Ceci regarde les actionnaires.

Tâchez d'être parmi les deux cents plus forts actionnaires qui composent l'assemblée générale, et rendez-vous, le jour de la convocation, au local indiqué.

Et, quand vous m'aurez montré vos actions, j'aurai l'honneur de répondre à toutes les questions que vous voudrez bien m'adresser.

En attendant, cher lecteur, je vous quitte. Il faut que j'aille donner des ordres à mes gens.

Nous célébrons demain le premier anniversaire de la glorieuse création de la société de crédit chromo-duro-financier.

Ce jour-là, j'ai promis de donner un grand dîner à mes amis et associés.

A la fin du festin, la tête un peu échauffée par les vins plus ou moins grands que nous avions bus, il me vint une idée.

— Messieurs, m'écriai-je, prêtez-moi un moment d'attention.

— Bilboquet a la parole, répondirent-ils tous en chœur.

— J'ai lu dans les journaux de ce matin une triste nouvelle.

— De quoi s'agit-il donc?

— Le marteau des démolisseurs ne respecte plus rien. On va abattre Paul-Niquet.

Tout le monde connait l'établissement de Paul Niquet, c'est le *gin-palace* parisien, ouvert le jour, ouvert la nuit. Il serait superflu de faire la description de ce lieu célèbre. Elle se trouve dans tous les ouvrages de littérature qui ont la prétention de peindre les mœurs parisiennes de notre époque.

J'ai assisté au dernier coup de râteau, à la suprême taille de Frascati, qu'il soit dit que j'ai pris aussi le dernier petit verre chez Paul Niquet. Qui m'aime me suive!

— Chez Paul Niquet! chez Paul Niquet! répétèrent tous mes convives.

J'ordonnai à Chalumeau d'aller chercher des fiacres.

Nous étions une douzaine à peu près : Cabochard, Montezuma, Castorine, Gringalet, Van-Curaçao, Blaguenberkraft Junior, la Vertepillière, sir Punch, et quelques autres financiers dont les noms ne sont pas restés sur mes tablettes.

En un quart d'heure nos deux fiacres nous conduisirent à la halle, et nous déposèrent devant l'établissement de Paul Niquet.

Hélas! le marteau des démolisseurs avait déjà commencé son œuvre. La façade de la maison était abattue, des décombres en obstruaient l'entrée.

Le gin-palace existait encore cependant; on servait les consommateurs sous un plafond soutenu par de longues perches. Le bras d'un enfant eut suffi pour ébranler les colonnes du temple de l'alcool et les faire tomber sur les buveurs.

Castorine et Cabochard hésitaient à s'asseoir sous ce plafond de Damoclès. Je donnai l'exemple; les autres se décidèrent à m'imiter.

On ne sert que des petits verres chez Paul Niquet. Nous demandâmes une tournée, c'est-à-dire douze petits verres.

Pendant que le garçon nous servait, je jetai un regard curieux sur les gens qui nous entouraient ; la majorité était composée de chiffonniers.

L'un d'eux, assis en face de nous, fumait un brûle-gueule d'un air à demi hébété par l'ivresse, et ne le tirait de sa bouche que pour ingurgiter des petits verres. Des restes de vie et d'intelligence se dessinaient encore vaguement sur cette physionomie, qui avait dû être expressive autrefois. Il portait un bandeau noir sur l'œil gauche.

Absorbant petits verres sur petits verres, je calculai que notre voisin devait à peu près en être à son demi-litre d'alcool. Je cherchais à lire les progrès de l'ivresse sur cette figure éteinte, lorsqu'il me sembla que de son côté le chiffonnier me regardait de son œil vitreux.

« Bien sûr, me dis-je après quelques minutes d'examen, tu as vu cet individu quelque part ; » lui-même paraissait faire la même réflexion. Je suivis la direction de son regard ; elle s'était reportée sur mes compagnons, et principalement sur Cabochard.

— Voilà certainement un homme qui nous connaît ; et toi, ajoutai-je en désignant l'étranger à Cabochard, le connais-tu ?

— Pas le moins du monde.

Le chiffonnier se leva péniblement, et s'avança en chancelant vers nous. Arrivé devant notre table, il me tendit la main, et me dit avec cette voix lente et entrecoupée des ivrognes :

— Bonjour, Bilboquet ; comment ça va-t-il, mon vieux ?

Involontairement j'avais retiré ma main.

— Et toi, Cabochard, cette santé est-elle toujours bonne ? Tiens ! voilà Castorine, Van-Curaçao et Punch. Décidément nous sommes en pays de connaissance.

Nous nous regardions tous d'un air étonné, nous demandant qui pouvait être cet homme.

— Eh bien, mon gros loulou, nous avons donc conservé notre petit ventre ?

En même temps, il frappa familièrement sur l'abdomen de Blaguenberkraft Junior, qui fit une fort laide grimace.

— Voyons, mes fistons, une petite place à votre table. Garçon ! des petits verres à ces messieurs ; c'est moi qui régale. Tu remettras ma note à mon intendant.

Le chiffonnier prit un tabouret et s'assit à côté de nous.

— Enchanté, monsieur, de l'honneur de votre compagnie ; mais nous désirerions bien savoir ce qui nous le procure. Qui êtes-vous ?

— Hélas ! s'écria-t-il, les malheurs m'ont tellement changé, que Bilboquet, que Cabochard, que Blaguenberkraft, que vous tous ne reconnaissez plus Robert Macaire.

A ce nom, nous pâlîmes involontairement, et, par un mouvement spontané, nos tabourets se reculèrent.

— De quoi ! de quoi ! est-ce que par hasard nous mépriserions papa ?

Ce dernier coup, reprit-il en feignant d'essuyer une larme, manquerait à mon infortune. O Robert Macaire ! tu as trop vécu. Garçon ! des petits verres. Nous allons voir si vous aurez la cruauté de refuser de trinquer avec un ami tombé dans la débine. Vous rougissez de ma hotte. C'est affreux !

Il essaya de pousser un sanglot ; ensuite il remit dans sa poche le morceau de haillons qu'il en avait tiré en guise de mouchoir.

Aucun de nous, depuis quinze ou vingt ans, n'avait songé à Robert Macaire ; nous le croyions tous mort et enterré depuis longtemps.

Je dois l'avouer, la sensation que nous éprouvâmes en retrouvant cet ancien compagnon de nos premiers jeux ne fut pas précisément des plus agréables. Le moment eût été mal choisi pour le repousser, cependant ; je me souciais peu d'être *engueulé* en présence de tous les chiffonniers de Paris. Mes compagnons firent sans doute les mêmes réflexions, car chacun de nous tendit à son tour la main à Robert Macaire et secoua la sienne avec cordialité.

Une fois pourtant la glace rompue et la situation acceptée, je n'étais pas fâché de connaître par quelle suite d'événements notre condisciple et en même temps notre maître était tombé de la fortune dans la misère, de la Bourse dans le ruisseau.

N'osant pas aborder franchement la question, je

commençai par lui demander des nouvelles du fidèle Bertrand.

— Hélas !

Robert-Macaire leva les yeux et les bras au ciel.

— Est-ce que par hasard il ne serait plus ?

— Il est plein de vie, au contraire, le gredin !

— T'aurait-il abandonné ?

— Il m'a planté là, voilà le mot juste. Un beau jour, il est venu me dire : « La vie que nous menons ne nous convient plus, l'âge s'appesantit sur nous; il faut que je songe au salut de mon âme. J'ai été chez les révérends pères jésuites dans mon jeune temps ; ils veulent bien s'intéresser à moi et me faire avoir une place. Si la grâce te touche, viens me voir; tu me trouveras tous les jours à mon poste ; je suis donneur d'eau bénite à Saint-Roch. »

C'était quelques jours avant mon départ pour la Californie.

Éloa me restait ainsi que Wormspire. Tous les trois nous mîmes à la voile pour San-Francisco. La vieille Europe était usée jusqu'à la corde pour nous. Le nouveau monde nous ouvrait ses bras ; nous nous y précipitâmes.

Débarqués au chef-lieu de la Californie, mon beau-père, le baron Wormspire, ouvrit une maison de roulette et de baccarat.

La chaste et tendre Éloa, mon épouse, établit un pensionnat de jeunes demoiselles.

Moi, je fondai la *Pépite,* compagnie générale pour

le transport des Californiens en Europe, et réciproque-
ment des Européens en Californie.

Nos affaires marchaient admirablement.

La roulette du baron de Wormspire et le trente et
quarante qu'il avait cru devoir lui adjoindre donnaient
des bénéfices satisfaisants ; les mères de famille cali-
forniennes, séduites par la tenue pudique d'Éloa, lui
confiaient leurs filles avec un entraînement voisin du
délire.

Plus de quatre cents jeunes Américaines ont sucé
les principes et le français d'Éloa.

Malheureusement, mon beau-père eut l'idée ma-
lencontreuse, un soir qu'il taillait le trente et quarante, de se servir de tarots biseautés.

Il y avait là un diable d'Américain qui s'aperçut de
l'ingénieux stratagème employé par M. de Wormspire.
Il sauta sur les cartes, s'empara du jeu, et fournit aux
nombreux joueurs réunis ce soir-là les preuves de la
supercherie du banquier.

Les joueurs jetèrent des cris furieux et se précipi-
tèrent sur mon beau-père.

Il essaya, je dois le dire, de faire bonne contenance,
il protesta contre l'indigne flouerie dont on l'accusait,
il montra ses ordres, les blessures qu'il n'avait pas
reçues sur vingt champs de bataille. Effort inutile :
les tarots biseautés étaient là.

Mon beau-père offrit alors de rendre l'argent. Mais
les joueurs n'avaient pas attendu sa permission pour
faire main-basse sur la banque. Un ponte qui n'avait

pu prendre sa part du butin s'écria qu'il serait bon de faire un exemple et de pendre le voleur.

D'autres pontes appuyèrent cette motion. Elle fut adoptée à une immense majorité.

Ceci se passait dans les commencements de la colonie californienne, la loi du *lynch* était en pleine vigueur. En vertu de cette loi, j'eus la douleur de voir brancher mon beau-père.

Éloa pleura l'auteur de ses jours. Je la croyais inconsolable, lorsqu'un jeudi soir, après une journée passablement agitée, en rentrant chez moi pour y goûter la paix et la tranquillité du foyer domestique, je n'y trouvai plus mon épouse.

Sans même me laisser une lettre d'adieux, elle s'était enfuie du côté des *placers* avec un général mexicain qui était venu ramasser de l'or en Californie. Éloa avait emporté avec elle mon bonheur et mon saint-frusquin.

J'étais donc à la tête d'un pensionnat de jeunes demoiselles et d'une société en commandite. Je liquidai le pensionnat, et je m'empressai de renvoyer tous mes actionnaires dans leurs familles. La Californie ne m'offrait plus que de tristes souvenirs, je quittai un pays où j'avais vu brancher mon beau-père, où j'avais perdu mon épouse, et où la loi du lynch rendait les opérations commerciales excessivement difficiles.

J'arrivai en France, hélas! sans Éloa.

Robert Macaire poussa un soupir, et noya son chagrin dans deux petits verres. Après cette pause, il reprit :

— Me voilà donc de retour à Paris. C'était il y a
deux ans.

A peine descendu à l'hôtel, je me rase, je m'habille,
j'endosse mon habit noir, je passe mon pantalon collant, et, la cravate rouge au cou et le chapeau sur
l'oreille, je me présente à la Bourse.

J'improvise une affaire. Le premier individu auquel
j'en parle me rit au nez :

— Vous me proposez là une misère, me dit-il, il
s'agit tout au plus, dans votre affaire, de grapiller
quelques centaines de mille francs, un million, si
vous voulez, sur de malheureux actionnaires. Vous
vous êtes rouillé pendant votre absence. Nous n'en
sommes plus là en fait de spéculation.

De spéculation, fi donc ! il n'y en a plus ; les spéculateurs se sont transformés en économistes, nous
sommes devenus collectifs, synthétiques et encyclopédiques. Avez-vous lu les statuts du *Léviathan* ?

— Pas encore, je suis arrivé depuis ce matin.

— Lisez-les, et vous verrez comment on comprend
les affaires maintenant.

Cette conversation ne m'avait pas convaincu
entièrement. Je proposai mon affaire à diverses personnes. De toutes je fus éconduit. Je voulus développer de nouveau mes anciennes théories sur l'actionnaire, théories qui avaient obtenu tant de succès, et
que l'expérience semblait avoir consacrées ; on me répondit : « Vieux blagueur ! »

Je me roidis contre le dédain, je voulus me persuader qu'on reviendrait à moi, que la spéculation, un

instant égarée, finirait par se jeter dans mes bras et me demander pardon de ses erreurs, il fallut bientôt renoncer à ces illusions et se rendre enfin à l'évidence.

J'avais lu les statuts du *crédit chromo-duro-financier.*

Ici Robert Macaire fit une nouvelle pause, et avala un autre petit verre.

Quelle magnifique conception !

Si on avait dit à un ingénieur : « Tu vas me construire une machine de précision, un levier à bascule, « il n'aurait pas mieux trouvé que le crédit chromo-duro-financier.

Aujourd'hui la société jette ses millions sur une valeur, hausse énorme ; demain elle les retire, baisse immense.

Aujourd'hui, je suppose, vous vous couchez riche de cent mille francs, demain matin vous pouvez vous réveiller plus pauvre de moitié, selon la volonté ou le caprice de la Société chromo-duro-financière.

Le crédit chromo-duro-financier, reprit Robert-Macaire avec enthousiasme, n'est pas une société ; c'est un quatrième pouvoir dans un État, c'est un État tout entier, c'est une autocratie avec un directeur.

Robert Macaire, me dis-je, on a raison, tu n'es qu'un vieux blagueur ! Jamais tu n'as pu faire un voleur grave, un filou sérieux ; tu n'es qu'un infime floueur, un malheureux pick-pocket complétement dépourvu de synthèse et de philosophie ; donne ta démission !

L'homme qui a régné ne quitte pas le trône sans de

20.

rudes combats avec lui-même. J'ai abdiqué, comme tous les souverains, quand j'ai vu qu'il était absolument impossible de faire autrement.

Humilié, vaincu, ridiculisé, inférieur à mon époque, j'ai quitté la Bourse, et je suis devenu chiffonnier. Amis, épouse, associés, chacun s'est tourné du côté du soleil levant ; mes anciens camarades passent auprès de moi sans me reconnaître ; tout le monde m'a abandonné.

J'aperçus en ce moment un petit vieux propret et luisant, l'œil vague, le front étroit, l'air bon, mais sans intelligence, qui se glissait entre les tables :

— N'auriez-vous pas vu M. Robert Macaire? demandait-il timidement.

Un garçon lui désigna notre table.

Le vieillard s'avança vers nous d'un air inquiet ; mais, en nous voyant, il fut bien vite rassuré. Il se tint debout devant Robert Macaire, dans une attitude de respectueuse déférence.

— Monsieur Macaire, lui dit-il, je vous apporte ce que vous savez.

— Quoi donc?

— Ce peu d'argent. J'ai vendu ma montre ; vous pourrez payer votre propriétaire et rentrer chez vous, au lieu de coucher à la belle étoile, comme vous faites depuis huit jours.

Robert Macaire se leva.

— Crétin sublime !

Il prononça ces paroles en nous montrant le vieillard qui, radieux en effet de dévouement et de goriotisme, tendait à Robert Macaire un petit paquet contenant sans doute le produit de la vente de sa montre.

Nous reconnûmes M. Gogo.

Robert Macaire essaya d'attirer Gogo vers lui et de le presser sur son cœur ; mais ses jambes, affaiblies par de trop fréquentes libations, refusèrent le service ; il s'affaissa sur lui-même et roula sous la table.

Gogo se précipita pour le ramasser.

— Messieurs, nous dit-il d'un ton suppliant et profondément affligé, vous paraissez d'honnêtes gens et les amis de M. Robert Macaire, employez votre influence auprès de lui pour l'engager à renoncer à cette horrible habitude de boire. Hélas ! ce grand homme a tant souffert et il souffre tant encore, il a tant été calomnié, tant méconnu, tant abandonné, que je conçois qu'il cherche à s'étourdir. Mais que deviendra-t-il quand je serai entré à Bicêtre, quand je ne pourrai plus venir tous les soirs pour le ramener dans son faubourg ? Il tombera dans le ruisseau et il se fera écraser par quelque voiture.

Pendant qu'il parlait, de grosses larmes roulaient de ses yeux.

Robert Macaire, cependant, était parvenu à se relever. Gogo, le prenant sous son bras, comme une mère ferait de son enfant, le conduisit hors de la salle.

Nous les suivîmes. Il fallait, pour déboucher dans la rue, traverser des décombres contre lesquels Robert Macaire finit par trébucher.

— Bilboquet, balbutia-t-il d'une voix enrouée, va

dire à la Bourse que tu as vu Robert Macaire assis sur les ruines de Paul Niquet [1] !

[1] L'auteur de ces Mémoires, toujours avide de cacher ses bonnes actions, se fit un devoir de signaler à l'Académie française, chargée de pourvoir à la distribution des legs provenant du fonds Montyon, la noble conduite de M. Gogo.

La commission de l'Académie ayant reçu l'éveil, fit immédiatement des recherches, et constata que pendant plusieurs années Robert Macaire n'avait vécu que de la charité de M. Gogo. Pour le soutenir, il avait épuisé ses dernières ressources, vendu ses effets, les bijoux provenant de la succession de sa femme, ses couverts, sa montre et sa timbale d'argent.

Pendant deux ans, il n'avait pas cessé de venir chercher Robert Macaire chez Paul Niquet pour le ramener ivre mort dans son taudis.

Lorsque le délégué de la commission vint lui annoncer à Bicêtre que l'Académie lui décernait le prix de trois mille francs, M. Gogo, qui touchait à ses derniers moments, eut à peine la force de s'écrier : Qu'on les remette à M. Robert Macaire ; avec cela il pourra se relever.

Robert Macaire était mort la veille, écrasé dans la boue par une voiture de vidangeur.

(*Note de l'éditeur.*)

CHAPITRE XI.

Avec ma qualité de directeur de la Société chromo-duro-financière, je cumulais celle d'administrateur du chemin de fer de la haute Garonne.

Notre conseil de surveillance se composait d'un mécanicien, d'un maître de forges, d'un marchand de bois et de quelques autres industriels.

Nos réunions étaient souvent fort agitées.

— Nos locomotives ne valent rien, disait le mécanicien, il serait temps de les renouveler.

— Nos locomotives peuvent aller encore, répondait le maître de forges, ce sont les rails qui sont usés.

— On pourrait garder encore les rails pendant quelque temps, répliquait le marchand de bois; quant aux traverses qui les supportent, je les déclare entièrement pourries.

— Vous verrez un de ces jours une explosion.

— Comptez sur un déraillement.

— Attendez-vous à un accident grave.

Je prenais alors la parole.

— Messieurs, il y aurait peut-être un moyen de s'entendre.

— Lequel ?

— Ce serait de renouveler, en même temps, les locomotives, les rails et les traverses.

Adopté à l'unanimité.

La discussion reprenait sur le prix des fournitures.

— Combien demandez vous pour vos locomotives ?

— Deux cent mille francs.

— Diable, comme vous y allez !

— Et vous, combien vous faut-il pour vos rails ?

— Trois cent mille francs.

— Fichtre !

— Vous nous mangez tout notre dividende, s'écrie le marchand de bois. Où prendrons-nous les quatre cent mille francs de mes traverses ?

— Messieurs, ne vous fâchez donc pas ainsi ; mon cher Harpaguon, pourquoi vous étonnez-vous que votre collègue demande deux cent mille francs pour ses locomotives ?

— Parce que je suis actionnaire.

— Et pourquoi ne trouvez-vous pas votre propre demande exagérée ?

— Parce que je suis maître des forges.

— Eh bien, que l'actionnaire et le maître de forges s'embrassent ; si l'un perd, c'est l'autre qui gagnera, l'entrepreneur payera le dividende de l'actionnaire. Je propose donc qu'on accepte votre triple proposition.

Adopté à l'unanimité.

Quant à moi, mes bénéfices étaient d'un autre genre ; je garnissais, je remplissais, je farcissais les bureaux d'employés.

Chaque semestre régulièrement je créais deux ou trois places que je donnais à mes amis ou aux amis de mes amis. Il est toujours bon de se faire des créatures.

Je n'oublierai jamais la première assemblée générale de la Société du chemin de fer de la haute Garonne.

Je fus chargé de faire le rapport.

« Messieurs,

« Deux mots seulement.

« La Compagnie des chemins de fer de la haute Garonne donne vingt pour cent de dividende à chacun de ses actionnaires.

« C'est donc cent francs par action de cinq cents francs que vous aurez à toucher, quand il vous plaira, à la caisse de la Société.

« Voilà mon rapport. »

Je crus que la salle allait crouler sous les applaudissements ; les actionnaires hurlaient, vociféraient, trépignaient. J'eus les honneurs du triomphe, comme M. Musard.

Le jour même nos actions montèrent de cent francs à la Bourse ; j'en avais acheté quinze cents la veille.

Trois mois après, nouvelle convocation, nouveau rapport.

« Messieurs,

« Soyons brefs.

« Nous avons besoin d'une vingtaine de millions.

« Il faut que vous ayez l'extrême obligeance, messieurs les actionnaires, de nous donner l'autorisation immédiate de contracter ce léger emprunt.

« Quant au dividende, vous vous en passerez pour cette fois, mais nous comptons bien vous donner un dividende double pour le trimestre prochain. »

Les actionnaires votent l'emprunt à l'unanimité.

A la Bourse du jour, nos actions baissèrent de cent francs. J'en avais vendu quinze cents la veille.

A la fin de l'assemblée générale, un actionnaire me fit demander la faveur d'un moment d'entretien particulier. Je la lui accordai.

— Monsieur, me dit-il timidement, je m'appelle Cagnard, j'avais douze cents francs de rente sur première hypothèque, j'ai déplacé ces fonds sur les sages conseils qui m'ont été donnés, et je les ai placés dans les chemins de la haute Garonne ; les noms des administrateurs m'ont décidé, les noms, voyez-vous, c'est la meilleure des garanties.

Maintenant, ajouta M. Cagnard avec encore plus de timidité qu'au début de la conversation, auriez-vous, monsieur, l'extrême obligeance de me dire..... pardon, de m'apprendre..... je me trompe, de m'expliquer.....

— Quoi donc?

— Une chose bien simple probablement, mais que cependant je ne suis pas encore parvenu à comprendre parfaitement.

— Parlez, monsieur Cagnard, expliquez-vous, je vous écoute.

— Comment se fait-il que la haute Garonne, qui nous a donné vingt pour cent de bénéfice il y a trois mois, soit obligée de recourir aujourd'hui à un emprunt.

Je ne pouvais pas naturellement avouer à M. Cagnard que nous avions épuisé notre réserve pour fabriquer ce dividende factice. Je pris la liste des membres de notre conseil de surveillance, et je la montrai à M. Cagnard.

— Voilà des gens, lui dis-je, qui ont toute votre confiance?

— Tout entière, me répondit-il.

— Vous croyez à leur capacité, à leur expérience, à leur probité?

— Sur mon âme et conscience, oui.

— Pensez-vous que ces gens honnêtes, capables, qui ont une grande partie de leur fortune intéressée dans la haute Garonne, auraient proposé cette mesure si elle n'était pas entièrement dans les intérêts de la Société?

— Sur mon âme et conscience, non.

II.   21

— Reposez-vous donc sur vos administrateurs et ne vous mettez pas martel en tête.

— Vous avez raison, des gens aussi riches que nos administrateurs doivent être irréprochables, je n'avais pas fait cette réflexion.

Mille pardons, monsieur, de vous avoir dérangé, et recevez mes remercîments bien sincères sur les renseignements que vous avez bien voulu me donner ; je ne manquerai pas d'en faire part aux autres actionnaires.

M. Cagnard se retire enchanté.

Et il y a des gens qui ont osé médire de l'actionnaire !

J'en ai assez dit pour faire comprendre quelle était ma position à la Bourse.

J'avais un nom dans la spéculation.

Quest-ce aujourd'hui qu'un nom dans la politique, dans la littérature, dans les arts ? Un fardeau inutile, le droit de travailler du matin au soir pour gagner quelque vingt-cinq ou trente-mille francs à la fin de l'année.

Que sont les noms de Victor Hugo, de Béranger, de Lamennais, de Lamartine, à côté des noms de Castorine, de Greluchon, d'Alpaga et de Bilboquet ? car je puis sans fausse modestie me ranger parmi ces illustrations.

Pas d'entreprise industrielle dont on ne m'offre une large part, pas d'émission, pas de fusion, dont je ne sois partie prenante, et largement prenante.

Parvenu au faîte, au zénith des splendeurs financières, je sentis que le spéculateur était le véritable roi de l'époque.

La Bourse représente une quantité de valeurs négociables s'élevant à la somme approximative de TREIZE MILLIARDS.

Treize milliards à manier, à palper, à malaxer, à tripoter !

Treize milliards produits par le travail, par les veilles, par la prévoyance de trente-deux millions d'individus.

Treize milliards ! nager dans treize milliards ! se vautrer sur treize milliards !

J'avais pour ainsi dire le vertige de ma puissance, il me semblait qu'une métamorphose se faisait peu à peu en moi, j'étais roi, je me sentais devenir Dieu !

Mon antichambre était encombrée de clients qui tous les matins venaient me demander le sportule.

Des flots de solliciteurs se pressaient autour de moi, lorsque par hasard je descendais de ma gloire pour me présenter à la Bourse.

Tout le monde se retournait pour me voir passer.

Un soir je fis venir mon domestique.

— Chalumeau, lui dis-je, tu me donneras demain une tunique de pourpre, tu ceindras mes tempes d'une couronne de roses, et tu renverras ma voiture.

Je ne veux plus aller à la Bourse qu'en litière.

Qu'on fasse prévenir douze vigoureux coulissiers.

Je me rendrai le soir à l'Opéra aux flambeaux, entouré d'agents de change qui joueront de la cithare et de la flûte.

En disant cela, je m'endormis et j'eus une vision.

VISION DE BILBOQUET.

Je rentrais dans Paris après une absence de plusieurs années.

J'arrivais par le chemin du Nord. De grandes peintures religieuses signées Eugène Delacroix ornaient les voûtes de la gare.

L'une de ces peintures représentait le moment où le Saint-Esprit du dieu Saint-Simon représenté par une langue de feu descend sur la tête des douze apôtres du crédit chromo-duro-financier.

La gare était disposée en chapelle. Un grand nombre de fidèles venaient y faire leurs dévotions devant un autel sur lequel on voyait la statue du dieu Saint-Simon taillée dans un magnifique bloc d'argent.

En sortant de la gare je traversai la salle d'attente ornée de fresques pieuses, et je me trouvai sous le péristyle.

Des marchands de toutes sortes le remplissaient ; à côté d'une boutique garnie de petits livres, je vis une dame âgée, d'un embonpoint respectable, qui tricotait, assise les pieds sur une chaufferette. Il y avait une enseigne sur laquelle je lus :

BIBLIOTHÈQUE BERRICHONNE.

A L'USAGE DES VOYAGEURS EN CHEMIN DE FER.

Un franc le volume.

Madame Sand vendait des petits volumes.

A peine avais-je fait quelques pas que je fus assailli par un grand diable vêtu d'une veste de velours avec une médaille à la boutonnière, coiffé d'une casquette numérotée d'où s'échappaient des cheveux crépus.

— A. dix centimes la livraison, criait-il, à dix centimes !

Voulez-vous les *Mousquetaires*, roman ?

Vous faut-il la *suite des Mousquetaires* ?

Prenez le *Mousquetaire*, journal.

Demandez, messieurs et dames, faites-vous servir.

Les romans et les journaux amusent en chemin de fer, et quand ils n'amusent pas, ils endorment.

Dans ce crieur de publications illustrées, je reconnus Alexandre Dumas.

J'achetai toutes ses feuilles. J'ai toujours aimé à encourager la littérature. Je donnai cinq francs au vendeur, qui me rendit ma monnaie, et se mit à crier de plus belle :

— A dix centimes les *Mousquetaires*, à dix centimes la *suite des Mousquetaires*, à dix centimes le *Mousquetaire*, à dix centimes, messieurs les voyageurs, à dix centimes !

Tous les gens que je rencontrais dans la rue por-

21.

taient l'uniforme d'une Compagnie dont le nom était inscrit sur les parements de l'uniforme ou au-dessus de la visière de la casquette.

Compagnie générale de la boulangerie.

Compagnie générale de la serrurerie.

Compagnie générale de la mercerie.

Compagnie générale de l'eau.

Compagnie générale du gaz, etc., etc.

Les Compagnies avaient remplacé les corporations, chaque citoyen était classé dans un chemin de fer ou dans une société industrielle.

Je remarquai quelques passants qui portaient l'habit et l'épée. On me dit que c'était des administrateurs de chemins de fer ou de Compagnies.

Les rues portaient le nom des principaux financiers de l'époque.

La place la Fayette s'appelait la place Pereire. Il y avait également le boulevard Rothschild.

La rue Mirès.

Le square Castorine.

La cité Bilboquet.

Parvenu au point de jonction de la rue Seilière et de la rue Alpaga, je fus arrêté par le défilé d'une centaine d'individus qui marchaient sur deux rangs sous la surveillance de gardiens armés de bâtons.

— Quels sont ces gens-là? demandai-je à un des gardiens.

— Ce sont des actionnaires, me répondit-il, que M. le baron Cabochard a demandés pour faire taire les grenouilles des fossés de son château.

La hiérarchisation était consommée. L'aurore de la féodalité industrielle se levait à l'horizon.

Arrivé sur le boulevard Rothschild, autrefois des Italiens, je vis que le passage de l'Opéra avait été transformé en temple.

La foule cependant se pressait sur les trottoirs, et se dirigeait du côté de la place de la Bourse, où allait avoir lieu l'imposante cérémonie de la prestation de foi et hommage au crédit financier, unique suzerain, par tous ses feudataires des autres entreprises.

Le crédit financier, la couronne en tête, le globe d'une main et le sceptre de l'autre, avait pris place sur son trône élevé sur une estrade au milieu de la place. Les délégués des diverses Compagnies vinrent tour à tour baiser ses genoux, et recevoir l'investiture de ses mains. Ensuite les Compagnies défilèrent.

Le défilé terminé, les portes de la Bourse s'ouvrirent, les colonnes étincelaient de dorures, partout le marbre, le jaspe, le porphyre. Quand le cortége du crédit financier pénétra dans le temple, un immense voile de velours se déchira, et l'on vit l'arche sur laquelle flamboyait ce mot de la religion nouvelle :

AGIOTAGE.

En même temps des voix mélodieuses se firent entendre.

CHŒUR DE JUIFS.

N'attendons plus le Messie, ô fils d'Israël ! il est

venu, son royaume est bien de ce monde, son nom est Saint-Simon.

Saint, saint, saint, trois fois saint.

C'est lui qui nous a tirés d'esclavage, c'est lui qui nous a donné l'empire et la domination ; il a béni l'usure, il a sanctifié l'agiotage.

Sion, réjouis-toi ; essuie tes larmes, Jérusalem éternelle, car tu vas refleurir sous les traits de Paris.

CHŒUR DE COULISSIERS.

Nos tribulations sont finies, nous sommes entrés dans la terre de Chanaan.

Le sergent de ville ne nous traquera plus sur les boulevards, nous pouvons agioter du matin jusqu'au soir.

Nous fonderons des Casinos partout où il nous plaira ; nous aurons des cercles, des jardins d'été et des jardins d'hiver pour y coter la rente.

Célébrons Saint-Simon et l'agiotage, l'agiotage et Saint-Simon.

CŒUR DE GENS DE LETTRES.

Un rôle nouveau nous attend dans la société nouvelle.

Nous nous tiendrons dans les galeries de la Bourse, et d'en haut nous encouragerons les coulissiers au travail.

Chante, Muse, les exploits de Castorine et d'Alpaga !

Nous adorerons l'industrie ; nous célébrerons l'agiotage ; nous ferons des hymnes sur les hauts fourneaux, des sonnets sur les mines, des épopées sur le crédit foncier. Nous célébrerons les rails, les waggons, les locomotives, les tenders, les gares, les tunnels, les traverses, les modestes coussinets.

Les gens de lettres ont vécu à la table des rois et des grands seigneurs ; ils trouveront bien une petite place à celle de l'industrie.

Pendant ce temps, la toile qui couvrait le fronton de la Bourse tombait aux acclamations du peuple, et laissait apercevoir un marbre représentant un homme nu, la tête surmontée du mystérieux triangle et faisant pleuvoir des sacs d'or sur le monde.

Au bas du fronton, on lisait en lettres d'or :

AU DIEU DES JUIFS.

A SAINT-SIMON.

La cérémonie terminée, je traversais le Palais-Financier (ex-Palais-Royal) pour entrer chez Véry.

Un pilori était dressé au milieu du jardin. Deux hommes y étaient attachés.

Je m'avançai, et je reconnus Victor Hugo et La-

martine, enchaînés au même poteau et entourés d'une
foule de gens qui les raillaient.

Un écriteau, placé au-dessus de leur tête, portait
ces mots :

POUR CRIME DE POÉSIE.

Là finit ma vision, et je me réveillai.

CHAPITRE XII.

J'étais riche, j'avais des chevaux, j'avais des flatteurs, j'avais des envieux, j'avais même parmi mes familiers un vrai comte ruiné dont j'avais fait mon maître d'hôtel.

Quand les clients, les visiteurs, les gens qui venaient me proposer des affaires encombraient mon cabinet, je faisais venir le comte en question et je lui disais devant tout le monde : « Que nous donnerez-vous à dîner aujourd'hui, monsieur le comte ? » Cette façon de parler à un gentilhomme à mon service produisait le plus grand effet. Mes commensaux appelaient ce comte maître d'hôtel « le premier gentilhomme de la chambre. »

J'avais un gentilhomme de la chambre ! ! !

Cependant, l'avouerai-je, malgré mes richesses, malgré mes flatteurs, malgré mes histrions, mes clients, mes joueurs de flûte, je n'étais pas heureux.

On me vantait à la Bourse, on m'enviait sur la place, mais on ne parlait plus de moi dans le monde des arts, des lettres et de la politique. Les revues n'écrivaient mon nom que pour le faire suivre ou précéder d'une épithète désobligeante ; les journaux sérieux étaient muets comme des poissons, ou ils se permettaient dans leurs feuilletons toute sorte de lazzi sur ma personne.

Celui-ci s'attaquait à mon abdomen, celui-là à mon faux col, cet autre à mes diners ; j'étais très-bien attaqué par mes ennemis et très-mal défendu par mes amis. Dans la petite presse, une nuée de frelons, de moustiques, de cousins et de maringouins litté-raires s'était éveillée et bourdonnait incessamment à mes oreilles. De ma liaison avec Bébé et avec les célébrités de l'époque, pas un mot ; pas un mot de mes anciens triomphes à l'Opéra et au *Monumental*.

Si encore j'avais été attaqué sérieusement ! A de certains moments j'aurais payé de la moitié de ma for-tune un de ces éreintements carabinés qui font mieux pour la gloire d'un homme que les plus brillantes ré-clames à cinq francs la ligne. Invinciblement et mal-gré moi je me ressentais de mon origine : j'avais com-mencé par la grosse caisse, je ne pouvais vivre sans la grosse caisse.

Paris lui-même, cet ingrat, cet oublieux Paris, n'avait pas l'air de se douter de mon existence. Quand je digérais mélancoliquement sur l'alphalte du boulevard, nul ne se retournait plus pour dire : « Le voilà ! » Le croirait-on ? Alex. Arpin, qui me devait encore douze mille lignes payables à douze jours de date, me coudoyait sans daigner me reconnaître. J'étais donc plus ignoré à ses yeux que le dernier de ses quarante mille amis intimes ? Arthur de Chaudrognac, que j'avais dressé à la démolition des grands hommes, Arthur de Chaudrognac, qui, dirigé par moi, avait massacré toutes les statues du Panthéon du dix-septième et du dix-huitième siècles, m'envoyait, quand il me rencontrait, un salut protecteur. Le petit Rocofane lui-même me traitait par trop familionnairement. Il fallait que cette pénible situation eût un terme.

— Comment sortir de cette impasse ? disais-je un jour à Gringalet, que j'avais pris pour confident de mes peines.

— J'ai une idée, me répondit-il. Organisons un musée, une ménagerie littéraire ; ayons à heure fixe des grands hommes que nous montrerons au public.

— Où voulez-vous en venir, Gringalet ?

— Nous écrirons aux anciens amis, Romiton, Rocofane, Cascaret... Mais non, reprit-il, ces gens-là sont à la fois trop et trop peu connus. Il faut des gens de rien pour jouer les grands hommes. Quel est le souverain authentique capable de porter le sceptre et le

II.   22

diadème aussi bien que le dernier cabotin des divers Odéons de la province? Prenez-moi le premier venu un critique du *Journal des Haras* ou un fabricant d'articles de modes. rasez-lui le front, cosmétiquez-lui les sourcils, et voilà le grand Victor. Trouvez ensuite un être replet avec des cheveux longs, c'est le prodigieux Honoré. Avec un peu de noir de fumée et des cheveux tirebouchonnés, vous fabriquez un superbe Arpin dit *le Rempart de la France et de la banlieue*. Un accent gascon, un air légèrement apothicaire donnent pour résultat un très-distingué Arthur de Chaudrognac, dit *la Résistance*. Il n'en faut pas plus pour avoir des grands hommes à la séance.

J'interrompis Gringalet.

— Votre idée serait bonne, lui dis-je, s'il s'agissait d'une spéculation, si je voulais montrer des grands hommes comme Curtius montrait ses figures de cire, pour de l'argent; mais, encore une fois, ce n'est pas d'argent qu'il s'agit; j'ai trop d'argent. C'est à ce point que si l'argent continue à monter dans ma caisse, je serai forcé, pour n'être pas submergé par cette marée métallique, de creuser des rigoles charitables et de distribuer des aumônes. Je veux qu'on parle de moi, qu'on s'inquiète de moi, qu'on s'occupe de moi. J'ai quelquefois eu l'idée d'offrir un banquet au peuple français, à l'instar des grands patriciens romains; mais le gouvernement s'opposerait à ce projet gigantesque, qui porterait mon nom jusque dans les hameaux les plus ignorés; et puis d'ailleurs cela coûterait cher.

— Puisque vous voulez qu'on parle de vous, qu'on s'inquiète de vous, qu'on s'occupe de vous, commencez par en parler vous-même, me répondit Gringalet. Donnez le branle, pendez-vous vigoureusement à la corde du bourdon, et secouez ferme. Tirez chaque matin un coup de pistolet, un coup de carabine et même un coup de canon à l'oreille du passant : Je suis Bilboquet, je m'appelle Bilboquet, Bilboquet *for ever*. Tout est provisoirement suspendu dans l'univers, politique, littérature, commerce, industrie, préoccupations publiques et privées, il n'y a plus que Bilboquet, Bilboquet, et toujours Bilboquet !

—Gringalet ! m'écriai-je exalté par l'éloquence de ce feuilletoniste, sais-tu ce que c'est que le journalisme ? C'est la tunique du Centaure, mon garçon. Quand une fois on a endossé ce paletot qui s'appelle un journal, on ne l'arrache qu'avec sa chair. Ah ! si je n'étais pas un homme si haut placé, je fonderais une feuille quelconque. Je parlerai de moi tous les matins ; j'expérimenterai jusqu'à quel point l'estomac du public, cet estomac de Lapithe, peut se résoudre à ingurgiter les gasconnades, les rodomontades et les fanfaronnades d'un homme d'esprit ; mais un homme comme moi, qui a dirigé la *Casquette de Paris* et le *Monumental*, ne peut pas tomber dans la petite presse, ce serait déchoir. Il faut donc que je trouve une autre combinaison pour attirer sur ma personne l'attention publique et entourer le grand nom de Bilboquet de l'auréole de la considération.

Gringalet réfléchissait ; je roulais moi-même dans

mon cerveau toutes sortes de projets. lorsque la
Providence entra dans mon cabinet sous les traits de
Cabochard.

— Tu es triste, me dit ce grand homme ; tu es
blasé sur le billet de banque. Tu as bien quelques
vices, mais ils ne suffisent pas à te distraire ; il faut
absolument que tu te crées une ambition nouvelle. Si
tu étais un homme comme un autre, je te dirais :
« Va te promener en Italie, va admirer les chefs-
d'œuvre qui pullulent dans cette patrie des citron-
niers et de la mortadelle ; mais tu ne fais pas plus de
cas de l'Hercule Farnèse que de ta dernière parole
d'honneur. Tu aimes mieux le Tivoli de Paris que le
Colysée de Rome, et le bal Mabille que la coupole de
Saint-Pierre ; tu n'es pas un artiste, tu es un homme
sérieux : il faut donc te trouver une distraction plus
appropriée à ton caractère. Voyons ! n'y allons pas
par quatre chemins, veux-tu te faire nommer membre
de l'Académie française ?

Je crus n'avoir pas bien entendu, et je regardai
Cabochard pour voir s'il ne se moquait pas de moi.

— Ce que je te dis est très-sérieux, reprit-il, une
fois académicien, tu es classé ; ta position d'immortel
t'ouvre à deux battants la porte des salons les plus
impénétrables, la considération ne te quitte plus. On
parle de toi ; tu as un habit brodé de soie verte et un
chapeau à claque. C'est quelque chose.

— Mais, objecta timidement Gringalet, il faut avoir
publié quelques ouvrages pour se présenter à l'Académie française.

Cabochard se mit à rire.

Monsieur Gringalet, dit-il, je vous croyais moins naïf, où diable avez-vous vu qu'on n'arrivait à l'Académie qu'à califourchon sur un ou plusieurs volumes? Quand on n'a fait qu'un livre, on n'a que peu de chances d'entrer à l'Institut; quand on en a fait plusieurs, on n'y arrive jamais. Lorsque, au contraire, on est vierge de publication, on enfile le pont des Arts, on frappe à la porte du palais Mazarin, on entre dans la salle, on s'installe dans son fauteuil, et tous les collègues viennent vous féliciter. Il y a au moins deux façons d'être immortel, monsieur Gringalet. Balzac et M. le duc Pasquier sont immortels, voilà la ressemblance : le premier par son génie, le second par son brevet, voilà la différence.

Gringalet était ce qu'on appelle vulgairement *collé.*

— Ton idée me sourit assez, dis-je à Cabochard. J'aurai, comme tu le dis, une haute position dans le monde littéraire. J'assisterai à la séance hebdomadaire, cela m'occupera ; ensuite, je donnerai des dîners à mes collègues, ça fera très-bien.

— Et tu feras graver sur tes cartes: « M. Bilboquet, l'un des quarante de l'Académie française. » Je vais de ce pas faire insérer dans les journaux un petit avis qui annoncera que tu te mets sur les rangs. Je me charge de la rédaction: prépare-toi à faire tes visites à tes futurs collègues.

Le lendemain les journaux inséraient le fait suivant :

« Parmi les concurrents au fauteuil académique

22.

vacant, il en est un qui a les plus grandes chances
d'être élu. Nous voulons parler de M. Bilboquet.
M. Bilboquet n'est pas un de ces hommes qui publient
un volume par mois et fatiguent les lecteurs à le suivre dans ses enjambées littéraires. C'est un esprit
discret. Financier, ancien journaliste et homme du
monde, M. Bilboquet représentera à l'Académie cette
conversation charmante dont les traditions se perdent
de plus en plus dans notre pays. L'Académie est
moins un corps littéraire qu'un salon où les grands
esprits se réunissent pour causer. Telle a été la pensée du cardinal de Richelieu, son immortel fondateur,
quand il a institué la docte compagnie. C'est donc
comme homme du monde, comme homme de goût,
comme causeur aimable, et, pourquoi ne pas le dire
aussi ? comme protecteur des arts, que M. Bilboquet
sera très-bien placé au palais Mazarin. L'Académie a
déjà trop de littérateurs, ne l'oublions pas. »

Le Rubicon était franchi ; après avoir lu cet *entre-
filet* dû à la plume élégante de Cabochard et payé par
moi, je pensai à aller faire immédiatement mes trente-
neuf visites aux trente-neuf immortels.

Pendant que je m'habillais de noir de la tête aux
pieds, Atala tomba chez moi comme une bombe.

— Tu es gentil, me dit-elle, tu veux te faire nommer académicien et tu ne préviens pas les amis !

— La chose a été improvisée hier soir, je n'avais
pas encore eu le temps de t'avertir. Peux-tu faire
quelque chose pour moi dans cette circonstance solennelle ?

— Cette bêtise! Est-ce que je n'ai pas un pied partout? Est-ce que toutes les ficelles de la société contemporaine ne viennent pas aboutir à mon salon en passant par les alcôves de mes protégés? On connaît des fils et des neveux d'académiciens; on les fera agir ces jeunes gens; on fera l'article en ta faveur. J'ai déjà démoli ce matin tes deux concurrents auprès d'une perruque de la classe des inscriptions très-liée avec un immortel influent. — Qu'est-ce que c'est que les concurrents de Bilboquet? lui ai-je dit. — Un poëte et un historien! la belle affaire! Avec ça que c'est rare les historiens et les poëtes! Ça se remue à la pelle, et puis quoi! l'Académie irait encourager les lettres? ça serait du propre. On veut donc que les littérateurs pullulent comme les sauterelles d'Égypte? On veut don faire des tas de meurt-de-faim?

— Et qu'est-ce qu'elle t'a répondu ta perruque?

— Ceci et cela, et puis bien d'autres choses. J'ai paré toutes ses objections. Il n'y a pas de mais, lui ai-je dit; du moment que Bilboquet se présente, prenez Bilboquet.

Je compris à la façon dont Atala lançait ses arguments en faveur de ma candidature qu'elle pourrait m'être d'un grand secours. Elle me promit de voir celui-ci, de faire parler à celui-là, d'entraîner cet autre, et elle sortit en me laissant enchanté de sa visite.

— Si j'ai les femmes pour moi, pensai-je, je ne puis manquer d'avoir les hommes.

Je pris aussitôt le livre des adresses, je relevai tous

les noms des académiciens, je les classai par lettre alphabétique et je fis atteler.

J'allai au grand galop de mes chevaux chez la lettre A.

Elle était à la campagne. Je laissai ma carte chez le portier et je me rendis au domicile de la lettre B.

La lettre B me fit dire qu'elle n'y était pas. Nouvelle carte chez le portier, et fouette cocher jusque chez la lettre C.

La lettre C était partie la veille pour la Russie, où elle était allée solliciter la croix de Saint-André.

Quant à la lettre D, elle n'avait pas de domicile connu ; je fus plus heureux avec la lettre E, elle prenait médecine et consentit à me recevoir.

Je fis une entrée superbe.

— Ne vous dérangez pas, m'écriai-je en voyant que l'académicien s'apprêtait à se lever pour venir au-devant de moi.

— Monsieur, me dit en souriant la lettre E, vous voyez un immortel bien hypothéqué ; — cependant mon indisposition ne m'empêchera pas de causer un instant avec vous.

— Pas du tout, monsieur, dis-je aussitôt ; j'étais venu ici comme solliciteur littéraire, je m'y établis comme docteur.

— Comme docteur, vous êtes médecin ?

— Sans aucun doute, et j'en rends grâce au ciel, puisque mon art pourra peut-être apporter quelque soulagement à vos souffrances.

— Je ne veux pas abuser de vos instants ; vous veniez me parler de votre candidature ?

— Il n'y a plus de candidature sur le tapis, nous en parlerons un autre jour. Voyons, où souffrons-nous ? Est-ce au cœur ? au larynx ? à la poitrine ? avons-nous un anévrisme — ou une hémoptysie ?

— Je souffre de l'estomac.

— Très-bien. La gastrite est précisément ma spécialité.

— Il y a huit ans que je ne digère plus.

— Je ne demande que trois semaines pour vous faire digérer un bifteck aux pommes de terre, et un rostbif de rhinocéros.

— Serait-il vrai ? s'écria l'immortel, dont le visage s'épanouit tout à fait.

Je plongeai aussitôt dans mes anciens souvenirs de pharmacien, et je développai mes connaissances médicales. Je tirai un feu d'artifice de locutions scientifiques. Chacune de mes paroles étincelait aux yeux de mon auditeur comme une chandelle romaine. La charpente est excellente chez vous, ajoutai-je, l'épigastre seul est un peu affecté ; mais, en un rien de temps, on peut guérir l'épigastre le plus détérioré ; donnez-moi un estomac quelconque, un estomac sans ressorts, un estomac complétement obstrué, un estomac de papier maché, et, grâce à mon procédé curatif, je vous rends un estomac tout neuf, un estomac qui fonctionnera comme celui de l'autruche la mieux charpentée. Je m'étonne quelquefois que des gens d'esprit puissent encore souffrir de l'estomac.

— Mais, interrompit l'académicien, comment se fait-il que mon médecin...

— Il suit la vieille routine, il vous ordonne la diète, les laxatifs, les remèdes ; je parie qu'il vous défend le vin.

— C'est vrai.

Buvez-moi du vin, morbleu ! du vin de Bordeaux, le matin, à midi et le soir ; du vin sans cesse et toujours ; laissez les légumes, absorbez des côtelettes, et dans quinze jours vous serez sur pied. Du reste, vous m'appartenez jusqu'à complète guérison. Vous êtes mon client, je suis votre docteur, et je prends l'engagement de faire de vous l'académicien le plus robuste de ce temps-ci.

— Mon cher monsieur, me dit la lettre E en me tendant la main, à charge de revanche, — ne parlons pas de cela, m'écriai-je en me levant. Je sortis ravi et certain que la voix de la lettre E m'était acquise. Je courus aussitôt chez la lettre F, la lettre F me reçut d'une façon solennelle ; elle me montra un siége et me dit :

— J'ai appris par les journaux, monsieur, que vous vous présentiez comme candidat au fauteuil vacant. C'est, sans doute, un très-grand honneur pour la compagnie dont je fais partie. Lés hommes comme vous sont rares, monsieur, et l'on est toujours trop heureux de les compter au nombre de ses collègues ; cependant, je vous avoue que je ne donnerai ma voix qu'à un candidat qui partagera mes opinions littéraires ; je ne vous demande pas une profession de foi, je suis trop poli pour cela ; cependant je ne serais pas fâché de connaître vos idées en littérature.

— Je n'avais pas prévu l'interrogatoire ; mais, comme un homme d'esprit n'est jamais embarrassé, je me remis bien vite.

— Mes idées sont les vôtres, monsieur, dis-je à la lettre F ; elles sont celles de tout homme sensé. Ce que vous voulez, je le veux ; où vous tendez, je tends ; c'est vous dire en deux mots qu'elle est ma manière de voir.

— Ainsi, vous êtes pour la liberté complète...

Je vis que j'avais affaire à un homme de la jeune école, et je résolus de le dépasser d'un bond.

— Je dirais plus, si je l'osais, repris-je en collant sur mes lèvres un sourire d'adhésion à toutes ses paroles ; je dirais que je suis pour l'anarchie... en littérature, bien entendu.

— Bien entendu, répondit notre homme. La politique veut des règles Les conditions de notre société l'exigent ; mais la littérature...

— C'est tout à fait mon avis.

— Shakspeare ne connaissait pas de règles, lui.

— Et il avait bien raison.

— Il marchait dans sa force et dans sa liberté, comme dit le poëte.

— Aussi quel homme ! c'est le plus beau fleuron de la couronne littéraire de la Grande-Bretagne.

— Et du monde entier. Que dites-vous de Worsworth ?

— Plaît-il ?

— Je vous demande ce que vous pensez de Worsworth?

Je n'avais jamais entendu prononcer ce nom barbare, mais je répondis avec aplomb :

— Très-beau, très-beau, très-beau.

— Un peu mou...

— Oh! pour mou, il l'est, c'est vrai ; il a de la mollesse, de la..... il n'a pas la force.....

— Enfin c'est un lakiste?

J'avais mal entendu.

— C'est vrai, dis-je, c'est un banquiste, mais tout le monde l'est plus ou moins.

La lettre F me regarda d'un air étonné d'abord, puis elle se mit à rire et me dit :

— Vous êtes un homme d'esprit, monsieur Bilboquet ; je m'estimerai heureux de vous avoir pour collègue. Je n'ai que cela à vous dire.

Je sortis radieux de chez la lettre F et je volai chez la lettre G.

La lettre G était cacochyme, catarrheuse, et elle portait un bonnet de soie noire. Mine et tenue d'aile de pigeon littéraire. — La lettre G avait dû faire représenter un *faux Smerdis*, en cinq actes et en vers, sous l'Empire.

— Monsieur, lui dis-je tout de suite en entrant, je viens vous demander votre voix, parce que les saines doctrines sont menacées et que je suis un des plus zélés partisans des saines doctrines. Où allons nous, grand Dieu? la barbarie triomphe du bon sens, Racine est arraché de son piédestal et traîné aux pieds de la statue du barbare Shakspeare. Tout à l'heure encore on m'a parlé de Worsworth. Les Goths, les Visigoths et les Ostrogoths se sont emparés de l'empire d'Euripide; chassons-les. Rendons au théâtre son ancienne splendeur; brûlons les drames, cette monstruosité septentrionale, et que la tragédie, cette belle fille de la Grèce antique, renaisse parmi nous. Où êtes-vous, Arcas, Arbate, Orosmin, Euphorbe, Corasmin, Julie, Œnone, Fatime, vous tous les confidents et les confidentes? Où êtes-vous, Agamemnon, Pyrrhus, Artaxerce, Astyanax, Vercingétorix, Ptolémée, Pertinax, Clytemnestre, Nanine, Hermione, Phèdre, Rodogune, Brunehaut, vous les rois et les reines de l'alexandrin classique?...... Où êtes-vous aussi, vous.....

A cet endroit de mon évocation, la suivante de ce tragique, en bonnet de soie noire, me tira par la basque de mon habit.

— Le pauvre cher homme est sourd comme un pot, me dit-elle.

— Très-bien, répondis-je. Veuillez alors lui faire comprendre que je brigue l'honneur d'être son collègue à la prochaine élection.

Et je glissai une pièce de quarante francs dans la main de l'Œnone septuagénaire qui venait de me parler, puis je sortis de chez la lettre G sans aucun remords d'avoir corrompu la tragédie.

La lettre H me parla dictionnaire.

II.   23

— On a le tort de croire, me dit la lettre **H**, que l'Académie est instituée dans le simple but de donner aux hommes de lettres une retraite honorable ; le palais Mazarin n'est point un hôtel des invalides. L'Académie est chargée d'un précieux dépôt ; c'est elle qui tient la langue sous sa sauvegarde et la transmet aux générations. Croiriez-vous, monsieur, que parmi nos collègues il en est qui voudraient altérer, par l'introduction de termes bas et populaires, la majesté de notre idiome ? Quant à moi, monsieur, je suis l'adversaire, l'ennemi, l'irréconciliable ennemi du néologisme, qu'il vienne d'outre-mer, d'outre-Rhin ou d'outre-mont. Le néologisme est ma bête noire, je le poursuis partout, et je le combattrai jusqu'à la mort.

— La langue française est heureuse, monsieur, de posséder des défenseurs tels que vous ; et tant que vous serez là pour la protéger, elle n'aura rien à craindre, Dieu merci !

La lettre H me serra la main avec effusion.

— Croiriez-vous, monsieur, me dit cet immortel formaliste en me reconduisant jusqu'à la porte, que je suis brouillé avec mon meilleur ami, parce qu'il avait employé un jour devant moi le mot *confortable* ?

— Si je le crois ! m'écriai-je. A votre place, j'en aurais fait autant.

La lettre H doit être enlevée, me dis-je, en me rendant chez la lettre I.

Je connaissais la lettre I de réputation ; je savais

qu'elle posait pour les gros souliers, la rondeur dans les façons, les calembours et le patois bourguignon.

— Eh ! bonjour donc, not' mait' ! lui dis-je en arrivant ! vous voyai un homme qui voudrait ben entrer dans vot' compagnie, et il en serait flatté itou.

— Comment q'vous appelai, me demanda-t-il.

— M'sieur Bilboquet.

— Est-ce que vous seriai Morvandiau ?

— J' le crai ben.

— Tapai là.

— Avec plaisi.

— Moi, voyai-vous, j'voudrais q'tous les Morvandiaux seyent de l'Académie. Du moment q'vous êtes du pays, vous avai des droits. Tout pour soi et l'reste pour les amis, je n'connais qu'ça. Ben des choses cheu vous et comptai sur moi.

Je courus, enthousiasmé de mon succès, chez la lettre J.

La lettre J me dit tout net qu'elle ne donnait sa voix qu'à ses amis de collége.

— Nous sommes six, ajouta-t-elle, qui avons fait le serment de nous faire la courte-échelle. Cinq ont déjà escaladé le roc académique ; le sixième est un de vos concurrents ; c'est un âne, mais cet âne est mon ami et il a ma parole.

Je pris immédiatement congé de cet immortel et sortis sans le saluer.

La lettre K me fit un long discours sur l'objectivité et la subjectivité, discours auquel je ne compris pas

un mot, tout en disant *très-bien* chaque fois que
l'orateur reprenait sa respiration. J'ai retenu des
phrases dans le genre de celles-ci : Le subjectif est à
l'objectif ce que le moi est au non-moi; et réciproque-
ment, le moi est au non-moi, ce que le subjectif est
à l'objectif. L'existence du subjectif démontre l'existence de l'objectif, comme l'existence du moi démontre
celle du non-moi. — Moi et non-moi, subjectif et objectif : il n'y a que cela dans l'univers, qui ne peut
exister qu'à la condition d'être l'objectif du subjectif,
et le non-moi du moi. Je suis mon moi, comme vous
êtes mon non-moi, et vous ne pouvez pas plus empêcher mon moi d'être mon moi que je ne peux empêcher votre moi d'être votre moi. Est-ce clair?

— Je le crois parbleu bien ! Qui est ce qui ne comprendrait pas cela?

— Eh bien, monsieur, parmi mes collègues de
l'Académie, il n'en est pas un seul qui soit capable
de me comprendre. C'est une honte pour notre siècle.

La lettre L me lut une épître familière adressée à
un serin.

La lettre M me dit qu'elle consulterait son confes-
seur avant de m'accorder sa voix.

La lettre N me fit un cours complet sur la littérature facile et la littérature difficile. — La littérature
facile, me dit cette pédantesque lettre N, c'est la littérature de l'imagination, de la verve, de la fantaisie
et de l'esprit. Tout le monde peut se livrer à cette
littérature-là et réussir plus ou moins. Mais la litté-

rature difficile, qui consiste à copier les vieux auteurs, à présenter, pour la centième fois, sous de vieux oripeaux, une vieille idée empruntée à de vieux Grecs ou à de vieux Latins : voilà le rare et le fin du fin. Les notes, les scholies, les préfaces, les commentaires, tout cela rentre dans le domaine de la littérature difficile par excellence. C'est par cette littérature que je suis arrivé à l'Académie, aux honneurs, aux sinécures ; et, croyez-moi, monsieur Bilboquet, pour des gens sérieux comme vous et moi, c'est la seule bonne, la seule qui réussisse, la seule qui vous pose véritablement sur le socle inébranlable de l'émargement.

— Je me retirai, enchanté de la lettre N, et plein d'admiration pour son génie.

La lettre O était tombée en enfance.

Chez la lettre P, autre guitare.

— Monsieur Bilboquet, me dit cette lettre pansue et aristocratique, je n'accorde jamais ma voix qu'aux gens qui sont nés. Êtes-vous né? vos pères combattaient-ils aux croisades? portez-vous d'azur à l'épervier d'or, avec une fleur de lis au chef? L'Académie a des traditions qu'elle doit suivre et respecter ; il nous faut quelques grands seigneurs. Êtes-vous grand seigneur?

Cette demande, faite à brûle-pourpoint, ne me déconcerta pas.

Les Bilboquet, monsieur, répondis-je, se perdent dans la nuit des temps. Aux premiers jours de la Renaissance, partout où se trouvait le roi, il y avait à

25.

côté de lui un Bilboquet. Le roi Charles IX, de sainte mémoire, ne pouvait vivre sans avoir un Bilboquet à ses côtés. Il en était de même de Henri III. Je crois donc remplir, sans vanité, les conditions que vous exigez d'un candidat au fauteuil.

Votre réponse me suffit, monsieur, me dit le grand seigneur ; vous pouvez hardiment compter sur ma voix.

Quand j'arrivai chez la lettre Q , elle tenait à la main un long martinet.

Donnez-vous la peine d'entrer, me dit-elle ; j'étais en train de m'administrer la discipline ; c'est une de mes heures de flagellation : à huit heures du matin, à midi, à six heures et à dix heures du soir, quatre disciplines par jour. J'espère arriver à cinq , avec la grâce de Dieu ! Quel est votre chiffre ?

— Je ne me flagelle que deux fois par jour, répondis-je, mais je porte un cilice.

— C'est une bonne chose, monsieur Bilboquet, mais cela ne vaut pas la discipline : la discipline dompte la chair et soumet l'esprit. J'ai vainement conseillé jusqu'à ce jour ce moyen de gouvernement aux différentes administrations qui se sont succédé, aucune n'a voulu l'accepter complétement ; mais je ne perds pas tout espoir. Quelle belle chose ce serait, cependant, si toute une nation voulait se soumettre à cette hygiène. On se flagellerait en commun, on s'inviterait à la flagellation : « M. un tel a l'honneur de prier madame une telle de vouloir bien venir se flageller chez lui tel jour, à telle heure ; il y aura des verges fraiches. » Avouez que ce serait charmant.

— Charmant.

La lettre Q me parla pendant une heure sur ce ton. Je me gardai bien de n'être point de son avis. J'ai appris depuis, par Atala, que la lettre Q avait des relations avec une danseuse.

J'abrége. Je ne veux pas fatiguer le lecteur en lui retraçant dans tous les détails mes trente-neuf visites aux trente-neuf académiciens.

Le soir, je rentrai chez moi éreinté, exténué. Je me mis au lit, et je dormis pendant vingt-quatre heures.

Atala me tint parole ; elle remua le ciel, la terre, et surtout l'enfer. Ma nomination était assurée. Déjà je recevais les félicitations de mes amis, et j'avais commandé mon costume. L'épée au côté m'allait comme un gant.

Je fis préparer un grand diner pour le jour de ma nomination, qui devait avoir lieu le jeudi suivant.

Ce grand jour arriva.

A l'unanimité, je ne fus seulement pas porté sur la liste des candidats ; dans ma fureur, je lançai quarante épithètes, en guise de quarante catapultes, contre les quarante fortins académiques.

Cabochard accourut chez moi.

— Ne te plains pas, me dit cet homme fort, tu n'es pas trop mal partagé ; tu n'as pu obtenir un des quarante fauteuils du palais Mazarin , mais personne ne

peut t'empêcher de prendre place sur le quarante et
unième, ce quarante et unième fauteuil, dans lequel
se sont tour à tour assis Molière, Jean-Jacques Rous-
seau, Lesage, Beaumarchais, Balzac, Lamennais et
Béranger.

Malgré les paroles de Cabochard, je ne pouvais me
consoler. Le coup avait été trop rude. Comme je ne
voulais absolument pas rester sur cet échec, je me fis
immédiatement recevoir, moyennant vingt-cinq francs
une fois versés, membre de l'Institut... historique.

CHAPITRE XIII.

Ce fut à peu près vers cette époque que je connus familièrement un des hommes les plus célèbres, les plus distingués et les plus adulés de notre temps. Je veux parler de M. Succès.

Quel homme, en effet, que ce M. Succès ! quelle figure souriante ! quelle aimable tournure ! quelle florissante santé ! quelle belle panse et quel vaste estomac ! Reçu partout, envié partout, toujours heureux, toujours allègre, toujours le visage épanoui, empressé auprès des grands, familier avec les petits, un pied dans le faubourg Saint-Germain, un pied dans le faubourg Saint-Honoré, dînant chez celui-ci, soupant chez celui-là, fréquentant les ministres, ayant ses grandes et ses petites entrées partout ! M. Succès a été plus fort que Robespierre, que Danton, que Mirabeau, que Napo-

léon, que l'empereur Alexandre, que le général Blu-
cher, que M. de Chateaubriand, que madame de Staël,
que le général Foy, que Lafayette. M. Succès a été
tout bonnement et est encore le plus grand homme de
notre siècle.

Quel est son âge? On l'ignore. Pas une ride sur le
visage, pas un rhumatisme à la jambe où à l'épaule,
il marche droit comme un i, et depuis soixante années personne n'a fait preuve d'une plus grande flexi-
bilité de jarret pour monter à l'escalade des places,
des honneurs et des dignités. Toujours dans son lit le
jour du combat, il s'est toujours montré au premier
rang le lendemain de la victoire; et que de victoires
il a remportées les mains dans ses poches! Lui de-
mandez-vous son avis? il a le vôtre. Voulez-vous un
conseil? il vous adresse une flatterie. Souple comme
un gant, adroit comme un prestidigitateur, gai
comme un pinson, c'est l'homme heureux par excellence, l'homme qu'il faut offrir comme un modèle à
suivre aux tristes générations de notre temps.

Un soir, après boire, M. Succès a daigné me confier l'histoire de sa vie. Cette vie est trop féconde en
enseignements pour que je ne me croie pas forcé de
la raconter à mes lecteurs.

En 1788, M. Succès était un des coiffeurs les plus
à la mode; et sans la funeste catastrophe de 1789, il
est probable qu'il aurait enlevé la palme de la frisure
au célèbre Léonard. Jeune, agréable, bien tourné, admis aux mystères de la toilette des duchesses, rôdant
chaque matin autour de la vicomtesse et de la mar-

quise comme le serpent autour d'Ève, attendant l'occasion, papillonnant aussi longtemps qu'il lui plaisait autour d'une tête charmante, ayant le droit de la regarder avec amour à mesure qu'il contribuait à l'embellir, M. Succès trouva parfois le secret de plaire. « L'heure du coiffeur, me disait-il un jour, fut souvent pour moi l'heure du berger. »

On sait quels funestes événements éclatèrent vers cette époque ; les rugissements du tigre parisien parvenaient jusque dans les aimables boudoirs de Versailles. M. Succès, qui devait tout aux belles dames dont il parfumait la chevelure, leur resta fidèle jusqu'à la fin, c'est-à-dire jusqu'au moment où la poudre émigra avec les tresses aristocratiques. Mais, amant de son pays avant tout, on ne le vit pas, comme Léonard et tant d'autres, porter à l'étranger son fer à friser et ses talents. M. Succès resta à Paris, au milieu de ses compatriotes régénérés. Pas une plainte ne sortit de ses lèvres ; il se hâta de suspendre son épée, il vendit son habit écarlate, sa culotte couleur de soufre, et endossa patriotiquement une carmagnole ; il fit même le sacrifice de ce beau langage, dont il avait retenu quelques bribes dans la fréquentation des belles dames, et adopta sans effort les locutions les plus brutusiennes.

Garde nationale, il cria Vive Lafayette ; clubiste, il appuyait les propositions des hommes les plus énergiques de la montagne ; complétement emporté dans le courant des idées nouvelles, on le vit danser la carmagnole autour de l'échafaud du 21 janvier. Il

poussa l'abnégation jusqu'à déposer contre la reine
Marie-Antoinette, qu'il appelait la femme Capet.
Tant de zèle ne pouvait rester sans récompense. La
Convention nationale avait besoin d'hommes énergi-
ques et dévoués. M. Succès fit valoir modestement
ses services et alla siéger derrière Robespierre.

Robespierre fut le dieu de M. Succès; il ne jurait
que par lui, il ne voyait que par lui, il ne croyait
qu'en lui; son enthousiasme était si grand, qu'il ne
donnait pas au dictateur le temps de formuler une
proposition; il déposait son vote d'avance, puis il
écoutait, bouche béante, attendant le moment de
donner le signal des applaudissements. Si M. Succès
n'eût pas eu la colique à la fameuse séance où Tallien
accusa Robespierre, ce dernier était sauvé, et la
France n'aurait pas eu à inscrire dans son calendrier
politique la date du 9 thermidor.

Ceux qui connaissaient l'admiration que professait
M. Succès pour Maximilien, pensaient que l'élève ne
survivrait pas au maître; mais M. Succès fut, dans
cette circonstance, sublime de résignation et de dévouement. La patrie est tout, s'écria-t-il, les hommes ne
sont rien; éloignons de notre cœur un souvenir qui
ne pourrait que l'amollir; la République a besoin de
tous ses enfants, vivons pour la République.

Et, repoussant comme un spectre importun le
souvenir du passé, M. Succès donna un nouvel exemple de patriotisme en offrant publiquement la main à
Tallien et en s'enrégimentant dans la tribu thermi-
dorienne.

Aussitôt M. Succès se transforme, tant est fervent, dans le cœur de cet honnête homme, l'amour de la patrie, tant il craindrait, par une ombre d'opposition, d'entraver la marche du gouvernement! Il avait poussé à la violence; du jour au lendemain, il change de système. « La terreur a fait son temps, est-il le premier à dire; ne nous immobilisons pas dans une idée; soyons, avant tout, un homme de progrès » Et, jetant bas la carmagnole, il endosse l'habit de soie, porte des cadenettes, des breloques en acier et une trique formidable. Il est tout à la clémence, au bonheur, au plaisir, à l'oiseau qui chante, à l'aurore qui renaît, au soleil qui se lève; il fredonne le matin, il danse le soir; il fait de petits vers, comme madame Deshoulières; il sourit à celui-ci, il serre la main à celui-là, et il assiste au bal des victimes. Quand on le voit paraître quelque part, on dit :« C'est ce bon monsieur Succès!» Et chacun lui fait accueil et s'empresse autour de lui. Heureux monsieur Succès! honnête monsieur Succès! Qu'on vienne dire, après cela, que la vertu ne trouve pas sa récompense !

De tous les beaux du Directoire, le plus élégant, le mieux étoffé, le plus sautillant, le plus grasseyant et le plus charmant, c'est M. Succès; il donne sa petite *paôle* panachée que la France n'a jamais été plus heureuse, plus fière au dedans, plus respectée au dehors. M. Succès est l'habitué des soupers du Luxembourg. Il mange avec Barras, il boit avec Barras, il est triste avec Barras, il est gai avec Barras, il pleure et il sourit avec Barras !

II.   24

— Que pensez-vous de Napoléon Bonaparte? lui demanda celui-ci, un soir qu'ils vidaient des flacons à la prospérité de la République.

— Eh! eh! répondit M. Succès.

— Citoyens, reprit Barras en se tournant vers les convives, M. Succès a dit : Eh! eh!

— Un honnête homme n'a que son opinion. Je l'ai dit et je le soutiens, répondit M. Succès.

— Il faut décidément nous débarrasser de Bonaparte et l'envoyer en Égypte, dit le directeur.

Et voilà comment M. Succès envoya en Égypte le jeune vainqueur de Montenotte et d'Arcole.

Au 18 brumaire, M. Succès fut un des premiers à sauter par les fenêtres du palais de Saint-Cloud; mais le lendemain il y rentrait par la porte. Il voulait voir le général Bonaparte, embrasser les genoux du général Bonaparte. — « C'est lui, s'écriait-il les larmes aux yeux, c'est lui qui nous a préservés de l'anarchie : la France se mourait d'épuisement. Grâce au nouveau sauveur, elle va renaître. Où est le général Bonaparte, que je baise la semelle de ses bottes? »

Bonaparte reçut M. Succès et lui dit :

— Je vous connais; c'est vous qui, interrogé par Barras, avez dit à propos de moi : Eh! eh!

— Général, répondit en s'inclinant M. Succès, j'ai dit : Ah! ah!

Le premier consul regarda M. Succès et comprit tout de suite qu'il fallait ménager un pareil homme.

Quelque temps après, M. Succès recevait sa nomination de sénateur.

Pendant treize ans, il servit l'empereur avec fidélité, avec dévouement; pendant treize ans, Napoléon fut pour lui le César moderne, l'Alexandre moderne, le Charlemagne moderne, le Sésostris moderne. Mais ce qui prouve bien que M. Succès ne se laissait pas aveugler par son admiration, c'est que, dès 1813, il correspondait en secret avec les agents de Louis XVIII à l'étranger. Après la bataille de Leipsick, il ne craignit pas de dire tout haut, dans son salon, devant sa femme et ses enfants, que l'empereur Napoléon allait trop loin : belle parole, qui démontre que l'indépendance ne meurt pas dans notre beau pays !

Quelques mois plus tard, le sénateur M. Succès prononçait la déchéance de Napoléon. Toujours soutenu par son patriotisme, il démontra, dans un discours plein de sens, que la France ne pouvait plus longtemps se plier au joug de l'ogre de Corse et que Buonaparte était un perturbateur du repos public.

Après avoir prononcé ces belles paroles, il se fit une écharpe de son mouchoir blanc et alla au-devant des Cosaques. Ainsi, après la défaite de Cannes, le sénat romain se rendit processionnellement au-devant des consuls et les félicita de n'avoir pas désespéré du salut de la République.

Dans ces jours agités, M. Succès se multiplie, il est partout en même temps : aux Tuileries, chez l'empereur Alexandre, chez M. de Talleyrand, chez madame de Krüdner; il est prêt à tous les sacrifices. On peut couper la France en petits morceaux, M. Succès est trop patriote pour s'y opposer. On le fait pair, et il retourne au Luxembourg, dont il connaît le chemin depuis le Directoire. L'usurpateur revient, et M. Succès, qui n'a pas gardé rancune des injures qu'il a adressées à Napoléon, consent à se *dépairiser* pour se *resénateuriser*, puis il se *desénateurise* de nouveau pour se *repairiser* de plus belle. Admirable chose que le dévouement et la fidélité à une opinion !

Vous avez vu M. Succès sous la Restauration. Ce n'est certes pas lui qui a suscité le moindre embarras à ce gouvernement : très-bien avec M. de Richelieu, très-bien avec M. de Cazes, très-bien avec M. de Villèle, très-bien avec M. de Martignac, il était au mieux avec le prince de Polignac, lorsque celui-ci eut la faiblesse d'être le moins fort le 29 juillet 1830. Les hommes ne sont rien, le pays est tout : telle est, on le sait, la devise de M. Succès, et M. Succès cria vive le roi de son choix, de sa plus belle voix.

La période de juillet fut réellement le plus beau moment de M. Succès. Ce gouvernement de conciliation ne prisait que l'expérience, il fallait des hommes d'expérience; on n'était pas garde champêtre si l'on n'était pas d'abord un homme expérimenté. Je vous laisse à penser si l'expérience de M. Succès eut beau jeu; aussi n'était-il question partout, au château, dans les ministères, à la Chambre des pairs et à la Chambre des députés, que de l'expérience, de la modération et de la sagesse de M. Succès. M. Succès n'était ni trop ultramontain, ni trop gallican, ni trop universitaire, ni trop clérical, ni trop royaliste, ni trop parlementaire, ni trop ministériel. C'est lui qui disait : « Ne découvrons pas la couronne, chacun chez soi, chacun pour soi, enrichissons-nous, on ne m'arrachera mon traitement qu'avec ma vie, » et mille autres belles paroles qui ne seront pas perdues pour la postérité. Dans les moments où il ne parlait pas, M. Succès accaparait des bureaux de tabac, des bureaux de poste, plaçait ses fils, plaçait ses filles, plaçait ses neveux, plaçait ses nièces, plaçait ses cousins et plaçait ses cousines ; il tenait bureau de placement. Personne, mieux que lui, ne connaissait les dates de la grande nécrologie ministérielle : il avait servi le 13 mars, applaudi au 11 octobre, encouragé le 6 septembre, admiré le 12 mai, chanté la romance de l'équilibre européen avec le 1er mars et adulé le 29 octobre. C'et esprit facile et intelligent allait de M. Thiers à M. Guizot, de M. Molé à M. Dupin, de Caïphe à Pilate, de Charybde à Scylla. Où ne serait-il pas allé, sans le 24 février 1848? « Nous courons à une catastrophe, » s'écriait-il le 24 au matin. « Vive la Révolution! » disait-il le soir ; et, de fait, le 25, M. Succès n'avait jamais cessé d'être républicain; le 26 il était ouvrier.

Je ne veux pas poursuivre le récit de cette vie si bien remplie. Qu'il me suffise de dire que M. Succès est plus jeune, plus frais, plus alerte, plus pimpant qu'il n'a jamais été. Ce galant homme me disait mélancoliquement, un jour que nous causions ensem-

24

ble des grandes choses de notre temps : « Je ne connais que trois hommes qui, dans le carnaval contem-
porain, n'aient jamais changé : M. de Lafayette,
Charles X et moi. »

Il avait raison.

Et remarquez que, de ces trois hommes, M. Succès
est le seul qui ait survécu. — Il ne mourra pas de
sitôt.

CHAPITRE XIV.

Sur ces entrefaites, je devins père inopinément.

Il est, je crois indispensable de raconter au lecteur ce mémorable événement de ma vie.

Un matin, j'étais tranquillement occupé à parcourir les papiers publics éparpillés sur mon bureau, lorsque Chalumeau vint me prévenir qu'un inconnu demandait à me parler.

— Je ne reçois pas les inconnus; qu'il se nomme.

Chalumeau sortit et rentra immédiatement.

— La personne qui désire parler à monsieur s'appelle d'Orvilly.

— D'Orvilly ! Qu'est-ce que c'est que ça? Faites entrer.

Un jeune homme parfaitement ganté et cravaté se présenta à la porte de mon cabinet.

— Monsieur, me dit d'Orvilly lorsque nous fûmes seuls, je viens vous parler d'une affaire importante.

— Une affaire de Bourse, une spéculation, j'en ai par-dessus la tête.

— Il ne s'agit pas d'une affaire de Bourse, monsieur ; ce que j'ai à vous dire a plus de gravité.

— Veuillez alors vous expliquer promptement ; je suis pressé.

J'avais reçu le jeune homme debout. Il promena ses regards autour de la chambre, roula un fauteuil près de la cheminée et s'y installa confortablement.

— Je ne vous cacherai pas, reprit-il après s'être enfoncé dans le fauteuil que je serai peut-être un peu long.

Je trouvai les manières d'agir de l'inconnu un peu trop sans gêne.

— Je n'ai pas l'habitude, lui dis-je, d'être à la disposition des personnes que je ne connais pas.

— Avant deux minutes vous me connaîtrez, me dit le jeune homme avec un sourire perfide qui ne me présageait rien de bon.

— Veuillez alors vous expliquer, monsieur.

— Monsieur Bilboquet, reprit M. d'Orvilly, avez-vous souvenance de Paméla Rigolo, plus connue dans le monde dramatique sous le nom de madame Vandermichen ?

— Paméla Rigolo ! m'écriai-je en plongeant dans le brouillard de mes souvenirs.

— Paméla Rigolo *olim* première Dugazon au théâtre royal de la Haye.

— De la Haye ! balbutiai-je..., car ce nom me rappelait tout à coup une aventure depuis longtemps effacée de ma mémoire.

— De la Haye, continua impitoyablement le jeune homme. Une belle ville, un peu humide en hiver. Au reste, la température de Paris n'est guère plus agréable que celle de la Hollande ; brrr, il fait un froid aujourd'hui.....

— C'est vrai, répondis-je, sans trop savoir ce que je disais.

— Je vous ai dit que je serais peut-être un peu long. Si, par hasard, vous aviez besoin de vos instants.....

— Non, non, continuez.

— Paméla Rigolo, je veux dire madame Vandermichen, mit au monde un fils. Ce fils fut reconnu par un homme qui était à cette époque l'amant de cette cantatrice ; cet homme.....

— C'était moi.

— Vous l'avez dit.

Je me rappelai en effet que pendant mon séjour en Hollande j'avais eu la faiblesse de reconnaître un enfant sans réfléchir aux terribles conséquences de la paternité. Je me levai et j'arpentai la chambre à grands pas, encore tout étourdi de la tuile qui venait de me tomber sur la tête.

— Et cet enfant a vécu ? demandai-je à mon interlocuteur. Où est-il ?

— A Paris.

— Que veut-il de moi ?

— Il veut ce que voudrait tout autre à sa place : il
veut vous embrasser et vous appeler son père...

— Diable ! et vous, monsieur, vous connaissez ce
fils qui me tombe de la lune.

— Beaucoup, monsieur,

— Que fait-il ?

— Je vais, si vous me le permettez, vous raconter
son histoire.

— J'écoute, monsieur, dis-je au jeune homme.

M. d'Orvilly se moucha, toussa deux ou trois fois
et commença son récit :

— Votre fils, que nous appellerons Oscar, si vous le
voulez bien, eut l'existence de presque tous les enfants qui sont abandonnés par leurs parents. Successivement prodige dramatique, mousse, saute-ruis-
seau, il fit ses débuts à Bordeaux comme homme du
monde. N'ayant pas de famille, il s'en créa une : il se
fit passer pour le fils d'une personne noble compro-
mise dans un complot politique, et que le soin de sa
sûreté avait forcée de fuir à l'étranger. Reçu dans les
cercles en sa qualité de victime, il y apprit un peu de
français et les éléments du lansquenet et de la bouil-
lotte. Monsieur votre fils, jeune, beau, distingué de
tournure, était de l'école du chevalier de Grammont
et de Casanova. Il pensait que la fortune contraire
doit être corrigée, et il la corrigeait. Ne vous récriez
pas, monsieur Bilboquet. Délaissé par son père, délaissé par sa mère, comment aurait-il pu apprendre à
se diriger dans la vie ? Il n'était, à proprement parler,
l'enfant de personne, mais un champignon social.

J'étais abasourdi par cette révélation. Je me remis aussitôt.

— Il vécut assez bien à Bordeaux pendant près d'un an ; il y fit même une certaine figure ; puis il vint à Paris.

A Paris, il résolut de vivre autant que possible en honnête homme. Il fut encouragé dans cette résolution par l'amour qu'il avait su inspirer à une femme distinguée dont je tairai le nom. Lui-même était fort épris : cette passion l'avait complétement régénéré.

Un soir de l'hiver dernier (c'était au début de son amour), il assistait à un bal costumé qu'offrait à la société parisienne une de nos illustrations militaires. Les salons resplendissaient d'un luxe inouï. Un jeune homme revêtu du costume de Louis XIII se tenait dans l'embrasure d'une fenêtre. C'était Oscar.

Tout à coup un homme d'une quarantaine d'années passa, donnant le bras à une bergère Pompadour d'une éclatante beauté. Rien de plus suave, de plus charmant que cette femme qui pouvait avoir tout au plus dix-huit ans. A sa vue, Oscar s'était penché pour la saluer. La jeune femme répondit par une inclinaison de tête accompagnée d'un sourire d'une grâce ineffable.

Tout à coup un jeune homme s'approcha d'Oscar. Ce jeune homme, Italien de naissance, a un nom qui doit vous être connu, il se fait appeler M. le baron de Calpigi.

— Parbleu, mon cher ami, dit le baron à Oscar,

nous en tenons pour madame de... (J'appellerai cette
femme madame de Freneuse.)

— Que voulez-vous dire? répondit Oscar en rougis-
sant.

— Je veux dire que nous aimons madame de Freneuse, que nous la suivons aux Bouffes, à l'Opéra, à
l'église même. Nous assistons ponctuellement tous
les dimanches à la grand'messe de Saint-Thomas-
d'Aquin. Quel mal y a-t-il à cela?

Oscar n'eut pas la force de nier hardiment. D'ailleurs, il avait vingt et un ans. A cet âge on est ex-
pansif, on dirait son amour aux échos, à la lune, aux
étoiles. Il avait besoin d'un confident, il fit un aveu
complet.

Cet aveu en amena un autre. Oscar était embarrassé dans ses affaires; le baron de Calpigi lui pro-
posa de venir à son secours et lui donna l'adresse
d'un aimable usurier.

Les deux jeunes gens se séparèrent après s'être
donné une poignée de main.

Le lendemain, M. le baron de Calpigi montait à
neuf heures du matin l'escalier d'une maison de la
rue Montmartre. Il s'arrêta devant une porte qui éta-
lait en gros caractères cette inscription laconique :
M. Madécasse, commerçant. Il sonna et pénétra dans
une salle encombrée d'objets hétérogènes : des coupons de drap, des soieries, des foulards, des pendules, des fusils détraqués et des piles de pincettes.
Puis de là il passa dans un cabinet élégant où se

trouvait assis devant son bureau le seigneur du lieu,
M. Madécasse.

— Eh bien, baron, quoi de nouveau? demanda
celui-ci.

— L'affaire dont je vous ai parlé est en bon train.

— Celle de ce jeune homme... M. Oscar?

— Précisément.

— Est-il réellement en bon chemin?

— Excellent! avant quinze jours il sera aimé.

— Diable! une affaire superbe! Quel âge a-t-il?

— Vingt et un ans, il est majeur.

— Vingt et un ans, c'est peut-être un peu jeune.

— Je serai là pour le diriger.

— Je m'en rapporte à vous.

— Je vous annonce qu'il va venir vous emprunter
de l'argent tout à l'heure; je lui ai donné votre
adresse.

En ce moment on sonna à la porte.

— C'est lui, dit le baron; il ne faut pas qu'il me
voie ici.

Madécasse fit entrer Calpigi par un escalier dérobé
et alla ouvrir à Oscar.

Celui-ci venait emprunter six mille francs.

Madécasse n'était pas homme à lâcher six mille
francs sans une excellente garantie, et Oscar n'avait
que sa signature. Cependant, dans cette circonstance,
l'usurier se départit de son habitude et donna, moyennant une lettre de change à quatre-vingt-dix jours de
date, les six mille francs au jeune homme.

Quand Oscar fut sorti, Madécasse contempla la

II.   25

lettre de change et la jeta dans un tiroir en s'écriant :

— Une fameuse valeur ! le diable m'emporte si cela vaut un sou !

Quant à Oscar, il était ravi. Madécasse lui paraissait l'homme le plus charmant de la terre, et il ne manqua pas de célébrer partout sa rondeur et son obligeance.

Grâce à ses six mille francs, Oscar put mener la vie d'un gentleman, et passer ses jours et ses nuits à suivre la femme de ses rêves ; il était l'ombre de madame de Freneuse.

J'abrége les détails ; au bout d'un mois, il était son amant.

Cependant Calpigi s'était fait le confident assidu d'Oscar ; il était son ami intime. Il exaltait l'amour ; il élevait un autel au platonisme ; il déifiait la tendresse et parlait à tout propos du bonheur de deux âmes unies par la même joie ou la même douleur. Personne mieux que lui ne s'entendait à faire résonner les touches du clavier de la passion. Oscar lui confiait toutes les particularités de sa liaison amoureuse. Il avait des lettres de madame de Freneuse, car les deux amants, ne pouvant se voir que rarement, s'écrivaient tous les jours.

— Il faut toujours porter vos lettres d'amour sur vous, disait Calpigi ; la poche de l'habit vaut mieux que le meilleur coffret de palissandre. Pensez à ce que deviendrait madame de Freneuse si une seule de ses lettres était égarée : sa réputation serait perdue. Rupture avec son mari, déshonneur pour elle, etc., etc.

Oscar n'avait jamais été si heureux, jamais il n'avait éprouvé de joie plus douce ; il était tout entier à son amour.

Un soir Oscar était à l'Opéra ; il se promenait dans le foyer avec Calpigi. Tout à coup celui-ci le laissa causer avec quelques jeunes gens, et, s'approchant d'un individu d'une élégance suspecte qui se tenait dans le couloir :

— Le reconnaîtras-tu ? dit-il, désignant Oscar.

— Entre mille, répondit celui-ci.

— Eh bien, son portefeuille est dans la poche de son habit ; si tu peux me rapporter ce portefeuille, tu auras vingt-cinq louis.

— C'est comme si je les avais.

L'individu alla rôder auprès d'Oscar. Calpigi attendit ; au bout de cinq minutes il était en possession du portefeuille.

Il l'ouvrit aussitôt, examina ce qu'il contenait, et, apercevant les lettres de madame de Freneuse, il s'écria avec une joie sourde : « Elles y sont ! »

— Tiens ! voici tes vingt-cinq louis, dit-il à l'industriel qui l'avait si admirablement servi ; décidément tu es un habile homme.

— Bien obligé, répondit celui-ci ; ne m'oubliez pas à l'occasion.

Et il s'en alla.

Muni du bienheureux portefeuille, le baron de Calpigi se rendit tout droit chez Madécasse.

Le lendemain, à son petit lever, madame de Freneuse recevait un billet ainsi conçu :

« Madame,

« Le hasard a mis en ma possession des lettres
écrites par vous à votre amant. Ces lettres, qu'un
autre moins bien élevé aurait peut-être adressées à
votre mari, vous seront remises en mains propres ;
— n'ayez, madame, aucune inquiétude à ce sujet ; —
seulement, je réclamerai de votre obligeance la somme
de *vingt-cinq mille* francs dont j'ai absolument besoin
pour demain soir avant six heures.

« UN ANONYME.

« *P. S.* — Les lettres, au nombre de douze, ont
été déposées rue Montmartre, n°..., chez M. Madécasse.
négociant, qui les remettra contre la somme fixée plus
haut. »

Vous devinez le reste. Madame de Freneuse se croit
d'abord le jouet d'une hallucination à la lecture de
cet infernal billet. Comment les lettres sont-elles
sorties des mains d'Oscar ? Cependant, comme il faut
à tout prix que sa réputation soit sauvée, elle réu-
nit tout l'argent dont elle peut disposer, vend ses diamants et rentre en possession de ses autographes.

Oscar, qui s'est aperçu du vol dont il a été l'objet,
court à l'hôtel de madame de Freneuse ; là il apprend
qu'il est consigné à la porte.

Un jour il est assez heureux pour la rencontrer

aux Champs-Élysées; mais celle-ci laisse tomber sur son amant un tel regard de mépris, qu'Oscar comprend aussitôt qu'il a été l'instrument d'une horrible machination.

Si Oscar avait eu un peu d'honneur, il se serait fait sauter la cervelle.

A cet endroit de son récit, M. d'Orvilly poussa un profond soupir.

— Dans tout ceci, monsieur, dis-je au narrateur, Oscar ne fut pas coupable, il fut exploité par deux escrocs.

— C'est vrai, monsieur, mais l'histoire d'Oscar ne se termine pas là.

Tombé des hauteurs de son amour dans le mépris de celle qu'il aimait, Oscar cessa de voir le monde; il vécut seul pendant quelque temps. Puis, le souvenir de madame de Freneuse s'effaça peu à peu, il devint l'amant d'une actrice de petit théâtre, plus célèbre par sa beauté que par son talent. Cette femme eut pour lui un violent caprice; il fut ce que l'on nomme dans ce monde à part son amant de cœur. Courtisée, adorée par une foule de dandys dont les libéralités lui faisaient une existence princière, cette femme aimait à faire, avec Oscar, des parties de campagne et d'amour désintéressé. Deux ou trois fois par semaine, elle allait aimer *pour rien* à Saint-Cloud, à Montmorency ou à Ville-d'Avray. Quand je dis pour rien, je me trompe : Oscar n'ayant pas d'argent, c'était elle qui payait la dépense. Oscar eut d'abord

25.

quelques scrupules, mais ils disparurent à la longue,
il consentit même à emprunter de l'argent à sa maîtresse. Plus tard, il s'habitua à en recevoir régulièrement ; la dernière barrière était franchie. A partir de
ce jour-là, Oscar était devenu un *homme aux camellias.*

Avez-vous rencontré, monsieur Bilboquet, sur le
boulevard Italien, votre patrie, un monsieur élégam-
ment vêtu, avec un brillant au doigt, une épingle
diamantée à la cravate, fumant un panatellas et agi-
tant son stick ; il a une physionomie doucereuse, un
gilet irréprochable, des bottes vernies, la barbe parfu-
mée et une raie très-correctement dessinée sur l'oc-
ciput. Cet individu, dont l'aspect répond assez bien
à ce que l'on est convenu d'appeler un joli garçon, se
promène seul, dîne au plus cher restaurant et boit du
meilleur. Cet homme-là a presque toujours une dizaine de louis dans la poche de son gilet ; jamais plus,
rarement moins. Ce fonds baisse dans la journée et
remonte dans la nuit, de façon à se retrouver chaque
matin au niveau. Ce n'est ni un faiseur d'affaires, ni
un grec, ni un fripon, ni un mouchard ; c'est un être
à part : il est, par profession, l'amant de cœur des
filles richement entretenues et le sigisbée des femmes
sur le retour. Il a une façon de voir à lui, une façon
d'agir à lui, une façon de parler à lui. Il ne reçoit les
faveurs d'aucune femme, mais aux femmes généreuses
il accorde volontiers les siennes. Il tire parti de ses
avantages physiques ; il bat monnaie avec sa jolie
figure. C'est une marchandise de luxe, comme les

chevaux fins, les king's-charles et les lorettes. En un mot, cette homme est un homme aux camellias.

Le lecteur doit savoir que je ne suis pas un des adeptes de la secte du bégueulisme; cependant, quand M. d'Orvilly m'eut fait cette peinture égrillarde, je me levai en proie à l'indignation en songeant que mon fils était l'original dont il venait d'esquisser le portrait.

— Achevez, monsieur, lui dis-je.

— Encore deux mots et c'est fini. Lancé dans cette voie, Oscar devint bientôt un des hommes les plus recherchés du quartier Bréda. Ces dames, je parle des plus huppées, des plus courues et finalement des mieux payées, lui faisaient l'honneur de se disputer sa personne. Oscar passa ainsi par tous les boudoirs de la Boule-Rouge, dormant une nuit sous des rideaux jaunes, une autre nuit sous des tentures bleues. Devenu Joconde par profession, il allait de la brune à la blonde, de la petite à la grande, de la belle à la laide, de la jeune à la vieille. Il eut un moment de telle hausse, qu'il aurait pu se mettre en actions et accorder, selon la prime, des heures, des demi-jour-nées, des quarts de nuit et des nuits entières. Que d'autographes sans orthographe il a reçus de ces dames, billets qui le prévenaient d'un tour de faveur, lettres qui l'invitaient à une partie fine, plis ambrés qui lui apportaient une déclaration ou un congé! Que de beaux bras, que de riches épaules, que de superbes mollets ont signé ces épîtres intimes et décolletées! Il y en avait de croustilleuses comme un couplet de vaudeville, de naïves comme une niaiserie du Palais-Royal, d'effrontées comme une jeune première des Variétés, de retroussées comme le nez de Déjazet, d'indignées comme la vertu d'une danseuse. Quelle riche collection !

Cependant, à un tel métier consciencieusement exercé, peu de tempéraments résistent. Oscar tomba malade ; adieu les amours ! Il ne savait plus à quel état se vouer, lorsque, en parcourant un journal, lui qui ordinairement ne lit jamais les journaux, il vit qu'il était fort question à la Bourse, dans la politique et dans les arts, de M. Bilboquet, gros capitaliste et officier de l'Éperon d'or.

— Très-bien, monsieur, fis-je en interrompant le narrateur ; M. Oscar, mon fils, veut tirer sur moi à vue, n'est-ce pas ? Il me considère naturellement moins comme un père que comme une caisse ?

— A qui la faute s'il pense ainsi ? me répondit d'Orvilly.

Je restai pendant quelques instants plongé dans la rêverie. Si j'avais eu mon fils de bonne heure entre les mains, j'aurais pu lui inculquer des principes sévères ; je lui aurais appris, par exemple, qu'un père n'est pas un caissier donné par la nature, ainsi que l'ont bêtement chantonné les vaudevillistes célibataires. Mais Oscar avait pris le pli fatal, il lui fallait de l'argent.

— Monsieur, dis-je à d'Orvilly, mon fils a eu une

jeunesse orageuse, mais je consens à jeter un voile sur
le passé, si, de son côté, il s'engage à respecter doré-
navant le grand nom qu'il va porter.

— Il le respectera, monsieur ; dirigé par vous, il ne
peut manquer d'obtenir les plus grands succès dans
les affaires.

— C'est vrai, m'écriai-je ; au fait, il me manquait
un fils. Tout le monde a un fils aujourd'hui. Bilboquet
père, Bilboquet fils ; Bilboquet Ier, Bilboquet II. Où
est-il, ce fils que je ne connais pas ? qu'il vienne que
je le presse sur mon cœur.

A ces mots d'Orvilly se précipite dans mes bras.

— Mon père ! s'écria-t-il.

— Quoi !... vous !... C'était... tu es mon fils ?

— Je suis Oscar !

— Ah ! coquin !

Nous nous embrassâmes dans toutes les règles ;
une véritable reconnaissance de cinquième acte.

— Oscar, lui dis-je après m'être remis de cette
émotion inséparable d'un premier début; Oscar, vous
prendrez dès demain, en qualité de gérant, la direction d'une de mes nombreuses sociétés en commandite. Cette société vous donnera douze mille francs de
fixe. Vous avez une belle affaire dans les mains, *la
Société générale de toutes les grosses caisses réunies.*
Si vous n'êtes pas millionnaire avant un an, c'est que
vous ne comprenez absolument rien à la puissance
de la commandite.

On verra dans la suite de ces Mémoires quel rapide chemin a fait mon aimable fils. Un Bilboquet avait remué Paris, deux Bilboquet devaient remuer le monde !

CHAPITRE XV.

Je tins promesse à Oscar. Dès le lendemain je le présentai au conseil de surveillance de la Société en commandite dont il devait être le directeur-gérant.

Ce conseil était naturellement composé des principales notabilités de l'époque.

M. le comte de Vautrinos, général au service du Pérou, décoré de plusieurs ordres.

M. le vicomte de Saint-Félix, chevalier de l'ordre du Faucon.

M. le baron Van Craken, chevalier de l'ordre de l'Éléphant.

M. le chevalier d'Industria, officier de l'Étoile polaire.

M. Gringalet, publiciste.

Sur ma proposition, la présidence de ce conseil avait été déférée à Cabochard.

Il y avait des jetons de présence.

J'avais préparé un petit *speach* attendrissant. Je racontai d'une voix émue au comte de Vautrinos, au vicomte de Saint-Félix, au baron Van Craken, et aux autres membres du conseil, que la Providence venait de me rendre mon fils au moment où j'y comptais le moins. Je bâtis à ce sujet un petit roman très-bien intrigué. Oscar avait eu de bonne heure le goût des voyages scientifiques, et il s'était embarqué, malgré la douleur de son père, pour aller découvrir une sixième partie du monde. Retenu pendant trois ans par des montagnes de glace, dans les mers polaires, il avait été contraint de se nourrir d'ours blancs et de phoques coriaces. Cette alimentation avait considérablement affaibli son estomac et pâli son teint. Je vis que cette histoire produisait le plus grand effet et je profitai de l'attendrissement des honorables membres du conseil pour proposer que la signature sociale de la Société des *Grosses Caisses réunies* fût confiée à Oscar Bilboquet.

Ma proposition fut acceptée à l'unanimité.

Oscar faisait ses premiers pas dans le monde industriel en qualité de directeur-gérant. Le drôle n'était pas malheureux.

Je craignais pour lui le moment où il se trouverait en face des actionnaires. Inexpérimenté dans l'art de grouper les chiffres, il pouvait faire quelques bou-

lettes. J'appris un matin qu'il avait envoyé des lettres
de convocation pour distribuer des dividendes. C'était
une révolution dans les affaires. Je crus que tout était
perdu et je me hâtai de courir à son cabinet.

— Que fais-tu? lui dis-je, tu écris aux actionnaires
qu'ils n'ont qu'à se présenter à la caisse pour toucher
des dividendes; mais, malheureux! tu veux donc
ruiner de fond en comble la Société dont je t'ai institué le directeur!

Oscar se mit à rire.

— Il n'y a pas un liard de bénéfice, me répondit-il,
l'affaire ne marche pas, et nous sommes même en
perte. Il faut qu'elle aille, bon gré, mal gré. Vous ne
comprenez pas, cher père, que lorsqu'on saura que
je donne un dividende quelconque, tout le monde se
précipitera sur nos actions; elles seront enlevées en
trois jours. J'ai cent mille francs en caisse. Je prélève
vingt-cinq mille francs sur le capital social, je les
distribue aux actionnaires, qui vont raconter partout
qu'ils ont touché vingt-cinq pour cent sur leurs actions. Le public se rue vers la caisse, et nous avons
un million dans nos coffres.

Je demeurai anéanti devant le génie financier de ce
jeune homme.

— Tu es bien mon fils! m'écriai-je en me précipi-
tant dans ses bras.

Oscar ne s'était pas trompé. Dans l'espace de huit
jours, il plaçait pour sept cent mille francs de nouvelles
actions, et faisait élever, par une délibération des ac-

tionnaires convoqués en assemblée générale, son traitement à trente mille francs.

A partir de ce jour, Oscar fut ce qu'on appelle un
homme lancé ; il eut coupé, tigre, réception de femmes
légères une fois par semaine, et il entretint une danseuse de compte à demi avec un vingt-quatrième
d'agent de change.

Je le croyais satisfait de sa position. Je me trom-
pais. Le coquin voulait mieux encore.

— Avec trente mille francs par an, me disait-il, et
une dizaine de mille francs de carrottage, il n'y a que de
l'eau à boire, et je veux me griser de haut médoc et,
de châteaubiron. Je ne suis pas un bourgeois, et
puisque la fortune me sourit, je prétends profiter des
bonnes dispositions de cette déesse lunatique. Oui,
père, tel que vous me voyez, je veux atteler au cabriolet de ma jeunesse les fringantes cavales de l'a-
mour et les chevaux emportés du plaisir. Je veux mener
la vie à grandes guides sur ce chemin industriel où
vous m'avez lancé et où le toupet ne rencontre jamais
ni fondrières ni casse-cou. Il me faut des équipages,
un train de maison de millionnaire, des femmes et
une table ouverte. Je ne suis pas assez mal élevé pour
venir faire une saignée à votre bourse. Je vous apporte une idée qui vaut de l'or et des diamants. Nous
n'aurons même pas la peine de nous baisser pour ramasser les paillettes, les pépites et les pierres précieuses. Je détourne le Pactole de son cours et je le
fais passer chez moi.

L'assurance me plaît toujours, un homme qui ne

doute de rien est toujours sur la route de la réus-
site. Oscar me parut si plein de confiance, que j'augu-
rai bien du plan qu'il m'apportait.

— Quelle est ton idée? lui demandai-je.

— Avant vous, l'annonce n'existait pas, c'est vous
qui êtes l'inventeur de cette quatrième page du journal, qui n'intéresse que médiocrement l'abonné, mais
qui rapporte de trois à quatre cent mille francs par
année à l'administration; vous avez créé la réclame,
inventé le *puff*, découvert le *canard*; avant vous le
journal était tout bonnement une feuille de papier
couverte de têtes de clous, et où il n'était question
que de politique, de littérature, de science, d'histoire
et de mille autres balivernes. Aujourd'hui la quatrième
page existe, mais elle est mal dirigée, et elle ne rend
pas tout ce qu'elle pourrait rendre. Cette quatrième
page, je veux la confisquer à mon profit. Je veux
centraliser la publicité, être le dispensateur de la
gloire et de la fortune : tel est mon but; de cette façon
je tiendrai dans mes mains tous les fils de la réclame.
J'aurai à mes genoux tous les apothicaires de Paris,
tous les charlatans de France, tous les inventeurs de
poudre végétale et animale, tous les fabricants de
remèdes secrets, tous les arracheurs de dents, tous
les fondateurs de sociétés industrielles, tous les an-
nonceurs, tous les puffistes, tous les banquistes; qu'en
dites-vous?

— Je dis, mon cher ami, que ton idée est grande
comme le monde.

— J'étais sûr que vous la comprendriez ; je fonde

une société au capital de dix millions, pour l'exploitation de toutes les quatrièmes pages nées et à naître, j'achète toute la publicité de Paris et des départements ; et alors, maître du terrain, je suis l'empereur de l'annonce, le roi de la réclame, le grand-duc du puff, le souverain du commerce et de l'industrie. Vous jeune homme qui avez fait un beau livre, et qui voulez qu'on annonce votre œuvre au public, vous venez me demander un rayon de ce soleil que je fais luire à volonté sur les quatre-vingt-six départements, c'est très-bien, on parlera de vous, mais... passez à la caisse ; vous, monsieur, qui êtes l'auteur d'une invention utile, vous venez faire appel à mes sentiments pour que je ne laisse pas dans l'ombre une découverte profitable à tous. Je suis tout à vous... passez à la caisse ; vous, là-bas, vous invoquez vos nuits sans sommeil, votre travail de dix années pour doter le monde d'un chef-d'œuvre de mécanique... passez à la caisse ; quant à vous, débiteurs de révelentina, de nafé d'Arabie, de racahout, de chocolats fins, surfins et superfins, inventeurs de pilules digestives, de pâtes pectorales, de capsules gélatineuses, de poudres dentifrices, d'eau de beauté, d'eau tonique, d'eau de Jouvence ; vous êtes à nous comme nous sommes à vous... la caisse est ouverte de neuf heures à cinq heures. Nous n'avons qu'un poids et une mesure. Cinq francs la ligne pour la réclame, trente sous la ligne pour l'annonce, demandez, faites-vous servir. Tous sont appelés, et il n'y aura d'exclus que ceux qui n'auront pas le sou.

— Sublime ! sublime ! sublime ! m'écriai-je transporté.

Je ne voulus pas laisser refroidir mon enthousiasme.
Je pris une plume, et je jetai sur le papier les statuts
de la nouvelle Société pour l'exploitation de la publicité des quatre-vingt-six départements avec embran-
chement sur l'étranger.

Le capital était de dix millions de francs.

Le lendemain l'affaire était lancée à la Bourse.

Le surlendemain les actions faisaient prime.

Quatre jours après, nous étions, Oscar et moi, les
dispensateurs de la gloire française, de la réclame
française, de la publicité française. Nous tenions dans
nos mains toutes les affaires ; nous faisions le beau
temps et la pluie, le soleil et l'ombre, la nuit et le
jour.

Notre administration était tout un ministère. Nous
avions les cartons de la librairie, les cartons des
affaires industrielles, les cartons des réclames, de la
grande annonce, de la petite annonce, de l'annonce
anglaise, etc., etc., etc.

Toutes les industries se rencontraient à la caisse
toujours béante. Tel industriel prenait-il un quart de
page pour annoncer une poudre nouvelle ? Vite, son
concurrent accourait et accaparait la page entière
pour annoncer à son tour la poudre rivale.

C'était une bataille où les pièces de cent sous
servaient de projectiles, et là comme dans tous les
combats, c'était aux gros bataillons que restait la victoire.

26.

Moyennant une somme de... on avait le droit
d'exalter sa marchandise et même de *débiner* celle du
voisin, qui, le lendemain, répondait et *débinait* à son
tour... après avoir reçu l'autorisation du caissier.

Un marchand de châles, établi au premier étage,
apportait une réclame sous forme de lettre, où, après
avoir exalté la qualité de ses cachemires, il priait
charitablement le public de ne pas confondre sa marchandise avec celle qui se débitait dans les boutiques.
Le marchand de châles, établi dans un magasin, qui
se sentait touché, ripostait par une lettre semblable
et appuyait sur ce point que ses clients n'étaient pas
forcés de monter au grenier pour arriver chez lui.
Cela se répétait pour les marchands de lits de fer,
pour les modistes, pour les coiffeurs, pour les den-
tistes, pour les docteurs inventeurs de remèdes
secrets, et généralement pour tous les industriels
petits et grands. Nous spéculions sur l'ambition, la
vanité et la bêtise de ces gens-là, qui ne s'aperce-
vaient pas qu'à la fin de l'année le plus clair de leurs
bénéfices devait se trouver tout naturellement au fond
de la caisse de MM. Bilboquet père et fils.

Oscar était superbe d'aplomb, et d'autant plus élo-
quent, lorsqu'il avait affaire au client, qu'il croyait à
la réclame. Donnez-moi la première chose venue,
disait-il aux gens qui venaient se faire annoncer;
donnez-moi, par exemple, du chocolat fait avec du
noir de fumée, et si je consacre dix mille francs d'annonces en faveur de cette chose sans nom, je dois en

débiter pour cent mille francs dans l'année. C'est mathématique.

L'annonce, ajoutait-il, ne rend qu'autant qu'on la répète ; insérez une annonce une fois, elle ne sert à rien, insérez-la deux fois cela ne rapporte pas grand chose ; faites-la paraître vingt fois de suite, et elle rend deux cents pour cent. L'annonce est comme le prunier qu'on secoue d'abord sans résultat, et qui, secoué plusieurs fois, laisse tomber une avalanche de prunes.

Oscar inventa la réclame indirecte, la réclame dissimulée sous les artifices romanesques.

Cette réclame se payait très-cher ; en général, ce genre de réclame convenait surtout aux tailleurs, aux médecins et aux marchands d'objets de luxe. L'administration avait à sa solde des hommes de lettres chargés de rédiger ces petites tartines à la satisfaction du client.

Qu'il me soit permis de citer quelques échantillons de ces *puffs* ingénieux.

RÉCLAME FAIT-PARIS. « Hier, une vieille femme suivait le trottoir de la rue Saint-Eustache, lorsque tout à coup elle alla donner de la tête contre une borne. Cette malheureuse venait d'avoir une attaque d'apoplexie, et elle aurait infailliblement succombé si le célèbre docteur N..., qui passait par hasard dans cette rue, ne s'était précipité de son cabriolet et n'avait immédiatement pratiqué une large saignée, *largâ venâ largâ vulnere*. Grâce à l'habileté du docteur N..., qui avait fait transporter la malade chez le pharma-

cien O..., la vieille femme est aujourd'hui complète-
ment rétablie. »

Cette réclame fait-*Paris* était payée par le célèbre
médecin N... et par le pharmacien O... Le docteur N....
que l'on gratifiait d'un cabriolet, payait naturellement
plus cher que l'apothicaire O..., qui ne jouissait pas
du même avantage.

Autre exemple :

« Par un beau soir de printemps, à cette époque
de la saison où tout fleurit dans la nature — les rosiers
et les cœurs — une jeune femme suivait mélancoliquement le boulevard de la Madeleine, lorsqu'elle fut
tout à coup accostée par un jeune homme de vingt-
cinq ans environ, grand, bien fait, de tournure élégante : en un mot, un de nos fashionables qui se
gantent chez P... et s'habillent chez K... »

Ceci, c'est le début d'une nouvelle qui peut être
publiée dans tout journal de modes et qu'on trouve
aussi quelquefois dans le rez-de-chaussée des grands
journaux. Je n'ai pas besoin de vous dire la suite de
cette histoire de la jeune femme mélancolique et du
jeune homme si bien habillé. Toutes les aventures
qui se déroulent dans cette nouvelle n'ont été
agencées par l'ouvrier dramatique que dans le but
de glisser d'une façon détournée et tout à fait innocente le nom du tailleur K... et du gantier P...

Ce tailleur K... n'était pas le seul, parmi ses confrères, qui eût recours à ce procédé ; deux ou trois
tailleurs parisiens ne sont arrivés à la réputation et à
la fortune que grâce au moyen inventé par mon fils

Oscar, qui emmaillotait leur nom dans des feuilletons littéraires et traitait à forfait, dans l'intérêt de ses clients, avec des écrivains distingués.

Oscar perfectionna aussi, dans un but de réclame permanente, l'article mode. Il avait à son service un gros garçon qui courait les magasins et les boutiques. Ce garçon était chargé de vendre à chaque commerçant qui consentait à se faire annoncer tant de lignes. Quand une trentaine de ces honnêtes industriels avaient souscrit aux propositions arrêtées par Oscar, le gros garçon se faisait donner, par-dessus le marché, des chemises par celui-ci, des chandeliers par celui-là, des pendules, des pincettes, des habits, des bottes et des chaussettes ; puis, la moisson faite, il écrivait un article *passe-partout* qu'on insérait dans les divers journaux, et qu'il signait vicomtesse de Courtenville, comtesse de Vatenville, ou marquise de Galopenbourg.

Cette chose était conçue à peu près en ces termes.

MODES ET CAUSERIES.

A madame la duchesse de Folleville.

« Quoi ! chère belle, vous êtes encore à la campagne, et déjà la mi-octobre est passée ! Quoi ! vous n'entendez pas la grande voix de Paris qui vous appelle ? Déjà le plaisir bat des ailes d'impatience ; il n'attend que vous pour prendre son vol. Croyez-moi, abandonnez les champs dénudés. Aujourd'hui il n'y a plus de vraies fleurs que chez X., dont les somptueux

magasins viennent d'être restaurés. C'est là seulement où vous pourrez vous croire au sein de l'empire
de Flore. Les beaux fluxias que j'admirais cet été dans
votre jardin ne valaient pas les fluxias de X., je vous
le jure; X. a tant de goût! Sa réputation est européenne, et mieux que personne vous l'appréciez,
chère duchesse, vous la femme à la mode par excellence, vous qui vous faites ganter par A., chausser par
B.; vous qui prenez vos chapeaux chez C., vos robes
chez D, vos corsets chez E.

« A propos, savez-vous, chère duchesse, que votre
salon a besoin d'être renouvelé? Précisément F. vient
de terminer un meuble pompadour de la dernière élégance. F. est, il faut bien le dire, le plus distingué et
le plus habile des tapissiers de la capitale. Que dis-je?
F. tapissier! s'il savait que je l'appelle ainsi! F. n'est
pas un tapissier, s'il vous plaît, mais un artiste. F. est
comme G., qui se dit bijoutier, et qui est tout simplement un élève de Benvenuto Cellini, » etc., etc...

La duchesse de Folleville était le mannequin qui
endossait toutes les robes des couturières, qui se pa-
rait de tous les diamants des orfèvres, qui essayait
tous les corsets, toutes les bottines, tous les chapeaux,
tous les cachemires ayant droit de parader dans les
articles du gros garçon caché sous l'élégant pseudonyme de la vicomtesse de Courtenville. Cette malheureuse duchesse était, selon les besoins du jour, conduite chez une bohémienne où elle se faisait tirer les
cartes, chez une épileuse qui lui arrachait des cheveux blancs, ou chez un coiffeur qui lui plaquait sur

le visage de la poudre de riz. S'il avait pris fantaisie au marchand de vin du coin de donner cinquante francs pour figurer dans cette aristocratique causerie, la vicomtesse de Courtenville n'aurait fait aucune difficulté de mener son amie la duchesse prendre un canon sur le comptoir.

Cette centralisation de la publicité dans une seule main avait donné une nouvelle impulsion au commerce... de la réclame et de l'annonce. Les plus récalcitrants parmi les industriels avaient fini par céder à l'élan général, de sorte que l'accessoire devint peu à peu le principal. Comme on ne pouvait plus se faire connaître que par nous, réussir que par nous, le fabricant et l'industriel prélevaient sur la fabrication des objets la dime qu'ils étaient obligés de verser dans notre caisse. Les marchandises étaient moins soignées qu'autrefois, mais la redondance de la réclame suppléait à la qualité absente. En somme, les marchands n'avaient pas plus à se plaindre de nous que nous n'avions à nous plaindre des marchands. Dans tout cela il n'y avait, comme de juste, que le public de volé.

Je profitai de la publicité dont je disposais en souverain pour lancer une pâte quelconque, que je confectionnai en dix minutes. J'associai à cette spéculation un pharmacien connu, qui lui donna son nom, et l'annonce de cette pâte, plus innocente encore que pectorale, placée chaque jour sur la quatrième page de tous les journaux, fit à la longue un tel effet, que je viendrais dire aujourd'hui qu'elle est complétement

insignifiante, qu'on ne me croirait pas. Grâce à la publicité, cette pâte est immortelle ; la génération actuelle disparaîtra, une autre lui succédera pour disparaître à son tour ; et ma pâte, qui ne vaut pas cinq
centimes la boîte, se débitera encore au prix de deux
francs, soutenue par sa vieille réputation.

Car, il faut bien qu'on le sache, cette pâte est une
fortune. Depuis que je l'ai lancée dans le larynx du
peuple français, elle a rapporté et elle rapporte encore
quelque chose comme quarante mille francs par an.

Du reste, une invention comme celle-là réussira
toujours dans notre beau pays. Ce que je dis des
pâtes en général peut également s'appliquer aux
remèdes secrets, aux capsules, aux pilules, aux eaux
de toilette et à toutes les imaginations de la chiro-
mancie médicale.

Et, à ce sujet, je ne puis résister au désir de raconter une conversation que j'ai eue un jour avec un
célèbre savant, conversation qui avait été amenée par
l'inspection de la quatrième page des journaux. Ce
savant avait consacré toute sa vie au défrichement des
papyrus et des parchemins. Il ne connaissait peut-être
pas très-bien les mœurs et les habitudes de sa patrie ;
mais il possédait, comme tous ses confrères en *us*,
des détails très-intéressants sur la civilisation des
Mèdes et des Babyloniens. Pour peu qu'on y tînt, il
racontait des anecdotes sur la vie intime du roi Teuto-
bocus, et il se faisait un plaisir de citer le nom de
l'artiste inconnu qui a sculpté l'œil gauche de la
statue d'Osiris. Une belle chose qu'un savant ! celui-

là faisait pour les civilisations disparues ce que font pour les monstres antédiluviens les professeurs du Museum. Avec un poil de chameau arraché au caban d'un officier de l'armée d'Afrique, ces messieurs vous reconstruisent, par induction, le squelette d'un mastodonte ou d'un ptérodactyle. Vous leur apportez un fragment de cheval ou de cachalot, et ils découvrent, toujours par induction, que c'est un fragment de l'arcade zygomatique d'un habitant du globe primitif. Une fois la tête trouvée, dessinée, peinte, moulée, il n'est pas difficile de se rendre compte de tout le squelette. Le squelette donné, l'analogie suffit pour obtenir la forme du corps, puis la peau, les poils ou les écailles, la couleur de tout cela ; enfin arrivent des dissertations sur les habitudes de l'animal, sur sa force, sur son degré probable d'intelligence, sur les végétaux étranges dont il se nourrissait, et voilà tout un monde reconstruit synthétiquement sur un fragment d'os sorti de la marmite économique d'un philanthrope quelconque.

Le savant dont je parle était de cette école. A l'aide de quatre mots de patois saxon il aurait reconstruit toute une palingénésie.

Cependant, un jour que je causais avec lui, une circonstance toute fortuite lui fit concevoir quelque inquiétude sur l'infaillibilité de la méthode de reconstitution analogique. Il vit une page d'annonces et il resta stupéfait.

— O inventeur de l'annonce ! me dit-il, quelles illusions vous me faites perdre en une minute ! Je suppose que la civilisation française est engloutie, que Paris a disparu dans un cataclysme et que la charrue a passé sur ce bitume battu, en ce moment, par cent mille promeneurs ; la langue française n'existe plus. C'est un arcane, un mythe. Un jour on apporte à un honnête savant cette page d'annonces que voici, et qui, par un inexplicable miracle, a survécu à toute une civilisation. Ce savant s'en empare, il emploie dix années de sa vie à reconstruire, lettre par lettre, syllabe par syllabe, la langue française, comme Champollion le jeune reconstruisit l'idiome hiéroglyphique. Il commence par épeler cette page, puis il la lit couramment, et, à la vue de ces annonces de robs, d'élixirs, de pilules, de capsules, qui occupent le quart du journal, il se dit tout naturellement : « Les Français de la moitié du dix-neuvième siècle étaient un peuple essentiellement malsain. C'était une nation d'éclopés, d'hypocondriaques, de rachitiques, etc., qui recouraient aux remèdes secrets. » Le voilà donc, lui, honnête savant, fondé à croire que la France était une immense pharmacie, puisque chaque jour annonçait un redoublement de préservatifs et de moyens curatifs.

J'ai toujours pensé que le savant en question avait moins voulu me soumettre ses doutes au sujet de son système de reconstitution analogique que faire indirectement la satire de la publicité industrielle dont j'étais l'inventeur. Mais je n'étais pas homme à prendre la mouche pour si peu. On peut me honnir tant qu'on voudra. Je suis richissime, j'ai un excellent

estomac et une bonne santé ; Oscar a un attelage à
quatre chevaux, et il vient de se faire recevoir membre
du club des jockeys. On verra, dans le prochain volume, mon fils et moi sur le turf. Bilboquet gentleman rider, qui l'aurait dit ?

FIN DU SECOND VOLUME.

TABLE.

Chapitre premier.

Chapitre III.

Chapitre IV.

Chapitre V.

Chapitre VI.

Chapitre VII.

Chapitre VIII.

Chapitre IX.

Chapitre X.

Chapitre XI.

Chapitre XII.

Chapitre XIII.

Chapitre XIV.

Chapitre XV.

FIN DE LA TABLE.